中國語言文字研究輯刊

二三編

許學仁 主編

第 **18** 冊

季旭昇學術論文集
（第五冊）

季旭昇 著

花木蘭文化事業有限公司

國家圖書館出版品預行編目資料

季旭昇學術論文集（第五冊）／季旭昇 著 -- 初版 -- 新北市：
花木蘭文化事業有限公司，2022〔民 111〕
目 4+196 面；21×29.7 公分
（中國語言文字研究輯刊　二三編；第 18 冊）
ISBN 978-626-344-032-6（精裝）
1.CST：漢語文字學　2.CST：語言學　3.CST：文集
802.08　　　　　　　　　　　　　　　111010180

ISBN-978-626-344-032-6

9 786263 440326

中國語言文字研究輯刊
二三編　　第十八冊　　　　　　ISBN：978-626-344-032-6

季旭昇學術論文集（第五冊）

作　　者　季旭昇
主　　編　許學仁
總 編 輯　杜潔祥
副總編輯　楊嘉樂
編輯主任　許郁翎
編　　輯　張雅淋、潘玟靜、劉子瑄　美術編輯　陳逸婷
出　　版　花木蘭文化事業有限公司
發 行 人　高小娟
聯絡地址　235 新北市中和區中安街七二號十三樓
　　　　　電話：02-2923-1455／傳真：02-2923-1452
網　　址　http://www.huamulan.tw 信箱 service@huamulans.com
印　　刷　普羅文化出版廣告事業
初　　版　2022 年 9 月
定　　價　二三編 28 冊（精裝）新台幣 96,000 元　　版權所有·請勿翻印

季旭昇學術論文集
（第五冊）

季旭昇　著

米

目次

試論《說文》「丵」字的來源

　　《說文》卷三上：「丵叢生艸也。象丵嶽相並出也。凡丵之屬皆從丵。讀若浞。（士角切）」

　　這個解釋，近代學者多半抱持懷疑的態度，因為小篆「丵」字作「丵」，確實難以看出「叢生草相並出」的樣子。詹鄞鑫《釋辛及與辛有關的幾個字》以為「辛」、「辛」同字，「辛」是甲類鑿子、「辛」是乙類鑿子，如下圖：

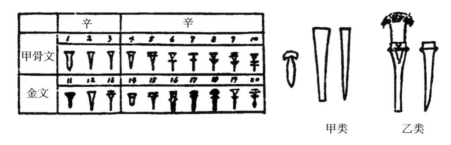

　　詹氏以為「亏」「辛」不同字，「亏」是鐮刀，「辛」、「辛」是「鑴」字初文，即是鐵字，鑿岩石的長鑿稱為鋼鐵；字又作鑿，並以為「辛辛」往往變為「丵」：

> 　　古文字裡作偏旁的辛字，往往演變為丵字，如宰字（原父簋）、
> 《齊鎛》及《三體石經》都作宰。對字甲文和金文都有從辛和從丵
> 兩體；……鑿柄經過鎚擊之後，鑿柄木質都會順理撕裂為一叢細絲。
> 辛寫作丵，正是這種現象的反映。《侯馬盟書》鑿作鑿、鈕等形，凡
> 十來見，均從▽不從丵，這是鑿字本從辛的證據。〔註1〕

〔註 1〕詹鄞鑫〈釋辛及與辛有關的幾個字〉，《中國語文》1983 年第 5 期，頁 368。

　　陳昭容〈釋古文字中的丵及從丵諸字〉同意詹說，以為「其說較前人諸說為佳」。〔註2〕又從甲骨文「🐾」字及金文幾個相關的字，論證辛與丵為一物，丵為鑿具：

> 　　卜辭之🐾釋為「璞」，讀為「戠」，從形體上來看，是合理可信的；讀為「戠」，也有金文的剭、厥、戠字為證。甲骨文🐾字的確認，有雙重意義：一、🦶（從廾持辛）演變成🦶（從廾持丵），可證平（辛）與丵為一物。《說文》釋丵為「叢生草」有誤。二、🐾原為入山採玉之圖，有鑿斷、撲擊之義，「丵」字從丵從廾，古文字中從丵之字亦常與鑿斷擊伐義有關，此亦可回過頭來證明《說文》「叢生草」之說不可信，「丵」為鑿具之義益為顯豁。〔註3〕

　　陳文論證甲骨文🐾為「璞」讀「戠」，可以歸納出幾個要點：

　　一、甲骨文的🐾字，當如葉玉森、唐蘭所說，像手持鑿具入山撲玉之形。巖穴之形省作〇，手持鑿具仍為主體，只是鑿具之形略有變化。字釋為「璞」，讀作「戠」。

　　二、兮甲盤的🐾字也是「戠」，其上所從疑即甲文🐾字從🞉簡省為厂。1976年甘肅靈臺白草坡西周墓出土「延邊🐾乍父己盉」，「🐾」可釋為璞。此「🐾」字所從之「厂」，更接近甲骨文🐾字像巖穴狀的部分。

　　三、卜辭的🐾字釋為「璞」，讀為「戠」，用法和猷鐘「戠伐乒都」、散盤「用夕戠散邑」、禹鼎「剭伐鄂侯馭方」、兮甲盤「敢不用令，則即井厥伐」相同。《說文》無「戠」「剭」等篆，《金文編》收「戠」字於卷十二「撲」字條下，《說文》：「撲，挨也。從手業聲。」「挨」訓「擊背」，「撲」訓「挨」恐非本義。慧琳《一切經音義》卷三四頁八引《說文》「撲，擊也」，應比接近「撲」之本義。「戠伐」之「戠」，金文中也常寫成從「專」聲之「𓏸」「𓏸」「𓏸」「博」字，其下方從廾持丵，與甲骨文🐾從廾持辛同，可證丵即辛。

　　四、「業」字從丵從廾，古文字從丵之字亦常與鑿斷擊伐義有關，此亦可回過頭來證明《說文》「叢生草」之說不可信，「丵」為鑿具之義為顯豁。

　　五、甲骨文🐾字釋為「璞」讀作「戠」時，（可以）省成「璞」字。金文

〔註2〕陳昭容〈釋古文字中的丵及從丵諸字〉，《中國文字》新22期，1997年。
〔註3〕陳昭容〈釋古文字中的丵及從丵諸字〉，《中國文字》新22期，1997年，頁134～135。

僕字所從之甘，也可能是甲骨文𡜍字所從甘形之遺留。由於僕字意義重在從手持辛或𡜍做鑿擊事，其形體多變而從手持辛或𡜍的主體部份從不省略，厂形、甘形皆非絕對必要，故逐省化，加人形部件以明其義類，最後以僕形穩定下來。

近二、三十年，戰國竹簡中出現了大量帶有「𡜍」、「𡜍」、「𡜍」形的字（以下統稱為「𡜍形字」），這些字依現行大多數學者認定的釋讀區分，大約有以下幾類：

A. 僕　樸

《包山》15「登～」（人名）

《包山》155「～宮於鄀」

《包山》137反「～倚之以至（致）命」

郭店《老子甲》18「～唯（雖）妻（細）」

郭店《老子甲》2「視素保（抱）～」

郭店《語叢》4.18「割而不～」

天星觀.遣策「～翠」

郭店《老子甲》9「敦乎其如～」

郭店《老子甲》32「我欲不欲而民自～」

B. 業

上博四《互先》4「～～天地」

上博一《孔子詩論》5「以為其～」

上博七《吳命》7「寡（寡）君之～」〔註4〕

C. 察

1. 𡜍頭下從廾

郭店《語叢一》68「～天道以化民氣」

包山183「乙巳，～陽人陳楚」

〔註4〕此字劉剛以為「辛」之變體，讀「介」；趙平安以為「業」字。

2. 舉頭下从又

郭店《五行》13「清則～，～則安」

清華捌《邦道》11「毋以一人之口毀譽，徵而～之，則情可知」

郭店《五行》8「思不清不～」

清華捌《邦道》10「～其信者以自改」

清華捌《天下》7「如不得用之，乃顧～之」

包山43「～君之右司馬均臧受旨「（封君名）〔註5〕

3. 舉頭下从又，「又」訛為「×」

包山 128「蓁陵邑大夫司敗～蓁陵之州里人陽鍺之不與其父陽年同室」

郭店《窮達以時》1「～天人之分，而知所行矣」

上博四《曹沫之陳》45「其誅重且不～」

上博四《曹沫之陳》4「少則易～」

上博五《鮑叔牙與隰朋之諫》5「公固弗～」

清華陸《子儀》12「豈畏不足？心則不～」

包山19「鄔正婁～虢受旨「（人名）〔註6〕

包山22「辛未之日不～陳宝頷之傷之故以告」〔註7〕

上博九《舉治王天下》25「～之於堯」

4. 舉頭下「×」形訛為「人」形

清華捌《邦道》10「必～聽」

郭店《性自命出》38「～其見者，情安失哉」

5. 舉頭下全省

上博六《孔子見季桓子》16「焉與之處而～問其所學」

郭店《尊德義》8-9「～諸出，所以知己」

〔註5〕此形可以旁證舉頭下的「又」形可以訛成「×」形。

〔註6〕《十四種》頁20注2有詳說。白於藍、劉信芳以為从業，十四種以為讀淺、蔡。

〔註7〕《十四種》頁15釋文括號注（察）。

郭店《尊德義》17「因恆則固，～曲則無避」

上博六《用曰》15「告眾之所畏忌，請命之所～」

6. 𡴆頭下全省，上加小少等形

上博七《凡物流形》甲14「～道，坐不下席」

上博七《凡物流形》甲18「奚謂小徹？人白為～」

上博七《凡物流形》甲24「～智而神」

上博七《凡物流形》甲24「～神而同」

D. 竊

郭店《語叢四》8「～鉤者誅，～邦者為諸侯」

清華壹《楚居》4「乃～都人之犅以祭」

E. 淺殘

郭店《五行》46「深，莫敢不深；～莫敢不～」

同前

上博六《用曰》20「有弔之～」

清華玖《治政》23「若恖（溫）甘之㝵（淺）曋（醰）」

清華玖《治政》35「亓（其）惪（德）㝵（殘）於百眚（姓）」

F. 質

上博《容成氏》30「乃立～以為樂正。～既受命」[註8]

上博三《亙先》「亙先無又（有），～、靜、虛。～，大～」

G. 蔡

上博二《容成氏》「田無～，宅不空」

H. 辨

郭店《五行》37-38「不匿，不～於道」[註9]

〔註8〕堯、舜的樂正，古書多作「夔」，唯《呂氏春秋·古樂》作「質」，學者多同意此字
讀為「質」。「質」端母質部，「竊」清母質部，音近可通。

〔註9〕原考釋以為～讀察。裘錫圭案語云：帛書本與之相當之字為「辯」，待考。

郭店《五行》39「不～於道也」

以上諸形，討論的學者非常多，以下只舉與本文相關的來討論。裘錫圭以為郭店《五行》第8簡「思不清不～」之末字，「帛書本與此相當之字為『察』，簡文此字似亦當讀為『察』。此字在包山簡中屢見，讀為『察』，義皆可通。在郭店簡中，此字及以其右旁為偏旁之字尚見於《語叢一》等篇，……本篇一三號簡亦有此字」，裘錫圭都讀為「察」。〔註10〕

郭店《語叢四》第8簡「～鉤者誅，～邦者為諸侯」之～字，裘錫圭以為「此段內容與見於《莊子‧胠篋》的下引文字基本相同：『彼竊鉤者誅，竊國者為諸侯。諸侯之門，而仁義存焉。』簡文第一、五二字左旁，與本書《五行》中應該讀為『察』的從『言』之字的右邊相近。包山楚簡中應讀為『察』的從『言』之字，其右旁並有與此字左旁極相似者，可知此字之音與『察』相近。『竊』『察』古通，故此字可讀為『竊』。」〔註11〕

郭店《五行》第46簡「深莫敢不深，～莫敢不～」本句的～字。裘錫圭案以為「此句首尾各有一從『水』的相同之字，似當讀為『淺』，因為該字的右旁據帛書本讀『察』，『察』『竊』古通，而『竊』『淺』音近義通」。並引《爾雅‧釋獸》「虎竊毛謂之虦貓」郭注：「竊，淺也」為證。〔註12〕另外，在《性自命出》22簡「笑，禮之淺也；樂，禮之深澤也。」他認為字可釋為「淺（淺）澤」二字合文。〔註13〕

裘文的影響很大，此後學者對帶有「半」頭的字，都從察、竊、淺以及與這三字相關的讀音去思考了。

2013年劉釗〈利用郭店楚簡字形考釋金文一例〉同意上述讀察、竊、淺諸字，並增加了一些字例，以為這都字都是從「辛」得聲；劉文同時把甲骨文[字]、猷鐘[字]（～伐乎都）、散氏盤（用矢～散邑）、兮甲盤[字]（則即刑，～伐）、禹鼎[字]（～伐噩侯馭方）等句中的～字也釋為從辛等聲，都讀為「翦」。〔註14〕後來

〔註10〕荊門市博物館編《郭店楚墓竹簡》，文物出版社，1985年，第151頁，注七。同讀為察的還包括：《五行》第13簡「清則～，～則安」、《語叢一》第68簡「～天道以化民氣」（見同書第200頁注一五）、《窮達以時》第1簡之「天人之分」（見同書第145頁注一）。

〔註11〕荊門市博物館編《郭店楚墓竹簡》，第218頁，注七。

〔註12〕《郭店楚墓竹簡》第154頁，注63。

〔註13〕《郭店楚墓竹簡》第182頁，注19。

〔註14〕劉釗〈利用郭店楚簡字形考釋金文一例〉，《古文字研究》第二十四輯，2002年，頁

李學勤〈眉縣楊家村新出青銅器研究〉讀逨[註15]盤的「斷伐荊楚」為「朝伐荊楚」[註16]，說明了劉文的這一讀法受到不少學者的認同。

　　王龍正、劉曉紅、曹國朋在討論新見應侯見工簋讀為「踐」的字時說：「踐字主體作從雙手或單手持辛（鏟）之形，右旁從戈或從斤，而辛、戈、斤等都是刀具類的武器或工具，其所示攻擊性不言而喻。由此可知，該字應為俗語剷除之『鏟』的本字。」[註17] 劉洪濤〈叔弓鐘及鎛銘文「劃」字考釋〉則以為「辛」應該是「劃」，也是讀為「察、竊、淺」等字的聲符，「劃」與「察、竊、淺」等字的上古聲韻都可通；[註18] 韓厚明〈談辛與鏟字的初文〉以為「辛」應是「鏟」（這種工具在考古中也有發現，夏鼐、殷瑋璋名為「鐵斧」或「斧形鑿」），《說文》：「鏟，一曰平鐵。」《六書故·地理一》：「鏟，狀如斧而前其刃，所以鏟平木石者也。」《文選·鮑照〈蕪城賦〉》：「鏟利銅山」，李善注引《倉頡篇》曰：「鏟，削平也。」《文選·木華〈海賦〉》「乃鏟臨崖之阜陸」，劉良注：「鏟，鑿也。」從以上古籍注釋可知，「鏟」除用為治田的農具外，還可以用於開山採石。[註19]

　　當然，也有不少學者提出反對意見。林澐在〈究竟是「朝伐」還是「撲伐」〉中就認為：劉文在綜合楚簡中包有屮、屮的字形時，漏了「樸」「僕」等字，「這就證明，即便是在郭店楚簡和包山楚簡的時代，我們並不能見到含有屮、屮的字形就斷言只能讀為劉釗所謂的『丵』的音，還應考慮有讀並紐屋部的『業』的可能」。[註20]

　　林文指出幾父壺銘文中的「僕」字有「」「」兩種不同寫法，一從「辛」、一從「業」，可見「業」旁中的「丵」是從「辛」旁變來的。西周的「僕」字

　　　　277～278。

〔註15〕「逨」，各家或隸「逑」、或隸「逨」。

〔註16〕李學勤〈眉縣楊家村新出青銅器研究〉，《文物》2003 年第 6 期，頁 67。

〔註17〕王龍正、劉曉紅、周國朋：〈新見應侯見工簋銘文考釋〉，《中原文物》，2009 年第 5 期。

〔註18〕劉洪濤叔弓鐘及鎛銘文「劃」字考釋——復旦大學出土文獻與古文字研究中心（http://www.gwz.fudan.edu.cn/Web/Show/1164），2010 年 5 月 29 日；又見《中國文字》新第 35 期，2010 年 6 月；又見〈談古文字中用作「察、淺、竊」之字的考釋〉，《古文字研究》第三十輯。

〔註19〕韓厚明〈談辛與鏟字的初文〉，《中國文字研究》第 25 期，2017 年。

〔註20〕林澐〈究竟是「朝伐」還是「撲伐」〉，《古文字研究》第二十五輯，2004 年 10 月，頁 116。

往往還帶有「畄」旁，見下圖：

原始的「僕」字何以从畄，歷來說者不得其解。自從唐蘭解釋甲骨文的「🐾」「🐾」「🐾」為原始的「璞」字，這個疑團冰釋了。唐蘭以為此字「象兩手舉辛，撲玉於畄，於山足之意」。林文指出：

> 考古發現已經表明至少在商代中期已經能夠開礦，在湖北大冶
> 銅綠山礦坑中發現的采礦工具，使我們知道了古人使用一種套有金
> 屬刃口的鑿形工具，這種鑿形工具有的很大，最大的刃寬達 40CM
> 以上，據《銅綠山古礦遺址》分析，在豎直安裝木柄進行發掘時，
> 可兩人持柄合力撞擊礦石。想必在采玉作業中使用的工具亦與之相
> 類似，和這種「辛」形工具共出的還有大量竹編的筐簍，可作字形
> 中的「畄」旁的實證。

林文以為「由此我們可以確知，原始『僕』字偏旁中的『畄』、『辛』、『廾』三個組成部分，都是得自甲骨文中原始『璞』字的構成。」〔註21〕

董珊認為甲骨文唐蘭釋「璞」之字既可以讀「剗、殘」一類讀音，也可以讀「璞、僕」這類讀音：

> 唐蘭先生所釋甲骨文「璞周」之「璞」是表示「開采璞玉」意的
> 表意字，這個字就其所表示的動作「開采」來講，讀「剗」、「殘」
> 一類的讀音；就「璞玉」的意思來講，讀「璞」、「僕」這類讀音。
> 這類現象在早期文字中屢見不鮮。〔註22〕

顏世鉉〈再論是「剗伐」還是「撲伐」〉指出《荀子‧儒效》「逢衣淺帶」在《韓詩外傳》卷五作「逢衣博帶」，今本《老子》「夫禮者，忠信之薄而亂之首」在北大簡作「夫禮，忠信之淺而亂之首也」，「博、薄」與「淺」上古韻部分別屬鐸／屋，二者為旁轉的關係；聲為唇音與齒音，應有複聲母的關係，

〔註21〕林澐〈究竟是「剗伐」還是「撲伐」〉，古文字研究第二十五輯，頁 116～117。
〔註22〕董珊〈試論周公廟龜甲卜辭及其相關問題〉，北京大學中國考古學研究中心、北京大學震旦古代文明研究中心編，《古代文明》第 5 卷，2006 年 12 月，頁 245。

因此這兩組詞應該是同源詞。「举（举）」與「辛（辛）」在表意字中代表劃削玉石的工具（劃），並不表示所使用的工具有差異。〔註23〕

　　綜合上述「举（举）」與「辛（辛）」的關係，大致學者的意見可以歸納為以下六類：

　　一、「举（举）」與「辛（辛）」都是鑿子，举像鑿子經過敲擊後鑿柄木質順
　　　　理撕裂為一叢細絲。——詹鄞鑫、陳昭容

　　二、「辛」即「辛」，繁化為「举」，「辛」為大多數举頭字的聲符。——劉釗

　　三、「举」即「辛」，「辛」是「鏟」的象形，也是大多數举頭字的聲符。
　　　　　　——王龍正、劉曉紅、曹國朋、韓厚明

　　四、「举」即「辛」，「辛」是「劃」的象形，也是大多數举頭字的聲符。
　　　　　　——劉洪濤

　　五、「美」旁中的「举（举）」是從「辛（辛）」旁變來的，帶有举頭的字，
　　　　有些應該有讀並紐屋部的「美」的可能。「辛」是一種直柄套有金屬刃
　　　　口的鑿形工具（未說明讀音）。——林澐

　　六、這些字既有翦殘的讀音，也有璞博的讀音——董珊、顏世鉉

　　以上各家對「辛举」的解釋不同，主要來自各家對甲骨文、金文、等字（以下暫稱「甲金文璞系字」）的解釋不同。從現有材料看，「甲金文璞系字」既可讀「璞」（通假為撲），又可讀「翦」。順著這個思路，我們贊成：「辛举」既可讀「鑿」，也可讀「鏟劃」。

　　「辛举」讀「鑿」，下加「廾」旁就成為「美」，它是個會意字，從廾持鑿撲鑿玉石。「辛举」讀「鏟劃」，下加「廾」旁、「刀」旁（或「斤」旁、「戈」旁），就成為「翦」；加義厂則讀「淺殘」，「辛举」是義符兼聲符。把「辛举」讀為「鏟劃」，雖然也有一些文獻依據，但是數量極少，用「中國哲學書電子化計畫」檢索先秦兩漢的「鏟」字，只有 2 筆，唯一和挖掘土石有關的就是《說文》「鏟：鏉也。一曰平鐵。」其他和挖掘土石有關的都在六朝以後，時代較晚。檢索先秦兩漢的「劃」字，共有 11 筆，意思多半是「消除、消滅」，沒有一筆和挖掘土石有關。相反的，檢索「鑿」字，共有 330 筆，和挖掘土

〔註23〕顏世鉉〈再論是「翦伐」還是「撲伐」〉，史語所「第四屆古文字與古代史國際學術
　　　　研討會」，2013 年 11 月 22～24 日。

石山川有關的很多,如:

> 《詩經·豳風·七月》:「二之日鑿冰沖沖、三之日納于凌陰。」

> 《楚辭·哀時命》:「鑿山楹而為室兮,下被衣於水渚。」

> 《呂氏春秋·古樂》:「(禹)通大川,決壅塞,鑿龍門,降通漻水以導河」

> 《論衡·量知》:「銅錫未採,在眾石之間,工師鑿掘,鑪橐鑄鑠,乃成器。」

> 《論衡·順鼓》:「攻社之義,毋乃如今世工匠之用椎鑿也?以椎擊鑿,令鑿穿木。」

從《論衡·量知》來看,開採銅錫,工師是用「鑿」來挖掘;開採璞玉,應該也是用「鑿」來挖掘。這是「甲金文璞系字」所從的「𢀇𢀇」是「鑿」的最好說明。如果這個推想可以成立,那麼《說文》的「丵」字就來自「甲金文璞系字」所從的「𢀇𢀇」旁,詹鄞鑫、陳昭容的說法仍然是可以成立的。

事實上,戰國楚系文字中,「丵」讀為「士角切」是有證據的。《清華大學藏戰國竹簡(貳)·繫年》簡54「秦康公銜(率)自(師)以遵(送)癰(雍)子」,句中的「遵」字作:

原考釋:「『遵』字從叢聲,古音從母東部,與心母的『送』字通假。」〔註24〕學者都沒有異議。復旦網「昨非」指出《左塚漆桐》![字]![字]字也是「叢」。〔註25〕《清華二〈繫年〉集解》(蘇建洲按語)認為簡文「遵」的「叢」旁當分析為「取」省聲。〔註26〕金宇祥博士論文《戰國竹簡晉國史料研究》第三章第三節

〔註24〕 李學勤主編:《清華大學大學藏戰國竹簡(貳)》(上海:中西書局,2011 年),第 159 頁。

〔註25〕 復旦網論壇〈由〈繫年〉重新認識幾個楚文字〉,(網址:http://www.gwz.fudan.edu.cn/ forum/forum.php?mod=viewthread&tid=5422),第二樓,2012 年 1 月 10 日。

〔註26〕 蘇建洲、吳雯雯、賴怡璇:《清華二〈繫年〉集解》(臺北:萬卷樓圖書公司,2013

指出：

> 「叢」字已見於春秋早期鼄大宰匕《集成》4623「檧」字作，郭沫若認為「此从木，為叢之繁文」〔註27〕，據此可知△字為「取」省聲。又《清華陸·子儀》簡 10 與△字字形用法全同。《清華柒·越公其事》簡 31 有一從「叢」之字作，原考釋李守奎認為「蘽，當為叢省聲，讀為「悚」。」可從。而以上、、、四字為目前楚系文字所見從「叢」之字，字皆作「取」省聲，上半部在楚簡中可以有兩種思考，一種是「察」、「淺」、「竊」所從；一種是「璞」、「撲」所從，從聲韻上看，「叢」為從母東部，第一種「察」、「淺」、「竊」為月、元、質部，與東部不近；第二種「芔」為「從」母屋部，「取」為清母侯部，聲同為精系字，韻為對轉，可以相通，故「叢」字應从「芔」，「芔」可作為聲符。〔註28〕

旭昇案：郑太宰匕「檧」字見《殷周金文集成》4623、4624，字形及反白後的字形如下：

學者都同意此字為「檧」，可能因為右旁字形模糊，所以少人討論字形。金宇祥指出「叢」字從「芔」，可能有聲符的作用，這是對的。不過，經過前面的分析討論，「芔」字不可能是「叢生草」的意思，所以它只能是「叢」字的聲符。

「芔」字的上古音，董同龢、李方桂屬宵部；周法高屬藥部（據「漢字古今音資料庫」）；陳新雄師《古音學發微》頁 961；王力《漢語音韻》頁 176 都屬

年），頁 432。

〔註27〕金宇祥論文原注：郭沫若：《兩周金文辭大系考釋》（北京：科學出版社，1935 年），頁 193。

〔註28〕見金宇祥《戰國竹簡晉國史料研究》第三章第三節，臺灣師範大學國文研究所博士論文，2018 年 11 月。

藥部。〔註29〕可是「丵」字大徐本《說文解字》、《廣韻》的切音都是「士角切」，而「角」字，各家不是列在侯部、就是列在屋部。依前一說，「丵（藥）」和「叢（東）」沒有通轉的可能；但是依照後一說，「丵（侯／屋）」和「叢（東）」主要元音完全相同，所有聲韻語言學家都會同意可以通轉。我們初步認為「鑿（藥／宵）」雖然上古從「丵（屋／侯）」得聲，但是後來應該有音變，藥屋可以旁轉（《古音學發微》1064 頁）、侯宵也可以旁轉（《古音學發微》1053 頁）。我們似乎不宜用音變的「鑿」字來推「丵」的上古音。事實上，《說文》說「丵」讀若「浞」，「浞」也是屋部字。

左塚漆梮有，黃鳳春、劉國勝隸為「菆（取）䚔（察）」（由右向左讀），沒有解釋詞義，各家也沒有其他說法。〔註30〕《清華貳》的「遷」字出來後，學者才知道首字應即「叢」，但是「菆叢」是什麼意思？學者也沒有很好的想法。我以為或許可以讀為「諏眾」，「叢」從紐東部、「眾」照（章）紐冬（中）部，二字聲為舌齒鄰紐，韻為東冬旁轉；「諏」精紐侯部、「菆」從紐侯部，二字同從「取」得聲，自然可通。「諏眾」的意思是「諮詢眾人」。

「叢」從「丵（士角切）」聲既可確定，那麼獨體的「丵」是否有可能也讀「士角切」呢？《左塚漆梮》的，黃鳳春、劉國勝隸為「杏丵」、蘇建洲讀為「行察」、單育辰以為此應讀為「察本」。〔註31〕旭昇案：現時學者見到「丵」字，多半都往察、竊、淺去理解，所以看起來本條讀為「察本」頗為合理。但用「中國哲學書電子化計畫」檢索先秦兩漢典籍，只有《黃帝內經・素問・至真要大論》有「察本與摽，氣可令調」一條。

我認為「丵杏」的「丵」字應該讀「士角切」，不應該讀為「察、竊、淺」，「丵」可讀為「重」，「丵」崇紐屋部、「重」澄紐東部，二字聲為舌齒鄰紐，韻為陽入對轉。因此「丵杏」可讀為「重本」，用「中國哲學書電子化計畫」檢索

〔註29〕 王力在《漢語音韻》176 頁注 2 說「丵聲有鑿」，各家大概都是根據這個理由把「丵」字放在藥部。

〔註30〕 參朱曉雪《左塚漆梮文字匯釋》，復旦大學出土文獻與古文字中心網站首發，2009 年 11 月 10 日（網址：http://www.gwz.fudan.edu.cn/SrcShow.asp?Src_ID=970）。後刊登於《中國文字》新 36 期，2011 年。

〔註31〕 參朱曉雪《左塚漆梮文字匯釋》，復旦大學出土文獻與古文字中心網站首發，2009 年 11 月 10 日（網址：http://www.gwz.fudan.edu.cn/SrcShow.asp?Src_ID=970）。後刊登於《中國文字》新 36 期，2011 年。

先秦兩漢典籍,《管子‧侈靡》有「示重本也」、《春秋繁露‧楚莊王》有「凡樂者,作之於終,而名之以始,重本之義也」、《白虎通‧三正》有「敬始重本」、《論衡‧非韓》「重本尊始」(又見《祭意》篇)、《正說》篇有「重本不忘始」、《申鑒‧時事》有「禮重本,示民不偷」,重本謂重視根本,是古代施政的重要精神,也是個人修身的重要指標。

　　由此看來,戰國時代的「举」字很可能是一個具有獨立音義的字,它可能來自甲金文的「𢆷𢆸」。甲金文的「𢆷𢆸」象鑿形,因此有「鑿(举)」的音;它可以做「叢」的聲符,因此也讀為「叢」。

　　「鑿」應該有兩種,一種是甲骨金文的「𢆷𢆸」,長柄,前端平刃,可以鑿刺土石,林澐說的應該是這一種;一種是頂端平頭,以鎚子敲擊,下端尖,可以鑿物,《侯馬盟書》「鑿」字作下列諸形:

　　去掉「金」旁,剩下「臼」形的上方,應該就是這種「鑿」,詹鄞鑫說應該是這一種,這種「鑿」的上端不應該加小點。《說文》解字的「举」字應該是第一種「鑿」,但是到了後代,兩種「鑿」形揉合,所以後世的「鑿」字也從「举」,上面也加了小點。

　　原刊於《漢字漢語研究》2019 年第 2 期,2019 年 6 月,頁 7～18。該刊為簡化字版,現改回傳統漢字版,內容也有微調。

說婁要

「婁」、「要」為一字之分化，而且應該在甲骨文就有此字，只是已往我們對它的認識還不夠。

「婁」、「要」的考釋，長期以來充滿了困惑。早期學者，如郭沫若先生釋甲骨「🦋」（《粹》1268）為「要」（《粹考》165 頁）；李孝定先生釋「🦋」（《前》2.18.4）為「要」（李孝定《甲骨文字集釋》頁 833），現在看來，都嫌證據不足。金文「要」字最早見於伯要簋（字作「🦋」），四訂《金文編》做為不識字，放在附錄下 132 號。又散盤有「🦋」字，孫詒讓釋「綏」（《古籀餘論》卷三頁 53，《金文編》放在 422 號「要」字條下）。

洹子孟姜壺有「🦋」字（《金文編》附下 338 號），舊以為下亦從「要」。

1972 年，朱德熙、裘錫圭二先生合寫〈戰國文字研究（六種）〉（考古學報1972.2），引《三體石經》婁字古文「🦋」、《汗簡》卷下之一引《義雲章》「數」字作「🦋」、《古文四聲韻》卷三引王唯恭《黃庭經》「樓」字作「🦋」，因而釋仰天湖、信陽簡的「🦋」為「縷」。

此文改變了舊說對「要」字的考釋，改釋為「婁」。但此文接著又指出：《說文》「要」字古文作「🦋」，《汗簡》卷下之引《說文》同，形體與婁字無異，所以簡文此字似又可以釋作從糸從要。「要」字的來源我們還不清楚。散氏盤末行第四字舊釋綏，是否可靠很難說。因此《說文》「要」字古文的形體是可疑的。

1974～1978 年，河北平山縣出土中山王鼎，銘文有「闢啟封疆，方𡥉百里，列城𡥉十」，「𡥉」字作「　」；又蚉壺銘文有「大啟邦宇，方𡥉百里」，「𡥉」字作「　」，二器之「𡥉」字皆讀為「數」，張政烺先生〈中山王響壺及鼎銘考釋〉云：「𡥉，从言，婁聲，讀為數。按《說文》：『數，計也。从攴，婁聲。』婁从女，而上部之『毋』篆文古籀各不相同，許氏解說亦紛亂，莫衷一是。詛楚文數从𢆶，馬王堆帛書《老子》甲乙本數从毋，其結構皆不明瞭，惟此處𡥉字形完具，與三體石經《春秋》古文婁从𠁥合，可確認為从臼、从角。《爾雅・釋器》：『角謂之觷』，疑即此字。《廣韻》觷有三音而皆與角音近，知角亦聲也。」〔註1〕

受到這些材料及考釋的影響，散盤舊釋「繆」的那個字，也開始有越來越多的學者改釋為「縷」，吳振武先生《古璽文編校訂》、戴家祥先生《金文大字典》3720 頁、陳秉新先生《釋𡥉（捊）、毅、般及从𣪡諸字》（《吉林大學古籍整理研究所建所十五周年紀念論文集》）第 21 頁均主釋縷。

曾侯乙衣箱二十八宿「婁」字作「　」，也與上述釋為「婁」字的字形結構相同。一時之間，从臼、从角、从女的這個字，彷彿全部都應該釋為「婁」，而「要」字則不見了，《說文》的「要」字古文作「　」，也變得可疑了。但是，我們也看到睡虎地秦簡的「要」字作「　」，與《說文》「要」字古文的結構完全相同，顯見《說文》「要」字古文確有來歷。而此形「臼」旁中間的「囟」形由「角」形變來的機會非常高，如前所述，《汗簡》「要」字與《說文》古文又完全相同，則从臼、从角、从女的這個字釋為「要」的可能性也無法全部排除。

要解決這個問題，最理想的結果是「婁」、「要」同字。張世超、孫凌安、金國泰、馬如森等先生合編的《金文形義通解・卷三》472 號「要」字條下說：

> 「要」、「婁」同字，蓋「要」假「婁」為之也。古韻「要」屬宵部，「婁」屬侯部，二部可通。

此說相當有道理，可惜沒有提出很堅強的證據，對「要」、「婁」相通的聲韻說明，也只顧到韻部，沒有理會聲紐，所以接受的人似乎不多。

〔註 1〕《古文字研究》第一輯，1979 年 8 月。

隨著戰國楚簡不斷的出土，我們看到越來越多的「嫛」字，茲取字形具有代表者列之於下：

1. 虜仿司馬嫛（⿰⿱）臣。（《包》161）
2. 新官嫛（⿰⿱）夏犬。（《包》5）
3. 玉嫛（⿰⿱）來。（《包》25）
4. 是故威服刑罰之嫛（屢。⿰⿱）行也。（《郭・成》5）
5. 亦非有譯嫛（⿰⿱）以多也。（《郭・成》27）
6. 嫛（數。⿰⿱）不盡也。（《郭・語一》90）
7. 名，嫛（數。⿰⿱）也。（《郭・語二》44）
8. 大箸（圖、作）之嫛（護。⿰⿱），難易滯欲。（《上博三・彭祖》2）

以上的「嫛」字，依字形結構可以分成三類：A 類從𦥑從角從女，例 1、2、4 屬之；B 類從𦥑從辛從女，例 3、5、8 屬之；C 類從𦥑從留從女，例 6、7 屬之。《包山楚簡》的「嫛」字，或為人名，或為職官名，學者對於把此字釋為「嫛」，大抵沒有異議。《郭店》的「嫛」字，依文義來看，也沒有問題。《上博三・彭祖》的「嫛」字，則是我個人的看法。

這些「嫛」字的隸定，應該都沒有問題，但是它們的字形結構分成三類，還沒有見到學者提出解釋。從金文來看，A 類直承金文，似乎是最合理的寫法；但是，這樣解釋，我們就很難理解它為什麼又可以寫成 B、C 類。

我認為 A 類應該解釋為從𦥑從女、角聲。嫛，上古音屬來紐侯部；角，見紐屋部，見紐與來紐關係極為密切，侯部與屋部則為陰入對轉。依唐蘭「象意字聲化」說，「嫛」字的初文就應該是從𦥑從女的「娶」字，本義當為「摟女腰」，甲骨文有此一字形，疑即「嫛」字：

……「⿰⿱」大甲屮。（《合》19830）

辭殘，義不可知。但是看此字兩手環拱，中間「女」形特別伸長，雖然所摟的部位並不是剛好在腰部，但文字畢竟不是圖畫，不必太過苛求。如果此字的確是「嫛」字，那麼金文時代加注「角」聲，在字形演變上應該是頗為合理的。

「⿰⿱」字既是「嫛（摟）」的初文，所摟又為女腰，則此字又可釋為「腰」字，就非常合理了。甲骨文往往有一形可以代表意義相近而讀音差異較大的兩個字，如月／夕、母／女、羽／翼………，其例甚多。嫛（摟）／要（腰）

應該也是屬於這一類。這麼一來，婁、要聲紐相去較遠的問題，也就可以解決了。

　　「婁（要）」字的本義既為摟女腰，則楚簡 B 形把「角」旁訛為「辛」旁，與下部的「女」旁合起來正好是個「妾」字，則 B 形可以釋為「摟妾腰」；C 形把「角」旁訛成「�」旁，與下部的「女」旁合起來正好是個「妻」字，則 C 形可以釋為「摟妻腰」（上列例 6、7 兩形下部的「女」旁稍有變化，但與上部合起來看成「妻」旁，應該是可以的）。如此一來，楚文字的「婁」字的形體都可以得到合理的解釋，與甲、金文的連繫，也相當合理。

　　綜上所述，古文字中的「婁」字，其實也就是「要」字，釋婁釋要，應視上下文來決定。就現有材料來說，除了散盤的「繧」字及《上博一‧性情論》簡 14 的「要（謠）」以外，其餘應該都是釋為「婁」。《睡‧日甲》80 背有字，用為「腰」，其字形當為散盤「繧」省，足證散盤「繧」字仍當從「要」聲，讀「繧」不讀「縷」。

　　補：郭永秉先生在《古文字研究》第 28 輯〈談古文字中的「要」字和從「要」之字〉在裘錫圭先生之說的基礎上指出甲骨文（《合》28233）、西周金文衛簋等字右旁所從，及楚簡《上博四‧采風曲目》2等字，從目大（表示正面站立的人），雙手叉腰，即《說文》小篆字。據此，「要」字應有兩個來源，其一為郭文所示之字諸形，從目大，雙手叉腰，似為男子叉腰；其二為《說文》古文字諸形，《上博一‧性情論》簡 14 作，似為摟女腰，強摟即為曳聚。隸楷皆承第二形，第一形廢而不用。

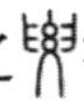

　　「中國古文字研究會第十四次年會」研討會論文，華南師大主辦，2006 年 11 月（又收入北京中華書局《古文字研究》第 26 輯）。

近年學界新釋古文字的整理（一）：睊

近年地下出土材料日益豐富，學者綜合甲骨、金文、戰國簡牘，對文字的考訂迭有新義。本文希望把看到的這些新成果彙整起來，同時把相關的問題也一起進行探討。以下先探討「睊」字。

《說文》卷四上睊部：睊，目圍也。从睊、ㄑ。讀若書卷之卷。古文以為醜字。（居倦切）〔註1〕

甲骨文有「囧」字，舊多釋為「面」。〔註2〕劉釗；《古文字構形學》（修訂本）以為釋「面」大有問題、〔註3〕劉釗主編的《新甲骨文編》於在附錄0168號當作不識字處理；〔註4〕姚萱：《殷墟花園莊東地甲骨卜辭的初步研究》也指出此字釋為「面」實不可信。〔註5〕最近，謝明文發表了〈說「睊」及其相關之字〉，以為甲骨文此字當釋「睊」。〔註6〕謝文詳細列舉了從甲骨到漢代的相關字形，對相關的問題都做了很好的討論，其說可信。

〔註1〕大徐本《說文解字》（北京：中國書店，2002年），卷四上，葉三。
〔註2〕《甲骨文編》371頁、《殷墟甲骨刻辭類纂》207～208頁、《說文新證》（大陸版）725頁、《甲骨文字編》上冊第189頁0668號。
〔註3〕劉釗；《古文字構形學》（修訂本），福建人民出版社，2011年5月，第84頁。
〔註4〕劉釗、洪颺、張新俊：《新甲骨文編》，福建人民出版社，2009年，第873頁。
〔註5〕姚萱：《殷墟花園莊東地甲骨卜辭的初步研究》，綫裝書局，2006年10月，第162～164頁。
〔註6〕謝明文〈說睊及其相關之字〉，《饒宗頤國學研究院刊》，第三期，2016年5月，頁1～15。

「罨」字從甲骨到秦漢的相關字形如下：

1 商.合 21428	2 商.罨父己爵	3 商.京津 1990（曼）	4 周早.仲𧵩父壺（罨）	5 周晚.鄭伯筍父𪓐（筍）
6 周晚.罬簋（罬）	9 戰.楚.清貳.繫 90（隕）	7 戰.楚.包（嫚）	8 戰.楚.上八.成 13（攎）	10 戰.秦璽.湖南 91（顋）
11 秦.睡.為 23.1（顋）	12 漢印徵 9.1（顋）	13 漢印徵 9.1（顋）	14 漢印徵 9.1（顋）	15 漢印徵 9.1（顋）
16 漢印徵 12.4（嫚）	17 漢.古鏡今照 P128（願）	18 漢鏡《文物》2001.9（願）		

依謝文的分析：甲骨文從目，外圈為指事符號，表示「目圍」、「眼眶」之意，（直接隸定可作「囘」）舊釋為「面」，不可信。《京津》1990「曼」字為「叒」的聲化繁體，「叒」字甲骨文作「⿱」（舊釋「曼」，依朱德熙說，「叒」與「曼」不同字，謝文以為朱說與郭說意見並不矛盾，並以為：「綜合他們的意見來看，我們贊成⿱（叒）乃「曼余目」之「曼」的初文，後世「尋」即由之演變而來，大概由於叒／尋後來常假借為其它意義，故其本義又假借從叒的「曼」來表示。」），音「患」或「宣」，中間的「目」形聲化為「囘」，可見「囘」與「叒」意近，「囘」字不會是「面」。西周早期仲𧵩父壺的「罨」字，是「叒」字的省體，字從「囘」也是聲化。鄭伯筍父𪓐下部從「囘」聲。罬簋「罬」字上從「罨」，應該是「囘」形受到「申」字的影響類化而成，因此「罨」就是「囘」。《清華貳·繫年》90「隕」字所從的「⿰」是「囘」到「罨」的過渡字形。「顋」與「願」一般以為不同字，其實二者可能本來就是一字，「願」是「顋」字變形聲化的後起字。

謝文對「罨」字的形音義分析得非常仔細，應該是可以成立的。但是文中

關於「叟」與「曼」是否同字的問題，說得較為簡略。朱德熙先生的文章，關於「叟」與「曼」是否同字，也講得含含糊糊，語焉不詳。因此有必要再深入探討。

甲骨文有「䀠」字，葉玉森以為字「從二又，象兩手引臣，即牽之本誼，擊牽為古今文」；郭沫若以為字「蓋曼之初文也。象以兩手張目，《楚辭・哀郢》『曼余目以流觀』即其義」；孫海波同意釋擊，但以為「以手牽引者，是為俘虜之人」。其後學者所釋，大抵不出這兩說。〔註 7〕朱德熙先生不贊成這兩種說法，以為字當隸為「叟」，在卜辭中用作人名或地名，無義可尋：

> 此字舊釋擊。按甲骨橫目形是目字，豎目形是臣字。不僅獨體如此，就是作為偏旁，界限也是清楚的。此字從橫目，是目而非臣，釋擊不可從。郭沫若先生說：
>
> > 金文曼龔父盨作䀠若䀠，從䀠𠕋聲，則䀠蓋曼之初文也。
>
> 《楚辭・哀郢》「曼余目以流觀」，即其義，引申為長為美。
>
> 郭沫若先生指出曼字從䀠，是很對的。但䀠與曼並非一字。案䀠字隸定當作叟或䀠。《顏氏家訓・書證》：
>
> > 《禮・王制》云：「臝股肱。」鄭注云：「謂擐衣出其臂脛。」今書皆作擐甲之擐。國子博士蕭該云：「擐當作揎。音宣。擐是穿著之名，非出臂之義。」案《字林》，蕭讀是，徐爰音患，非也。
>
> 鄭注下《釋文》云：
>
> > 擐舊音患，今讀宜音宣。依字作揎。《字林》云：「揎，揎臂也。先全反。」
>
> 《儀禮・士虞禮》注：「鉤袒如今揎衣」，《釋文》「手發衣曰揎」。《廣雅・釋詁四》「䀠，循也」，又《釋詁二》「揎，貪也」。《汗簡・頁部》引碧落碑宣字作䫫。此字所從的叟和揎字所從的䀠正是甲骨的䀠字，叟和䀠只是隸定的不同。上引《汗簡》顜字，《廣韻・仙韻》須緣切下作顜，從䀠，注云：「頭圓也。」此字又見《龍龕手

〔註 7〕參《甲骨文字詁林》（北京：中華書局，1996 年），頁 948～950。

鑑》，訛為顮，注云：「徒亂反，面圓也」。此外《廣韻・仙韻》須

緣下還有一個圍字，注云：「面圓也」。

> 寽字在卜辭中用作人名或地名，無義可尋。〔註8〕

朱說影響很大，很多學者都接受這個隸定及解釋，如《甲骨文字詁林》便說：

「字當隸作『叜』，釋『挈』非是。朱德熙已詳論之，其說是正確的。『叜』亦非

『曼』字。」〔註9〕

朱說從六朝的音義等文獻主張此字即「叜」，自是有一定的說服力。但是，

「叜」字的音義如何？朱文其實沒有說得很清楚。細看朱文，似乎是從「挏」、

「顮」、「圍」等字的讀音去推求。這些字在六朝音義、《釋文》、《廣韻》中都

讀如「宣」，而這些字應該都從「寽（同叜）」得聲，因此「寽（同叜）」似乎讀

「宣」。

不過，深入探討「寽（同叜）」的源流演變，此字的字形及讀音其實沒有

這麼單純。朱文所引《顏氏家訓・書證》所提出《禮記・王制》「臝股肱」鄭

注「謂挏衣出其臂脛」，今日通行阮元校勘的十三經注疏本都作「謂攌衣出其

臂脛」，其下的《釋文》則作：

> 攌，舊音患，今讀宜音宣，依字作挏，《字林》云：「挏，挏臂也。

先全反。」〔註10〕

上海古籍影宋元遞修本《經典釋文》作：

> 攌衣，舊音患，今讀宜音宣，依字作挏，《字林》云：「搄，搄臂

也。先全反。」〔註11〕

北京中華書局 1983 年出版的《經典釋文》為同一板本，內容相同。朱文引

的《經典釋文》應該是根據這個板本吧！阮刻本作「搄」，「搄」字晚出，最早

見於《龍龕手鑑》卷二手部：「在藥反。捎一也。」元刊本《玉篇》則作「搄，

子藥反。搄也；捎也。」這些義項用在《禮記・王制》「臝股肱」鄭注「謂攌衣

出其臂脛」的《釋文》「攌，舊音患，今讀宜音宣，依字作搄」，當然是不合適

〔註8〕朱德熙〈古文字考釋四篇・釋寽〉，《古文字研究》（北京：中華書局，1983年），第
八輯，頁 15～16。

〔註9〕《甲骨文字詁林》，頁 950。

〔註10〕《十三經注疏・禮記・王制》（臺北：藝文印書館，1965年），頁 259。

〔註11〕《經典釋文》（上海：上海古籍出社，19845），頁 685。

的；它的讀音也和《釋文》引《字林》的「先全反」不合。因此，「摘」應該是個錯字，朱德熙先生把「依字作摘」依宋元遞修本改為「依字作撏」，應該是合理的。

同樣的，朱文所引《儀禮·士虞禮》「鉤袒」鄭注「鉤袒如今撏衣」，今流行阮元校勘本作：「鉤袒如今擐衣也。」阮元《校勘記》：「如今擐衣也　擐，釋文作撏，云：『音宣。手發衣曰撏。又作擐，音患，古患反。』要義載注及疏亦俱作撏。」〔註12〕而上海古籍出版社影宋元遞修本《經典釋文》則作：「撏衣音宣。手發衣曰撏。又作擐，音患，古患反。」〔註13〕

宋元遞修本《經典釋文》的「撏」應該是「撏」的訛體，這沒有什麼問題。「撏」字所从的「睘」就是「𡃏」，「𡃏」即甲骨文的「𡃏」，而「睘（同𡃏）」字音「宣」（或「患」），不讀「曼」，因此可證「𡃏」不是「曼」。這大概就是朱文的推論吧！

「睘（同𡃏）」字是否應該讀「宣」，不讀「患」，朱文沒有說得很明白，但是細案文意，似乎較傾向讀「宣」。

從上引資料可以看到，《禮記·王制》「臝股肱」鄭注本作「謂衣擐出其臂脛」、《儀禮·士虞禮》「鉤袒」鄭注本作「鉤袒如今擐衣也」，兩條鄭注中的「擐」，到了魏晉南北朝，經師們很多都主張要改成「撏」，音讀也改成「宣」，改的理由，大部分學者都沒說，只有蕭該說了：「擐當作撏。音宣。擐是穿著之名，非出臂之義。」這個理由其實是禁不起推敲的，古漢語正反不嫌同詞（訓詁學上稱為「反訓」），這是熟悉漢語語言學史的人所熟知的，理論上，「穿著」與「出臂（也是某種形式的脫衣）」是一組相對反的詞，「擐」是穿著之名，並不妨礙它也可以有「出臂」之義。

漢末魏晉南北朝是中國語言環境劇烈改變的一個時期，漢語的形、音、義大量的分化，蕭該等學者以為「擐是穿著之名，非出臂之義」，因此要改讀「宣」，〔註14〕字形也改寫為「撏」。這只能代表六朝以來經師的意見，並不足以證明「撏」字所从的「睘」就只能讀「宣」。「顜」、「圂」等字讀如「宣」，

〔註12〕《十三經注疏·儀禮》（臺北：藝文印書館，1965年），頁496、503。

〔註13〕《經典釋文》（上海：上海古籍出社，1984年），頁621。

〔註14〕「擐」，古還切，見紐元部；「撏（依宣字音）」，須緣切，心紐元部。二字韻同，聲紐見與心有相通之例，最好的例子就是「劌（見紐）」从「歲（心紐）」得聲。其餘例證參黃焯《古今聲類通轉表》（上海：上海古籍出版社，1983年），頁128。

也只能代表六朝以後的意見，並不足以證明「嘼（同夐）」只應該讀「宣」，不能讀「患」。

其實，《釋文》說得很清楚，「擐舊音患」，並沒有說舊音是錯的，只是說「今讀宜音宣」。《經典釋文》包羅萬象，蒐集舊說，類似這樣的材料只是說明「擐舊音患」，而六朝經師主張讀為「宣」。方孝岳〈論經典釋文的音切和版本〉說：

> 謂韻書取材於書音者，乃就其大略而言。實則二者性質迥然不同。書音者訓詁學，韻書者音韻學。韻書所以備日常語言之用，書音則臨文誦讀，各有專門。師說不同，則音讀隨之而異。往往字形為此而音讀為彼，其中有關古今對應或假借異文、經師讀破等等，就字論音有非當時一般習慣所具有者，皆韻書所不收也。所謂漢師音讀不見韻書者多，往往即為此種，而此種實為訓詁之資料，而非專門辨析音韻之資料。〔註15〕

《經典釋文》廣蒐異說的情況當然是非常複雜，有些是當時經師沒說清楚，但是我們今天可以講得較明的的。張寶三教授〈前人誤讀經典釋文舉隅──以毛詩音義為例〉曾舉了一個例子：

> 《小雅·常棣》：「宜爾室家，樂爾妻帑。」傳云：「帑，子也。」箋云：「族人和則得保樂其家中之大小。」（卷九之二頁一七）通志堂本釋文釋經云：
>
> > 妻帑：依字吐蕩反，經典通為妻帑字，今讀音奴，子也。
>
> （卷中頁一〇）
>
> 盧文弨抱經堂本校改「奴」、「子」二字合為「孥」字，盧氏「毛詩音義考證」云：
>
> > 孥字舊誤分為奴、子兩字，今改正。（卷四頁四）
>
> 阮元毛詩釋文校勘記評之曰：
>
> > 案：所改謬甚。「音奴」者，對上「吐蕩反」而言；「子也」別為句；今注疏本并作「孥」，尤誤，不足為據。小字本、相臺本所附皆但云「帑音奴」，二本之例，傳箋文不復出，然則其讀

〔註15〕方孝岳〈論經典釋文的音切和版本〉，《中山大學學報》第三期，1979 年，頁 52。

釋文尚未失句逗也。（皇清經解卷八百四十八頁五）

案：阮氏所論是也。禮記中庸引詩「宜爾室家，樂爾妻帑」，鄭

注云：「古者謂子孫曰帑」（卷五十二頁一一）釋文釋經云：

妻帑：音奴，子孫也。本又作孥，同。尚書傳、毛詩箋並云
「子也」。杜預注左傳云：「妻子也」。（禮記音義卷四頁二）

案：比觀兩處釋文，二者皆以「音奴」標音，釋義則一依毛傳作
「子也」，一依鄭注作「子孫也」，可證阮校之說為得其例也。

再考左傳中每借「帑」為「孥」，釋文釋傳文「帑」字，其
義雖因襲用杜注而略有變異，然其標「音奴」則始終如一，亦
可見盧氏校改之不當也。〔註16〕

張文這個例子很有意思，《小雅・常棣・釋文》指出「妻帑：依字吐蕩反，
經典通為妻帑字，今讀音奴，子也」，乍看有點奇怪，「帑」字今音「吐蕩反」，
不音奴，盧文弨改「今讀音奴，子也」為「今讀音孥」，看來很合理。而阮元、
張寶三教授等都不同意，因為從《經典釋文》的體例來看，《經典釋文》只是
蒐集舊說，並不代表「奴，子也」要改「孥」。更進一步說，從古文字、古音
韻來看，「帑」讀「吐蕩反」和「孥」讀「奴」，二者本來就是同一個音的分
化，二字同從「奴」得聲，「吐蕩反」和「奴」上古聲都屬舌頭音，韻則為陽
魚對轉。也就是說：「妻孥」義的「孥」，最早可能假借「帑」字，而「帑」字
分化為兩個讀音：「吐蕩反」及「奴」。因此，早期文獻寫「妻帑」，但並不妨
礙它可以讀為「妻奴」。

明白《經典釋文》的體例後，我們再來看「撰」、「捋」的問題，與「帑」、
「孥」有點類似。「撰」本是穿衣，音「宣」；但它漸漸分化出反義詞「出臂」，
因此鄭玄注〈王制〉、「撰衣出其臂脛」、〈士虞禮〉「鉤袒如今撰衣」，用的是
「撰」字；至其讀音，有可能仍讀「患」，也有可能分化出新的讀音，但鄭玄
沒說，我們也無從猜測。到了魏晉南北朝，鄭玄注〈王制〉、「撰衣出其臂脛」、
〈士虞禮〉「鉤袒如今撰衣」既然都是「出臂」的意思，經師覺得不宜再用本
義為「穿著之名」的「撰」，於是改用「捋」字。至其音讀，較有可能的演變

〔註16〕張寶三〈前人誤讀經典釋文舉隅──以毛詩音義為例〉，《臺大中文學報》3 期，1986
年 12 月，頁 482～483。

是最早仍讀同「擐」，音「患」，後來漸漸分化為「宣」。也就是說，「挏」從「𡨄（同𡨄）」聲，二者最早都應該讀同「患」，後來才分化出「宣」的讀音。

這個主張，在以前可能證據不足，也很難說服人。現在則可以有一些證據支持這個講法，前引謝明文博士〈說「𡨄」及其相關之字〉一文所舉的🔣（𡨄。京津1990）、🔣（周早.仲𡨄父壺。謝文指出是前一字的省體）。此二字是「🔣」的聲化，「🔣」字本从目，後來「目」形聲化為「囘」，「囘」字即《說文》之𡨄，讀若書卷之卷，居倦切。依朱德熙先生的意見，「🔣」即「𡨄（同𡨄）」。「𡨄（同𡨄）」字可以聲化為「𡨄」，「囘」字既讀居倦切，則「𡨄（同𡨄）」當與之讀音相近。「𡨄（同𡨄）」字舊有「患」、「宣」二讀，患，胡慣切，上古音屬匣紐元韻；「囘（𡨄）」字既讀居倦切，上古音屬見紐元韻，匣紐與見紐同屬喉牙，發音部位相近（「匣」字从「甲」得聲，「甲」就在見紐），韻同屬元部，可見「𡨄（同𡨄）」、「挏」字讀為「患」比較合理。六朝經師拿「挏」來替換「擐」，正是因為這兩個字音近（「擐」有兩個讀音，一讀「古還切」，在見紐；一讀「胡慣切」，在匣紐），替換的原因是讓「擐」代表「著衣」，「挏」代表「出臂」，讓分化的二義分別用不同的字形來表示。

字義、字形既已分化，字音往往也會跟著分化，「挏」字本讀如「患」，後來也分化出「宣」的讀音。這在前引謝明文博士的文章中也有現成的例證，伯筍父甗「筍」字作「🔣」，字中的「目」形聲化為「囘（𡨄）」；「筍」字一般都以為同「筍」，〔註17〕「筍（筍）」，思尹切，上古音屬心紐真韻；其聲符「囘（𡨄）」讀居倦切，上古音屬見紐元韻，二字聲紐相同，韻為真元旁轉，真元旁轉的例證很多，《詩經・大雅・生民》一章以「民」（真韻）與「嫄」（元韻）押韻、《易經・坤・象傳》以「元」和「天」（真韻）押韻，〔註18〕可見「擐」分化出「挏」，讀音也漸漸由「患」變為「宣」。前引《經典釋文》相關的形音義問題，應該都可以得到合理的解釋。

最後要談「𡨄（同𡨄）」與「曼」的問題。郭沫若主張「🔣」即「曼」字，他舉了金文曼龔父盨作🔣若🔣，从🔣冖聲，因而推說🔣是「曼」的初文，無

〔註17〕此說最早由方濬益提出，見《綴遺齋彝器款識考釋》卷九葉十一至十二。參周法高《金文詁林》卷五葉二七二九、張世超等撰著《金文形義通解》卷五，1056頁。
〔註18〕參陳師新雄《古音學發微》（臺北：嘉新水泥公司文化基金會，1972年），頁1068。

論從形音義各方面來看，都很有理。前引朱文說「郭沫若先生指出曼字从𡧛，是很對的」，但是朱文沒有更進一步說明，因此朱德熙先生說郭沫若「指出曼字从𡧛，是很對的」究竟是什麼意思？我們無從得知。從文字學來看，「曼字从𡧛」只有兩種可能，不是聲符，就是意符。「𡧛（同㝅）」字是否意符？由於朱文並沒有明白地說出他認為「𡧛（同㝅）」的意義是什麼？因此我們無從得知朱文是否主張「𡧛（同㝅）」是金文金文曼龔父盨作🦅若🦅等形的意符。我們認為郭沫若釋「𡧛」象以兩手張目，即「曼」之初文。金文曼龔父盨作🦅若🦅等形，是本字「𡧛（同㝅）」加聲符「∩（冕）」。「𡧛（同㝅）」是個會意字，郭沫若釋為「象以兩手張目」，與「曼」形義相合，無可置疑。但是它是個表意字，本身不帶聲符，因此加聲符「∩（冕）」以彰明聲音，這在古文字演進歷史中極為常見。而《京津》1990 作「🐦」、仲𪚕父壺作「🐦」，則是把「目」形聲化為讀居倦切的「圁（圌）」。「曼」（無販切），上古音屬明紐元部，「圌」（居倦切），上古音屬見紐元部，二字上古韻部相同，聲紐「見」與「明」有相通的證據，最好的例子就是「曹劌（見紐）」，在《史記》及《戰國策》中都作「曹沫（明紐）」，《上博四·曹沫之陳》作「𦵣（从蔑聲，屬明紐）」[註19]，其他例證可參黃焯《古今聲類通轉表》頁 166～167。

　　《清華貳·繫年》簡 106～107「吳縵（洩）用（庸）以師逆蔡昭侯」，「縵」字作「🐛」，原考釋隸為「縵」，云：「縵用，《左傳》作『洩庸』。洩，喻母月部；縵，明母元部，韻部對轉。」[註20] 沒有談到這兩個字的聲紐關係。學者大都贊同原考釋的隸定，[註21] 魏宜輝先生則以為楚簡的「曼」字一般都作「🐛」、「🐛」，「目」形上沒有「爪」，此字不是「曼」，應隸定作「縵」，其所从的「🐛」旁當為「㝅」字（「㝅」字或寫作「𡧛」），讀為心母元部字，或定母元部字：

　　　　由朱先生的討論可知，「㝅（𡧛）」的諧聲字「顉」中古有須緣切、徒亂反兩種反切，或作「宣」之異文，由此推斷「顉」字上古音應為

〔註19〕《上博四·曹沫之陳》的「曹沫」就是「曹劌」，在簡文中還有其他寫法，但大體上都从「蔑」得聲。

〔註20〕清華大學出土文獻研究與保護中心編：《清華大學藏戰國竹簡（貳）》（上海，中西書局，2011 年），頁 185。

〔註21〕可參蘇建洲、吳雯雯、賴怡璇合著《清華貳《繫年》集解》（臺北：萬卷樓圖書公司，2013 年），頁 755～756。

心母元部字，或定母元部字，而「叟（嫂）」也應該與此讀音相同或相近。

　　「洩」字有《廣韻》「餘制切」、《集韻》「私列切」兩種讀音，上古音分別為喻母月部、心母月部。由此看來，「叟」和「洩」在音上的關係是非常近的，因此將「緩」字解釋為從「叟」得聲顯然更合理一些，金文中的「」字亦是如此，它們與「曼」字應該沒有關聯。〔註22〕

　　魏文指出原考釋隸「緩」讀「曼」，與「洩」的聲母「喻、明母聲紐遠隔，從讀音上看二者的關係是不近的」，這確實是《清華貳》原考釋及其他相關討論學者沒有談到的。從古代漢語來看，喻四與明紐確實遠隔，相通的機會不大，但是也不排除有一些個別的特殊情況，丘彥遂博士說：

　　　　上古與唇音聲母通轉的喻四字，似乎同時也跟透、定、徹、來、心、書、曉等母通轉。由此可見，這些少數的唇音字並不屬於少數的例外，它們與喻四應當有一定的語音關係。〔註23〕

　　丘文指出，喻四與唇音的通轉在《說文》中有六次（陸志韋，1947），在秦漢簡牘帛書中有兩次（李玉，1994），在郭店楚簡中有一次。〔註24〕但無論次數多少，這個現象總是存在的，最為學者熟知的應該就是《說文》「寶」從「缶」聲，余六切，聲屬喻四；而「缶」為古文「睦」，聲屬明紐。上古聲母現象極為複雜，「緩」讀「曼」，與讀為喻四的「洩」的聲紐關係，應該是屬於這種比較複雜而特殊的一類。同樣的，「洩」的第二個音讀屬於心紐，與明紐的通讀情況也不多見，如《尚書·舜典》「惟刑之恤哉」，今文作「謐」。〔註25〕數量也很少，應該也是屬比較複雜而特殊的一類。我們不排除〈繫年〉的這一

〔註22〕魏宜輝〈清華簡《繫年》篇研讀四題〉，《出土文獻語言研究》（廣州：暨南大學出版社，2015年3月），第2輯。

〔註23〕丘彥遂〈喻四的上古來源、聲值及其演變〉，高雄：中山大學中文系碩士論文，〈第五章·上古喻四與其他聲母的接觸·第四節·與唇音聲母通轉的喻四〉，頁82。

〔註24〕丘彥遂〈喻四的上古來源、聲值及其演變〉，頁83。

〔註25〕《尚書·舜典》作「惟刑之恤哉」，《史記·五帝本紀》作「惟刑之靜哉」，【集解】：徐廣曰：「今文云『惟刑之謐哉』。爾雅曰『謐，靜也』。」【索隱】注「惟形之謐哉」，案：古文作「恤哉」，且今文是伏生口誦，卹謐聲近，遂作「謐」也。據史語所漢籍電子文獻資料庫引，網址：http://hanchi.ihp.sinica.edu.tw/ihpc/hanjiquery?@51^809218576^807^^^60202001000100010005^34@@883422082#。

條是極為罕見的特例，甚至古代人名有其他特殊的各種現象，但是，我們也沒有必要因為這一條特例，而完全排除了「爰（同夒）」就是「曼」字的可能。

原發表於 2018 年 5 月 19 日第 29 屆中國文字學國際學術研討會。臺北：中國文化大學中文系。

說　季

提　要

「季」字，《說文》釋為「少偁」，即伯、仲、叔、季排行中最小的一個，字；分析字義為「从稚省聲」。林義光以為把「禾」分析為「从稚省聲」不合理，因此改釋為从子禾，釋義也改為「幼禾」，以為是「稺」的古文。不過，甲骨文的「季」字上部所從的「禾」有幾個特別標出禾穗，比較像是成熟的穀子，而不像是「幼禾」。綜合各種條件，我們以為「季」的本義應該是「穊」，栽種時過於密集的穀子，成熟時禾穗較不飽滿，因此農人收割後被挑出放在一旁，由小孩子扛回去。音再轉就是《詩經·大田》中的「穉」。

關鍵字：穉，穊，稺，幼禾，少偁

「季」字，《說文》釋為「少偁」，即伯、仲、叔、季排行中最小的一個，字；分析字義為「从稚省聲」。林義光以為把「禾」分析為「从稚省聲」不合理，因此改釋為从子禾，釋義也改為「幼禾」，以為是「稺」的古文。不過，甲骨文的「季」字上部所從的「禾」有幾個特別標出禾穗，比較像是成熟的穀子，而不像是「幼禾」。綜合各種條件，我們以為「季」的本義應該是「穊」，栽種時過於密集的穀子，成熟時禾穗較不飽滿，因此農人收割後被挑出放在一旁，由小孩子扛回去。音再轉就是《詩經·大田》中的「穉」。

古文字中「季」字的字形如下：

1 商.合 21119	2 商.合 21120	3 商.後 1.9.6	4 商晚.亞醜季作兄己鼎	5 周早.義仲鼎
6 商晚.季父戊子鼎	7 周早.季犀簋	8 周早.淒季作鬲	9 周早.𦅫季作父癸方鼎	10 周早.王季作鼎彝鬲
11 周中.井季㝬鼎	12 周中.井季夐尊	13 周晚.克鼎	14 周晚.良季鼎	15 周晚.仲師父鼎
16 周晚.師寏父鼎	17 周.季悆鼎	18 春.吳季子之子劍	19 戰.齊.古陶 3.673	20 戰.晉.盛季壺
21 戰.楚.書也缶	22 戰.楚.郭.老甲 1	23 戰.楚.清伍.命 13		

「季」上部從「禾」、下部從「子」，少部分「子」旁作「𡥀」。「𡥀」，李家浩先生《釋老簋銘文中的「濾」》從為即「也」字，象子張口嗁號之形。

〔註1〕「季」字從「𡥀（嗁）」無所取義，應該是形音俱近而訛寫，「嗁（定紐支部）」、「子（精紐之部）」，二字聲韻俱近。金文少數「子」字也訛寫作「𡥀」，如《集成》9295.2 者婣觥作 𡥀。因此上列字形，無論其「子」旁上部是否從「口」，我們目前都一律視為同字。

至於「禾」旁與「子」旁分書或合書，目前看不出有什麼不同。西周中期、晚期以後，基本上都是合書。

在上列字表中，我們應該很容易注意到甲骨文△1、2 形上從禾，禾形特別畫出上部飽滿下垂的穗，很容易讓人注意到這是成熟的禾。

〔註 1〕李家浩《釋老簋銘文中的「濾」》，《古文字研究》第二十七輯，2008 年。

甲骨文中「禾」形畫出此形的，一定都是下垂飽滿的穗實，如《合》19804
▨、《合》9464▨、《合》9615▨，學者或釋為「穗」，裘錫圭先生以為酷肖
成熟的穀子〔註2〕。甲骨文中從這種形體的「禾」的字，也都一定與成熟穀子
有關，如：「穆」作▨（《合》28400），象成熟有芒穎之禾穗下垂形；「利」
作▨（《合》7042）、▨（《合》7043），從刀割取成熟禾穗。

這種「季」字上部禾形特別標出飽滿的穗形，在周代銅器銘文中非常見（為
了證明這種情形，西周字形本文特地多挑這些字形，沒有肥筆的從略了），一直
到周代晚期的師寏父鼎，仍在禾形上部末筆作肥筆，表示飽滿下垂的穗（本器
雖為摹本，但摹得很到位。同器其他字都沒有作肥筆的現象）

「季」字上部所從既然是禾穗成熟下垂之形的「禾」，因此我們有理由認為
「季」字的本義就不太可能是「幼禾」、「稺」。

此外，依林義光之說，「季」字從子禾，「子」為胎兒或幼兒，如「孕」作▨
（《合》21071），從人腹中懷子、「保」作▨（《合》8670）。但是，甲骨中獸類
的胎兒可以寫作「子」，如▨（《合》11267），從屮豕，而豕腹中有子。但目前
還未見從「子」來比擬幼禾的這種造字手法，因此釋「季」為幼禾，其實是有
問題的。

「季」字的本義，《說文解字》卷十四下云：

> 季　少偁也。從子，從稺省，稺亦聲。（居悸切）〔註3〕

歷代學者大抵遵從此說，一直到近代，林義光才提出不同的意見。《文源》
卷十云：

> 禾為稺省，不顯。《說文》云稺亦聲，是季與稺同音，當為稺
> 之古文，幼禾也。從子禾，古作▨（趙尊彝），引伸為叔季之季，
> 亦與稺通用。《詩》有齊季女（《采蘋》）、季女斯飢（《候人》），季
> 猶稺也。〔註4〕

此說一出，學界大都欣然接受，如馬敘倫《說文解字六書疏證》卷二十

〔註2〕裘錫圭《甲骨文中所見的商代農業》，《裘錫圭學術論文集》（復旦大學出版社，2012
年），頁233。

〔註3〕許慎撰、徐鉉校定《說文解字》（北京中華書局，1985年影印叢書集成初編影平津
館叢書本），卷十四下，葉六下。

〔註4〕林義光《文源》（中西書局，2012年），卷十，葉十六，頁355。

八、筆者的《說文新證》卷十四，都採用了林義光的說法。不過，馬敘倫採用了馮振心的說法，以為「季」从「子」聲。

林義光不接受《說文》的說法，應該是正確的。《說文》釋「季」為「少偁」，所以从「子」是合理的。但是从「禾」就不好講，《說文》因此提出从「稚」省，形聲字的聲符本身就是一個形聲字，然後省掉「形聲字」的「聲符」，只剩不表音的「意符」，不表音的「意符」如何能發揮形聲字「聲符」的功能呢？段玉裁在《說文解字》卷二上「哭　哀聲也。从吅、獄省聲」下注云：

> 按許書言省聲，多有可疑者。取一偏旁，不載全字，指為某字之省，若家之為豭省，哭之从獄省，皆不可信。獄固从㹜，非从犬而取㹜之半。然則何不取穀、獨、倏、猞之省乎？

這話說得很有道理，「哭」从「吅」有道理，但是从「犬」就很費解，段玉裁勉強說「安見非哭本謂犬嗥而移以言人也」？也很難讓人信服，犬嗥跟人哭相差很遠，很常見的人哭，不从「人」去想辦法造字，偏偏要拿一個跟人哭相去很遠的犬嗥來替代，也不符合漢字心理學。許慎當然也知道「哭」字从「犬」不合理，因此就著「犬」旁找到一個跟「哭」字音近的「獄」作為「哭」的聲符，這當然也很難讓人接受。形聲字就是要表音的，很多形聲字的聲符在後世讀起來沒什麼表音的效果，那是因為時移地轉，語音發生變化所造成的。豈有在一開始造字，就故意造一個形聲字，而聲符省聲，省到完全沒有表音功能，這是不符合漢字造字理論，也不會是漢字造字的現實。

當然，一定有人會舉甲骨文「配」字从「妅（表示一男一女「一對」人牲，即「妃」的初文。參見「妃」字條）省聲」、戰國文字「肥」从「妅」省聲來作為旁證。〔註5〕不過，甲骨文「配」字从「妅」省聲、戰國文字「肥」从「妅」省聲，畢竟是極罕見的特例，這種特例往往還有我們所不知道的特別因素。能有其他合理解釋時，應該儘量避免這種不合文字造字常理的特例。

相形之下，林義光改釋形為从禾从子，改釋義為「穉」，確實較為合理。馬敘倫用馮振心說，以為「季」从「子」聲也都比《說文》合理。

〔註5〕「配」、「肥」从「妅」省聲，見陳劍〈釋《忠信之道》的「配」字〉，《國際簡帛研究通訊》第二卷第六期，2002 年；又復旦網 2008 年 2 月 20 日。

　　不過，我們全面檢討「季」字字形，覺得甲骨文作 、 ，上部特別標出禾穗下垂之形，顯然是熟禾，而非稺禾，甲骨文从禾之字絕大部分都作 ，而 、 二字，上部特別標出禾穗下垂之形，應該是有意的。因此，「季」字的本義恐怕不是「稺」。

　　其次，甲骨所有的「季」字都作上禾下子之形，甲骨文是比較早期的文字，仍然保留很強的圖畫性格（這一點很多學者談過），甲骨文中從禾之字作上下結構的只有「年」、「秦」〔註6〕、「季」三字，圖畫表意性都很強。

　　「年」字甲骨文作 （《合》20652）、 （《合》10069）、 （《合》6649）、 （《合》28821）、 （《合》9808）等形，葉玉森《說契》一葉下以為「从禾下見根形，禾熟則犁其根，根見則一年盡。……又疑从人戴禾」；董作賓《卜辭中所見之殷曆》以為从壬或人聲；陳夢家《卜辭綜述》以為卜辭的「年」即「稔」；張秉權《殷代的農業與氣象》以為「甲骨文的『年』字，象一個人的頭上頂著禾的形狀」。雖然姚孝遂按語以為「『年』象人首戴禾之說，純屬臆測。小篆為从『禾』『千』聲，而契文皆从『人』，而『千』與『人』實本同音」（以上諸家說參《甲骨文字詁林》1502號），其實二說並不衝突，「年」字當釋為「从禾从人，象人首戴禾，人亦聲」。

　　「秦」字甲骨文作 （《合》299）、 （《合》27315）、 （《合》30340），从二手持午（杵）搗禾。被搗的禾都在杵的下方。

　　「季」的結構與「年」最類似，从「禾」从「子」，「禾」在「子」的上方，不太可能是形聲字（無論是稺省聲，或子聲），它應該跟「年」一樣屬於圖畫式的象意字，表現的就是「年」背著某種「禾」，疑即「穊」的本字。《說文》卷七上：「穊，稠也。从禾、既聲。」季，上古音屬見紐脂部；穊，屬見紐微部。二字上古聲紐相同，韻則脂微旁轉，例證甚多。《史記・齊悼惠王世家第二十二》：「深耕穊種，立苗欲疏，非其種者，鋤而去之。」種田之法，土地要深耕，播種要稠密，但是插植禾苗時卻要保留一定的空間，不能太密。太密了每株禾苗能吸收的養分不足，將來結實便不好，穀粒不夠飽滿。這種穀粒

〔註6〕「 」（《粹》1576），郭沫若《殷契粹編》210葉下（762頁）隸作「龝」，且以為即「秦」字：「疑秦以束禾為其本義。」《甲骨文字詁林》987頁云：「與秦字無涉，字不可識。」辭殘存「子龝」二字，難以確定。除了這個字形外，「秦」字都作上下結構。

不夠飽滿的「禾」，農夫一般是不要的，割下來後不帶走，留給寡婦孤兒拾取。所以「季」字從子背禾。

「季」字在甲骨中多用為先公名，金文則多用為行次名，應該是屬於假借。「季」字既被假借，於是另造形聲字「稺」以存本義。「稺」字音轉而為「穧」，「穧」上古音屬精紐脂部，與見紐微部的「穊」上古韻為旁轉，聲紐雖不同，但研究上古音的學者都知道上古齒音精系字與牙音見系字相通並不罕見，如「耕」從「井」聲之類的例子，學者或以複輔音 sk- 來表示。再說，《說文》以為「季」從「稚」聲，「稚」的上古音屬澄母脂部，與精紐脂部的「穧」就更近了。

《詩·小雅·大田》：「彼有不穫穉、此有不斂穧。彼有遺秉、此有滯穗、伊寡婦之利。」鄭箋云：「成王之時，百穀既多，種同齊孰，收刈促遽，力皆不足，而有不種不斂，遺秉滯穗，故聽矜寡取之以為利。」[註7]

孔疏：「天澤以時，故得五穀大成。由此民所收刈力皆不足，而令彼處有不穫刈之穉禾，此處有不收斂之穧束。又彼處有遺餘之秉把，此處有滯漏之禾穗，此皆主不暇取，維是寡婦之所利。言捃拾取之以自利已。今王不能然，使矜寡無所資，故刺之。定本集注穧作積。……穧者禾之鋪而未束者；秉，刈禾之把也。《聘禮》曰：『四秉曰筥。』注云：『此秉謂刈禾盈手之秉。筥，穧名也，若今萊易之間刈稻聚把有名為筥者，即引此詩云『彼有遺秉，此有不斂穧』是也。……《王制》及《書傳》皆云：『矜寡孤獨，天民之窮而無告者，皆有常餼。』《地官·遺人》：『門關之委積，以養老孤。』則官自有餼。而須捃拾者，以豐年矜寡捃拾足能自活，王者恐其不濟，或力不堪事，乃餼之。」

旭昇案：詩文「彼有不穫穉、此有不斂穧。彼有遺秉、此有滯穗」，鄭箋只說豐年農民人力不足，收割不及，因此留下一些給寡婦。但是對於「穉」、「穧」二字，傳、箋、疏都不解釋，似乎直接等同「禾」了。但是本詩前面明明有「去其螟螣，及其蟊賊，無害我田穉」，所有解詩家都知道此處的「穉」是「穉禾」，即還未成熟的穀子。為什麼到「不穫穉」就等同「禾」了呢？[註8] 〔宋〕范處

〔註 7〕《毛詩注疏》（藝文印書館，1954 年），頁 474。下孔疏同。

〔註 8〕《禮記·坊記》引詩作「《詩》云『彼有遺秉，此有不斂穧，伊寡婦之利』」，雖然省了兩句，但是並沒有解決「穧」的問題。又，據阮元校勘記，「穧」或作「積」。以押韻而言，作「積」者非是。

義《詩補傳》說：「稺，謂旁出之幼禾，穫不及者。」〔註9〕〔宋〕楊簡《慈湖詩傳》釋「稺」為「禾不堅好，故不穫。而他日稍有實，則寡婦取焉」；〔註10〕〔清〕傅恆等撰《御纂詩義折中》以為「稺，晚禾」；〔註11〕〔清〕馬瑞辰《毛詩傳箋通釋》以為「穉有二義。《閟宮》詩《傳》：『先種曰稙，後種曰穉』，《說文》『穉，幼禾也。』《繫傳本》下有『晚種後孰者』五字，是禾之幼者曰穉，禾之晚種者亦曰穉。此詩『無害我田穉』謂幼禾也；『彼有不穫穉』謂晚種後孰者也。」〔註12〕他們都看到了《傳》、《箋》、《疏》、未解釋「稺（穉）」的問題，各自提出了解釋。范處義釋為「旁出之幼禾」，雖然典籍未見此一用法，但旁出之幼禾應較晚熟，農人可能就不割取了，留給寡婦。傅恆釋為「晚禾」、馬瑞辰釋為「禾之晚種者」，如果指較晚種的穀子，那就不太可能了，播種應該是同時，不會有些早，有些晚。傅恆之說如果釋為晚熟的穀子，應該還是有可能的，同一批穀子，成長有快有慢，應是合理的。楊簡釋為「禾不堅好」，意思是穀子長得較慢，穀粒還不飽滿。這應該是最好的解釋。據農業專家稱，一穗穀子的花有一萬朵，而且一穗穀的萬朵小花並不是在一夜間盡開，而是分散在一個月左右的日子裡連續開放。〔註13〕因此應該有一些穀子結實會比較晚，農夫如果見到穀子長得較慢、「禾不堅好」的穀子，就不去割取它，留給寡婦晚幾天收割，這就是「不穫穉」。

「不斂穧」，各家大都釋為「不收斂之穧束」，如上引范處義《詩補傳》就說「穧」是「謂既刈而束不及者」。其實，《說文》釋「穧」為「穫刈」，是動詞，但依各家的解釋，「穧」都變成了名詞，這樣使用，除了《詩經》之外，其他文獻並無任何證據。鄭箋明明說「豐年農民人力不足」，為什麼還要割了而不紮起來？勉強說是農夫的善心，故意不紮，留給寡婦。但是這麼解釋，總是無法說明為什麼「穧」可以釋為一般的「禾」、成熟的穀子。

「斂」的本義是「收」（依段注本《說文解字》），「不斂穧」就是割下來但

〔註 9〕〔宋〕范處義《詩補傳》（欽定四庫全書薈要），卷二十，葉二十六。揚之水《詩經名物新證》（北京古籍出版社，2000 年）頁 79～80 予以引述，應該是贊同此說。

〔註10〕〔宋〕楊簡《慈湖詩傳》（欽定四庫全書），卷十四，葉二十七。

〔註11〕〔清〕傅恆等撰《御纂詩義折中》（欽定四庫全書），卷十四，葉二十六。

〔註12〕〔清〕馬瑞辰《毛詩傳箋通釋》（欽定四庫全書），卷二十二，葉十三。

〔註13〕華人百科「穀子」，見 https://www.itsfun.com.tw/%E7%A9%80%E5%AD%90/wiki-6095481-9395471。

是不收走的「穧」，如果依鄭箋，《大田》收割時民力不足，為什麼還要「割下來但是不收走」？如果是農民好意要留給寡婦的，那跟「不穫稺」一樣，留在田裡讓寡婦自己割取就可以了。可見釋為「割下來但是不收走」是有問題的。

我們認為「穧」應該本作「穊」，《說文》卷七上：「穊，稠也。」穀子如果長得太密，營養不足，到收割時，穗實不飽滿，農夫大概也不想要，因此雖然收割了，但是農夫並不帶走，就留給寡婦拾取了。這應該就是「不斂穧」吧！

「穊」是禾穗不飽實的穀子，農人割下來不想帶走，留在田裡給寡婦拾取，因此由「子」來拿，「季」字从子从禾，應該就是會這種意義吧！

《詩‧小雅‧大田》「彼有不穫稺、此有不斂穧。彼有遺秉、此有滯穗、伊寡婦之利」是周代的風俗，商代是否有這種風俗不得而知，但是農人在收割農作物時，對於長不好的「稺」、「穧」隨手作點處理，並給這些長得不好的穀子「稺」、「季」等專名，應該也是合理的吧。

原發發表於 2019 年 10 月 13 日中國文字學會第十屆學術年會‧河南‧鄭州大學。

補：鄔可晶以為《合》19804「𤯍」、《合》9464「𤯍」、《合》9615「𤯍」等字即「穗」字，而現存時代最早的殷墟自組肥筆類卜辭中，「季」字作「𤯍」（《合》21119）、「𤯍」（《合》21120），應該分析為從「子」、「穗」聲，是為「少僂」或「幼稚」義而造的。[註14] 但正如本文前面所說的，「伯」「仲」「叔」都是假借，稚子義的「季」似乎沒有必要造本字。而「季」字在《甲骨文字編》中收了 18 個字形，其中從「穗」的只有 2 個，這似乎說明了「穗」聲在「季」字的組成中，「穗」聲並不是絕對必要的。「季」字似乎還是應看成從「子」負「禾」的象意字，「禾」或寫成「穗」則有兼聲的功能。這就像「年」字，一般釋為從「人」負「禾」的象意字，「人」旁也兼聲。從人負穀物表收成，又見「犛」字，「犛」字從「人」負「麥」、從「攴」，以示「獲麥」的「福祉」。

鑒於「禾」、「穗」大量的混用，或許我們可以推測「禾」「穗」本是一字，此字泛指穀類時讀「禾」，強調成熟飽滿的穀子時讀「穗」。作「𤯍」時固然象

〔註14〕鄔可晶《釋「穗」》，第七屆出土文獻青年學者論壇會議，廣州：中山大學，頁 37～46，2018 年 8 月 18 日～19 日。劉釗教授于研討會中提供相關訊息及不同意見，謹此致謝。

成熟飽滿的穀穗下垂，作「禾」字頭部下垂，其實也是成熟飽滿的穀子。只有這樣解釋，才能理解應該從成熟飽滿的穗子的「年」字為什麼幾乎看不到從「穗」的寫法（鄔文只舉出《合》9818 一個例子）。同樣的，應該從成熟飽滿的穗子的「穗」的「秦」、「匧」字、「秉」字都從「禾」不從「穗」。而表示收割成熟「穀子」的「利」字 36 件中只有 2 件從「穗」，其餘都從「禾」（以上統計參李宗焜《甲骨文字編》1773 號「禾」字及其下從「禾」諸字）。

從戰國楚簡中的「尤」字
談到殷代一個消失的氏族

提　要

　　甲骨文有「𣲝」字，舊均釋「尤」，陳劍改釋「拇」；因而西周以前的「尤」字就看不到了。本文從《上博五·鬼神之明　融師有成氏》「蚩蚘作兵」的「蚘」字肯定了舊釋春秋戰國文字中「尤（含偏旁）」字形的可信。然後根據「尤」與「厷」字形音相近，常常互用等條件，推測「尤」字是「厷」字的分化字。最後根據殷金文「亞厷方鼎」、「亞厷父乙卣」二器「厷」在「亞」中，推測「厷」字可能釋為「尤」，與《左傳》地名「尤」或許有關，作為氏名、國名的可能性不應該被排除。

　　關鍵字：尤、拇、厷、肱、氏族。

一、「尤」字的舊說及批判

　　甲骨文有「𣲝」字，見《甲骨文編》1676 號、《甲骨文字集釋》第十四卷4227 頁、《甲骨文字詁林》第四冊 3353 號。胡小石釋「尤」：

> 「𣲝𣲝」，余釋「亡尤」。《呂氏春秋》：「孔子始用于魯，魯人
> 謗之曰：『麛裘而韠，投之無戾；韠而麛裘，投之無郵。』」無戾即

〨厵，無郵即〨〥。《說文》：「尤，从乙、从又。」又、尤、郵古
通。〔註1〕

丁山亦釋「尤」：

> 殷栔中言「亡〥」者不下數百事，孫仲容《契文舉例》謂即「亡
> 它」，王襄《簠室殷栔徵文考釋》謂即「亡獸」，王靜安《戩壽堂所
> 藏殷虛文字考釋》謂其形「不可釋」，其義「猶言亡咎，亡它」。愚
> 嘗遍徵殷栔，宷其形義，疑即《易傳》之「无尤」。《廣雅‧釋言》：
> 「尤，異也。」異、尤一聲之轉，其義故相通。《春秋繁露‧必仁
> 且智》曰：「有不常之變者謂之異。異者，天之威也。」《公羊‧定
> 元年傳》：「異，大乎災也。」然則《易傳》之言「終无尤」，猶言
> 終無災異，殷栔言吉凶，或曰「吉」，或曰「大吉」，或曰「亡㕚」，
> 或曰「亡厵」，或曰「亡田」，皆吉；或曰「亡來艱」，或曰「有厵」，
> 或曰「不羊」，皆凶；換言之，凡言「亡□」者皆吉語，非凶詞，
> 則卜辭屢見之「亡〥」皆亡災異、亡不利之謂。……〥皆象手欲上
> 伸而礙於一，猶㕚之从一雝川、㞢之从㞢而橫止以一也。」〔註2〕

王襄則釋為「獸」之古文：

> 〥，獸之古文，與厭、猒並通，今字作厭，許訓「飽也」是也。
> 段氏云：「飽足則人意倦，是厭有厭棄之誼。」伯橏彝亦作〥，卜辭
> 之無厭猶云「祭則鬼享之」，亦卜吉之意。〔註3〕

郭沫若以為厵之省文，即尤字：

> 余案此當即厵之省文。蓋獸形文省其後體而存其前體者也，足
> 之則為𡘹形，此由形音義三合以求之，當為後之尤字。尤字小篆作
> 𡱒，猶存其形似。許書謂「从乙从又」者，於从乙之義無說，尤音雖
> 在之部，然之幽二部音極相近，正無妨為厵音之變。〔註4〕

〔註1〕胡光煒《甲骨文例》（廣州：國立中山大學語言歷史學研究所，1928年），頁25。
〔註2〕丁山〈殷栔亡〥說〉，（中央研究院歷史語言研究所史語所集刊）1.1（1928年），頁25～26。
〔註3〕王襄《簠齋殷契徵文‧帝系》，（天津；天津博物院影印本，1925年），頁4（上）。
〔註4〕郭沫若《甲骨文字研究‧釋絲》（上海：大東書局影印出版，1931年），頁8；此書於1952年由人民出版社重印時，刪去包括〈釋絲〉在內的九篇，加入〈釋勹勿〉

李孝定以為郭說字形不可信，而謂胡、丁二家之說可從：

> 桉《說文》:「尤，異也。从乙、又聲。」契文作[字形]，胡師與丁氏並釋尤（桉二文同時，當係不謀而合）是也。孫氏釋「它」（見丁文引，不贅），契文自有「它」字；王釋「猒」，於字形懸遠，其誤均至顯。郭氏雖亦釋「尤」，然其說則有可商，[字形]形斷無省作[字形]形之理，且[字形]當隸定作狁……字不讀猶，郭氏謂尤為[字形]之省文，是一省作[字形]，已為犬字；再省作[字形]，仍當讀犬，更與尤字無涉矣。丁氏說字形謂「又欲上出，上礙于一」，於說為長。〔註5〕

周策縱同意釋尤，但以為字形當釋為「七又連文」：

> 殷虛卜辭中「[字形]」一辭，出現無數，自一九二八年胡光煒與丁山二氏釋[字形]為尤，已成定論。然解說不一，似尚未得其初義。……今按[字形]字以一橫劃截斷手指，可視為「七、又」連文，「又」亦聲，象手切傷之意。……「七」字在甲骨文及金文皆作十，……為切之初文，本象當中切斷形，自常用為七數專名，乃不得不加刀旁，以為切斷專字。今以[字形]為七、又連文，于形聲義皆合。七在此不必為獨立之偏旁，惟以一橫畫切斷手指，與切義相合。[字形]為「切手」，蓋古人認為以手得物為吉祥，故占卜恆求「受又」，今語猶稱順意為「得手」；至切傷其手，則為過失，為不利，故卜問「无尤」，而「尤」有怨、悔、災異之義。〔註6〕

李平心在胡、丁之說既出之後，仍然別出心裁地以此字為「弋」：

> 余謂[字形]即弋字，與金文必字所從之弋相似，與小篆弋結體亦近。甲骨金文反正無別，而卜辭弋字亦有作[字形]者，不過為數極少。卜辭弋多作[字形]，但亦有少數作[字形]，上橫畫不穿出，與金文必字所從之弋及小篆弋基本相似。麥尊銘亡[字形]字則又即[字形]之繁變。又壴卣銘有[字形]字，當是從水弋聲之字，所從之弋即卜辭常見的弋之反文。古弋與姒通，

一篇。

〔註5〕李孝定《甲骨文字集釋》（臺北：中央研究院歷史語言研究所，1974 年 10 月三版），卷十四，頁 4230。

〔註6〕周策縱〈說「尤」與「蚩尤」〉，《中國文字》48（1973 年），頁 1～2。

　　弋當即弌之繁文，實即姒姓。〔註7〕

　　案：甲骨、金文自有「弌（杙）」字，與「尤」形相去絕遠，李說不可信。于省吾贊成此字為「尤」，指出此字從又，一橫畫為指事符號：

　　　　尤字的造字本義，係于又字上部附加一個橫或邪劃，作為指事字

　　的標志，以別于又，而仍因又字以為聲。〔註8〕

　　討論至此，甲骨文「又」字的隸定及釋形差不多已成定論，即字當隸定為「尤」，其構形本義則係於「又」字上部附加一個橫或邪劃，作為指事字的標志，以別于又，而仍因又字以為聲。

　　不過，隨著戰國文字研究的日益進步，「又」字的解釋開始遭到學者的質疑。陳劍〈甲骨金文舊釋「尤」之字及相關諸字新釋〉〔註9〕一文首先指出：「又」跟古文字裡可靠的「尤」字字形不合。陳文所舉出「可靠的尤字字形」如下：

1		鑄司寇鼎「尤」，（《第三屆國際中國古文字學研討會論文集》頁 483 圖一）
2		邾訧鼎「訧」，《殷周金文集成》（《集成》02426）
3		魚顥匕「蚘」，用為「蚩尤」之「尤」。（《集成》00980）
4		《古陶文彙編》4·131「訧」
5		信陽楚簡 1-039「忧」
6		《古陶文彙編》5·22「就」
7		《說文·京部》籀文「就」

〔註7〕李平心〈甲骨文金石文箚記（二）〉，《李平心史論集》（北京：人民出版社，1983 年），頁 243。

〔註8〕于省吾《甲骨文字釋林·釋古文字中附劃因聲指事字的一例》（北京：中華書局，1979 年），頁 452。

〔註9〕陳劍〈甲骨金文舊釋「尤」之字及相關諸字新釋〉，《北京大學古文獻研究中心集刊（四）》（北京：北京大學出版社，2004 年），頁 74～94；亦載於《甲骨金文考釋論集》（北京：線裝書局，2007 年），頁 59～80。

| 8 | | 《古璽彙編》2154「郛忧」 |
| 9 | | 《上海博物館藏印選》36「尤衛」 |

陳文以為「這些字形很明顯都不從『又』，而且其形體似乎是一個整體，很難拆分出一個獨立成字的部分來。『尤』字的字形結構當如何分析，看來還祇能存疑待考」。

確定「」字不得釋為「尤」之後，陳文從甲骨到戰國文字，舉出一系列的證據，證明「」字應該釋為「拇」。

首先從字形來說，陳文以為甲骨文常見「亡」的「」，字從又，在「又」的起筆之處加一小斜筆或小橫筆。「又」本是「右手」的象形字。而它的第一筆或說起筆之處，代表的是右手的「大拇指」，因此它就應該是「拇」字的表意初文，隸定可作「𢩏」。甲骨文的「亡𢩏」可以直接讀為「亡吝」。

陳文最關鍵的證據是：金文、戰國文字中有從「𢩏」之字，其讀音均與「閔」、「文」、「敗」等接近，而與「尤」字讀音無關。如西周中期金文有「」字（致方鼎（《集成》02824），隸定作旻）、西周晚期金文有「」字（大克鼎（《集成》02836），隸定作敗），均當讀為「敗」；戰國楚系文字中有「」（《郭店·語叢二》5）、「」（《郭店·語叢三》44）、「」（《郭店·語叢三》10）等，可隸定作「旻」（嚴格一點當作「夎」），從「民」、「旻」（旻），二旁皆聲，《汗簡》、《古文四聲韻》以為即古文「閔」字，在楚簡中讀為與「文」、「閔」同音或音近。

陳文把甲骨、金文舊釋為「尤」之字改釋為「拇」，驗之甲骨、金文、戰國文字、傳抄古文，證據相當充分，應該是可以成立的。因此陳文對「尤」字舊說的改釋，應該是可以成立的。

相對的，陳文以為春秋、戰國時期可以確認的九個「尤」及從「尤」的字，主要是從《說文》「就」字的右偏旁作「」比對得來：

說文尤	說文就	魚顛匕蚘	郑訧鼎訧	信陽簡	上海印尤

通過與《說文》字形的比對，這些「尤」形的認定看來應屬可信。但就最嚴格的標準來看，上述出土文獻的內容，其實沒有一條有足夠的字形證據可以證明這個字形非讀「尤」不可的。

此外，陳文所提出「尤」字諸形的材料，時代都在春秋、戰國，這之前則看不到一個「尤」字；對「尤」的初形本義的說明也付諸闕如，陳文說：「這些（尤）字形很明顯都不從『又』，而且其形體似乎是一個整體，很難拆分出一個獨立成字的部分來。『尤』字的字形結構當如何分析，看來還祇能存疑待攷。」

二、「尤」字的字形由來

戰國楚系文字材料大量出土，為「尤」字字形對辨認帶來了更明確的證據，《上海博物館藏戰國楚竹書（五）·鬼神之明　融師有成氏》簡 7 有「蚩蚘作兵」句，「蚘」字作「忰」，原考釋者曹錦炎非常清楚地舉了《世本·作篇》、《呂氏春秋·蕩兵》、《大戴禮記·用兵》、《史記·五帝本紀》等文獻中有關「蚩尤作兵」的記載，對本句做出了正確的考釋。由於有文獻的對照，所以「蚘」字的考釋可以完全肯定，其右旁「尤」的末筆當為飾筆，由此字形進一步可以證明前舉春秋戰國出土文字材料中的「尤」字都可以完全肯定。

但是，春秋之前，殷商、西周的「尤」字，仍然一個都看不到，這是頗為蹊蹺難解的事。先秦文獻中「尤」字並不罕見，《周易》中屢言「无尤」，不過，這個詞都見於〈象傳〉，現今學者多以為〈象傳〉出現的時代比卦、爻辭要晚。《尚書·君奭》篇有「罔尤違、惟人」之語，其著成時代及背景，屈萬里先生《尚書集釋》云：

> 《書·序》云：「召公為保，周公為師，相成王，為左右。召公不說。周公作君奭。」《史記·燕召公世家》云：「成王既幼，周公攝政，當國踐祚。召公疑之，作君奭。」二說雖小異，而謂召公疑周公則同。《漢書·王莽傳》，群臣奏云：「周公服天子之冕，南面而朝群臣，發號施令，常稱王命。召公賢人，不知聖人之意，故不說也。」此與《史記》之說相似；惟「發號施令，常稱王命」二語，乃曲解〈大誥〉及〈康誥〉「王若曰」之文，《史記》無此說也。按：

經文皆周公勉召公之言，並無召公疑周公之語。蔡氏《集傳》云：

「詳本篇旨意，迺召公自以盛滿難居，欲避權位，退老厥邑；周公

反覆告喻以留之爾。」其說蓋可信。此亦當時史官所記。〔註10〕

屈先生的《尚書集釋》對今文《尚書》二十八篇，只要有可疑之處，一絲一毫都不會輕易放過，而對本篇則毫無致疑之辭，其意當以本篇為周初史官所記。因此「尤」字在西周初年應該已經出現了。

此外，上古有蚩尤，《尚書‧呂刑》：「王曰：若古有訓，二尤惟始作亂，延及于平民。」〔註11〕偽孔傳：

九黎之君，號曰蚩尤。〔註12〕

孔疏：

「九黎之君，號曰蚩尤」，當有舊說云然，不知出何書也。《史記‧五帝本紀》云：神農氏世衰，諸侯相侵伐，蚩尤最為暴虐，莫能伐之。黃帝乃徵師諸侯，與蚩尤戰於涿鹿之野，遂擒蚩尤，而諸侯咸尊軒轅為天子。如〈本紀〉之言，蚩尤是炎帝之末諸侯君也。

〔註13〕

《尚書‧呂刑》的著成時代，舊說均以為在穆王時（《書序》、《史記‧周本紀》），晚近學者或主張在東周時，屈萬里先生則疑本篇為「平王因呂侯之請而作」〔註14〕。要之，其著成時代不得再晚，而篇中說「若古有訓，蚩尤惟始作亂」，則蚩尤絕對在此之前已出現，不應晚於西周。

此外，《逸周書‧嘗麥》篇也說：

昔天之初，誕作二后，乃設建典，命赤帝分正二卿，命蚩尤宇于

少昊，以臨四方，司□□上天未成之慶，蚩尤乃逐帝，爭于涿鹿之河，

九隅無遺，赤帝大懾，乃說于黃帝，執蚩尤殺之于中冀。〔註15〕

〔註10〕屈萬里《尚書集釋》（臺北：聯經出版事業公司，1983年），頁203。

〔註11〕《十三經注疏‧尚書》（臺北：藝文印書館，1989年），頁296。

〔註12〕《十三經注疏‧尚書》，頁296。

〔註13〕《十三經注疏‧尚書》（臺北：藝文印書館，1989年），頁297。引文末句「諸侯君」，阮元校勘記云：「閩本同。毛本『君』作『名』。按『君』字誤。」旭昇案：阮校謂「君」為「名」之誤，證據並不充分。

〔註14〕屈萬里《尚書集釋》，頁250。

〔註15〕朱右曾《逸周書集訓校釋‧嘗麥第五十六》，收在《皇清經解續編（三）》（臺北：

朱右曾注：

> 二后，當作元后。二卿，左右大監、監萬國者，猶周之周、召分陝也。蚩尤，古諸侯，即二卿之一。少昊、魯也。蚩尤冢在壽張，亦魯地也。〔註16〕

《史記・五帝本紀》：

> 軒轅之時，神農氏世衰，諸侯相侵伐，暴虐百姓，而神農氏弗能征。於是軒轅乃習用干戈，以征不享，諸侯咸來賓從，而蚩尤最為暴，莫能伐。……蚩尤作亂，不用帝命。於是黃帝乃徵師諸侯，與蚩尤戰於涿鹿之野，遂禽殺蚩尤，而諸侯咸尊軒轅為天子，代神農氏。〔註17〕

注：

> 《集解》：應劭曰：「蚩尤，古天子。」瓚曰：「〈孔子三朝紀〉曰：『蚩尤，庶人之貪者。』」《索隱》：案：此紀云「諸侯相侵伐，蚩尤最為暴」，則蚩尤非為天子也。又〈管子〉曰「蚩尤受盧山之金而作五兵」，明非庶人，蓋諸侯號也。……《正義》：《龍魚河圖》云：「黃帝攝政，有蚩尤兄弟八十一人，並獸身人語，銅頭鐵額，食沙石子，造立兵仗刀戟大弩，威振天下，誅殺無道，不慈仁。萬民欲令黃帝行天子事，黃帝以仁義不能禁止蚩尤，乃仰天而歎。天遣玄女下授黃帝兵信神符，制伏蚩尤，帝因使之主兵，以制八方。蚩尤沒後，天下復擾亂，黃帝遂畫蚩尤形像以威天下，天下咸謂蚩尤，不死，八方萬邦皆為弭服。」《山海經》云：「黃帝令應龍攻蚩尤。蚩尤請風伯、雨師以從，大風雨。黃帝乃下天女曰『魃』，以止雨。雨止，遂殺蚩尤。」孔安國曰「九黎君號蚩尤」是也。〔註18〕

漢京文化事業有限公司，1980 年），頁 1966。

〔註16〕朱右曾《逸周書集訓校釋・嘗麥弟五十六》，頁 1966。

〔註17〕用中央研究院歷史語言研究所「漢籍資料庫」中之「廿五史資料庫」，《史記・五帝本紀》頁 3，網址：http://www.sinica.edu.tw/~tdbproj/lmndy1/index.html?ukey=-541179764&rid=-6。

〔註18〕用中央研究院歷史語言研究所「漢籍資料庫」中之「廿五史資料庫」，《史記・五帝本紀》頁 4，網址：http://www.sinica.edu.tw/~tdbproj/lmndy1/index.html?ukey=-541179764&rid=-6。

雖然古史茫昧，難以詳考。但上引《尚書》、《逸周書》、《史記》都是比較可信的文獻，則上古史有「蚩尤」，當無可疑。

以上傳世文獻很清楚地告訴我們，西周時代肯定有「尤」字，只是古文字材料中還沒有發現。因此，我們有必要就這個西周時代並不罕見的字做點尋根探源的工作。

2008 年 1 月 1 日，我的學生蘇建洲棣發表〈釋楚竹書幾個從「尤」的字形〉〔註19〕，指出《郭店‧六德》16「勞其股肱之力弗敢單（憚）也」，句中的「肱」字作「」，其實應該隸定為「忱」，讀為「肱」；《上博（三）‧周易》簡51「折其右肱」的「肱」字作「」，其實應該釋為從手從厷，厷形的「又」旁聲化為「尤」；並指出「厷」、「尤」二字聲韻關係非常接近，可以通用。

蘇文指出的現象非常重要。從這個現象進一步推論，我認為「尤」字應該就是從「厷」字分化出來的。以下，我把前舉陳文的例子和蘇文的例子整合在一起，把「尤」、從「尤」的字以及辭例、出處列出來（第一欄的字形是原拓照片，第二欄的字形是我的摹形）：

01		黿試為其鼎，子郕（子子）孫郕（孫孫）永寶用	春秋.黿試鼎
02		鑄嗣寇尤肇乍齍鼎，子=孫=永寶用	春秋.鑄司寇鼎〔註20〕
03		左試都圖司馬之鉨	戰.燕.《陶彙》4‧131
04		參蚩蚘（蚩尤）命	戰.晉.魚顛匕
05		弌合（答）忱也	戰.楚.《信陽》1-039
06		□成敢甬（用）解訛憚懋，若	戰.楚.《新蔡》甲三 61
07		□，尚毋為蚘（忱），後生占之	戰.楚.《新蔡》甲三 143

〔註19〕蘇建洲〈釋楚竹書幾個從「尤」的字形〉（2008 年 1 月 1 日同一日首發），武漢大學簡帛研究中心簡帛網 http://www.bsm.org.cn/show_article.php?id=769、復旦大學出土文獻與古文字研究中心網站 http://www.gwz.fudan.edu.cn/SrcShow.asp?Src_ID=287。

〔註20〕鑄嗣寇鼎未見拓片，其「尤」字是從袁國華所摹，見〈鑄司寇鼎銘淺釋〉，張光裕等編《第三屆國際中國古文字學會研討論文集》（香港；香港中文大學中文化研究所、1997 年），頁 473～484。

08			☐司馬虻逗於鐪	戰.楚.《新蔡》甲三 182-2
09			又疴疾復（作），不為訧（尤）	戰.楚.《新蔡》零 204
10			☐乍（作），不為犹（尤）。	戰.楚.《新蔡》零 472
11			苟淒（濟）夫人之善也，勞其股忧（肱）	戰.楚.《郭店·六》16
12			為宗族瑟（殺）朋替（友）	戰.楚.《郭店·六》30
13			折其右拡（肱），亡咎	戰.楚.《上博（三）·周易》51
14			蚩虻（尤）復（作）兵	戰.楚.《上博（五）·鬼神之明融師有成氏》7
15			惡（攝）好棄忧（尤）	戰.楚.《上博（六）·用曰》4
16			朋替（友）不詬（語）分	戰.楚.《上博（六）·天子建州甲》10
17			朋替（友）不詬（語）分	戰.楚.《上博（六）·天子建州乙》10

　　以上十七條「尤」及從「尤」的字，從春秋到戰國，字形一脈相承，單字或偏旁釋讀為「尤」，學者大抵沒有異議。只有幾個字要特別討論一下。

　　《郭店·六德》簡 16「勞其股忧（肱）」，原考釋作「懯（勞）其𤿡𥘥」，末二字未予隸定。趙平安首先提出應讀為「股肱」，釋「𥘥」為「肱」[註21]，廖名春同意其說[註22]。何琳儀隸定作「忧」，以為字形同於《信陽》1.039 的「忧」，釋義則引《說文》「忧，不動也」[註23]。陳偉指出此字右旁與甲骨文中的「厷」字近似，疑當釋為「怯」，讀為「厷」，通作「肱」[註24]。陳斯鵬

〔註21〕趙平安 2000 年初在清華簡帛研讀班的意見，廖名春〈郭店楚簡〈六德〉篇校釋〉，《清華簡帛研究（一）》（北京：清華思想文化研究所，2000 年），頁 74；趙平安〈關於𠬝的形義來源〉（2007 年 1 月 23 日），武漢大學簡帛研究中心簡帛網 http://www.bsm.org.cn/show_article.php?id=509。

〔註22〕廖名春〈郭店楚簡〈六德〉校釋〉，頁 74。

〔註23〕何琳儀〈郭店竹簡選釋〉《簡帛研究二〇〇一（上）》（桂林：廣西師範大學出版社，2001 年 9 月），頁 166；又載於黃德寬、何琳儀、徐在國合著，《新出楚簡文字考》（合肥：安徽大學出版社，2007 年），頁 61。

〔註24〕陳偉〈郭店簡《六德》校讀〉《古文字研究（二十四）》（北京：中華書局，2002）頁 395。

引《郭店·六德》30「𦱐（春）」字做比較，認為字形應分析為從「又」加衍筆，所以此字可隸定為『忍』，並懷疑此字為「𢘔」字之省〔註25〕。侯乃峰以為此字構形頗爲詭異，右部所從字形之筆勢雖與甲骨文和金文中的「左」字相似，但與楚簡中「左」字形有一定距離，應存疑，暫隸定爲「怭」，依文義讀爲「肱」〔註26〕。蘇建洲棣則以為上述諸說中，何琳儀釋形可信，此字應釋為從心、尤聲，讀為「肱」。「尤」與「左」音近可通，「尤」，匣紐之部；「肱」，見紐蒸部。聲紐見匣古同為喉音，關係密切，如「咸」，匣紐；從咸聲的「緘」，見紐。「骨」，見紐；從骨聲的「滑」，匣紐。而韻部之蒸陰陽對轉，所以聲韻關係絕無問題〔註27〕。

其次是《郭店·六德》的「𦱐」、《上博（六）·天子建州》的「𦱐、𦱐」字，蘇建洲棣以為「此二字一般隸定上作『友』（從二『又』），以為是『又』加上贅筆。但是這些字形顯然不從『又』，不免啟人疑寶。筆者以為這些寫法應從『尤』，上部所從即上引《新蔡》零472的『尤』（文例：不為尤（憂）），所以《六德》等字應該隸定作『替』，讀作『友』，『尤』、『友』同為匣紐之部。」〔註28〕

此外，《上博六·用曰》簡4的「攝好棄𦱐」，原考釋隸作「怭」，何有祖改隸作「忧」〔註29〕，建洲棣也同意這樣的改釋。

另外，《上博三·周易》簡51的「折其右𦱐」也很值得討論。《上博（三）》原考釋隸作「折其右拡（肱）」，對照今本《周易》作「折其右肱」，則《上博三》的「𦱐」字即「拡（肱）」，應該是毫無疑問的。此字的字形分析，下部從「手」，右上的部分，建洲棣以為從「尤」，是把原來「拡（肱）」字右旁的意符「左」上部的「又」形聲化為「尤」〔註30〕。據此，這個字應該隸定為「揺」，

〔註25〕陳斯鵬〈郭店楚簡解讀四則〉《古文字研究（二十四）》（北京：中華書局，2002 年7 月）頁 410。

〔註26〕侯乃峰〈說楚簡「及」字〉，武漢大學簡帛網，2006 年 11 月 29 日首發。

〔註27〕蘇建洲〈釋楚竹書幾個從「尤」的字形〉，http://www.bsm.org.cn/show_article.php?id=769。

〔註28〕蘇建洲〈釋楚竹書幾個從「尤」的字形〉，http://www.bsm.org.cn/show_article.php?id=769。

〔註29〕何有祖〈讀《上博六》札記〉，（2007 年 7 月 9 日首發），武漢大學簡帛研究中心簡帛網 http://www.bsm.org.cn/show_article.php?id=596。

〔註30〕蘇建洲〈釋楚竹書幾個從「尤」的字形〉，http://www.bsm.org.cn/show_article.php?id=769。

左從「手」，右上為變形音化後的「尤」（與「厷」聲音近），右下本來是指示符號的圓圈部件繁化為「日」形。

以上諸例中，建洲棣對一般誤釋的「尤」字形的分辨相當精細，其說可以成立。只是，綜合以上這些字例，我們會有一個疑惑，為什麼應該是很常見的「厷」字，書手要用「尤」字來取代？而且，為什麼「尤」字和「厷」字的字形那麼接近？以致於學者常常誤釋？

這個現象，建洲棣以音近混用來解釋，當然不失為一個合理的說法。但是，我們也注意到，「尤」和「厷」除了音近之外，字形也極為接近，所以長久以來很多學者極易混淆這兩個字形。根據古文字學研究的經驗，這種情況往往可以透露出「尤」和「厷」本來是一個字的訊息。古文字中很多分化字，在分化之初本字和分化字還是常常混用無別，例如「卒」字是由「衣」字分化出來的，「卒」字的讀音和「衣」字有關，「卒」字的意義是「衣服縫製完畢」，其字形作 、，則是「從衣，在衣形中打叉，以示衣服縫製完畢，交叉線象徵所縫的線；或從衣，末筆帶勾，可能表示衣服已經縫製完畢，可以折疊起來」。〔註31〕雖然在甲骨文時代「卒」字已經由「衣」字分化出來，但是從甲骨到戰國，「卒」字和「衣」字仍然經常混用無別。

又如「與」字，很多學者都指出其中間的「与」，其實就是「牙」，是個聲符（也兼有表意的功能），春秋中晚輪鎛的「與」字作 ，其中間的聲符確與周晚殷敖簋「牙」字之作「」者同形。其後「與」字簡化作「与」，其實就是把「與」字中間的聲符「牙」獨立出來。目前看到的兩漢「与」字字形如下：

1 西漢.縱橫家書 56	2 西漢.馬.陽乙 16	3 東漢.耿勳碑

其第二形與《馬王堆帛書‧春秋事語》087 的「牙」字作「」形的，簡直完全一樣，如果不看文例，根本無法區分何者為「牙」？何者為「与」？從字形演變來說，我們可以認為「与」字是從「牙」字分化出來的。而在相當的一段時期內，「与」字和「牙」字也是混用難分的。

根據以上文字分化的規律，我們可以從「尤」字和「厷」字形近難分、音

〔註31〕參裘錫圭〈釋殷墟卜辭中的「卒」和「裨」〉，《中原文物》3（1990 年），頁 8～17。

近混用的現象，合理地推測「尤」字應該是從「厷」字分化出來的。也就是說，典籍常見釋為「過也」、「異也」的「尤」字，其意義較為抽象，不易造字，因此古人就借用音近的「厷」字來假借。借之既久，春秋以後字形慢慢分化，「尤」和「厷」的寫法就有了分別，但是在很多書手的習慣中，「尤」和「厷」還是常常混用無別。

從字形來看，「厷」字本來從「又」（嚴格地說，應該是包含大臂的整隻手，與一般常常不畫出大臂的「又」形稍有不同，有人就以為是象「肘」形的「九」），然後以半圓指示「肱」部所在〔註32〕。從甲骨文到東漢，「厷（肱）」字的字形演變如下表〔註33〕：

1 商.《乙編》7488《甲》	2 商.《京人》447《甲》	3 商.亞厷鼎（亞厷）《金》	4 周晚.毛公鼎（《集成》02841）《金》
5 周晚.三年師詢簋（《集成》04342）	6 周晚.多友鼎（《集成》02835）	7 周晚.三年師兌簋（《集成》04318）	8 戰.燕.《璽彙》846
9 戰.楚.《上博（二）.民之父母》9	10 戰.楚.《包山》2.183《楚》	11 戰.楚.《包山》2.168（厷）《楚》	12 戰.楚.《上博（三）.周易》51
13 西漢.《馬·老子》甲147（雄）《篆》	14 漢.漢印徵《篆》	15 東漢.華芳墓志《篆》	16 東漢.張遷碑《篆》

在甲骨文中，指示部位的符號作半圓形，西周晚期的三年師兌簋「厷」的指示符號開始訛為「口」形，戰國楚《上博（三）·周易》51 則繁化為「日」形，《包山》2.183 則訛為近似「目」形，東漢以後訛為「厶」形。

〔註32〕參李孝定《集釋》，卷八，頁 2719；于省吾，〈釋厷〉《釋林》，頁 390～391。

〔註33〕金文部分舊或釋「右」，此從陳劍〈釋西周金文中的「厷」字〉所釋，《漢字與文化國際學術研討會論文集》，（遼寧，1998 年）；又收在《甲骨金文考釋論集》，頁 234～242。

　　「尤」字的初形，西周以前姑且不論，春秋郱訊鼎、戰國燕陶「訊」字所從的「尤」，其實還是「厷」形，可見這時「尤」字剛在從「厷」字將分未分之際。戰國晉魚顚匕「蚘」字所從「尤」形也還是「厷」形的樣子，但是把指示符號由半圓形改成一斜筆，可見這時「尤」字已經開始從「厷」字分化了。

　　春秋鑄司寇鼎的「尤」字開始進一步分化，其「又」旁的「手指」形和小大臂不再連筆，其寫法如下（以《郭店・六德》16 為例）：

1. ⌒ → 2. ⊃ → 3. ⊃ → 4. 尢

　　戰國楚《新蔡》甲三 182-2「忧」字右旁的「尤」更是很清楚地顯示出這樣的筆順：

　　由這個寫法再進一步，把手指形的中筆和代表指示符號的部件連著寫，就成了《新蔡》零 472、《信陽》1-039、五十二病方、《說文》小篆等「尤」字的寫法了：

| 戰.楚.新蔡.零 472（蚘） | 戰.楚.信陽 1.39（忧）〔註34〕 | 秦.五十二病方.目錄《篆》 | 說文小篆 |

　　《說文解字》卷十四：「尤：異也。從乙、又聲。」釋為從「乙」，固然不對；但是釋為「又聲」，則顯然還保留了「尤」字從「又」的痕跡。前列「尤」字字表中，《郭店・六德》30、《上博（六）・卅甲》10、《上博（六）・卅乙》10 的「替（友）」字能用「尤」來替代「又」偏旁，也說明了「尤」和「又」除了聲韻關係密切之外，字形很可能也是關係密切。

　　以上分析「厷」字的字形，以及「尤」字從「厷」字分化的痕跡，其分化的痕跡應該是很清楚的。至於由「厷」形分化出「尤」形所用的分化手段，即

〔註34〕字形取自商承祚，《戰國楚竹簡匯編》（濟南：齊魯書社，1995 年），147 頁（簡 25）。

把從中指到手臂的一筆分成兩筆，把指示符號由半圓形變成與中指連筆。這種分化手段有沒有相同的例證呢？

我們要知道，文字分化的方法複雜多樣，有些分化手法、分化符號是比較常見的，例如加短橫筆（如「不」分化出「丕」〔註35〕、「人」分化出「千」）、加「口」形（如「丩」分化出「句」、「又」分化出「右」）、「八」形（如「呂」分化出「予」、「月」分化出「肙」）、「V」形（如「史」字分化出「吏」字、「白」字分化出「百」字）等，其餘分化的方式各自不同，如「省」與「眚」的分化，只是把「目」上的一橫筆打斜；「朱」從「朿」分化，只是把「朿」形的中間填實；「聿」和「尹」的分化，只是前者把毛筆毛畫出來，後者不畫筆毛而已。至於省體分化，已經不太有什麼一定的規則了，如「才」字（甲骨文作「」）從「弋」字（甲骨文作「」）分化〔註36〕；「乞」字從「气」字分化；「亨」字從「享」字分化等。

更複雜的，如「要」、「婁」本同字，西周中期的〈是要簋〉（《集成》03910、03911）作「」，其後小篆「要」作「」、「婁」作「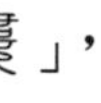」，完全看不出二者有任何關係。〔註37〕「烏」與「於」本同字，西周晚期的〈毛公鼎〉作「」，到後來小篆「烏」字作「」、「於」字作「」，完全看不出二者有任何關係。「示」、「主」本同字，甲骨文最早的象形本字作「」，其後小篆「示」字作「」、「主」字作「」，完全看不出二者有任何關係；「舜」是從「允（夋）」字分化出來的，其後小篆「允」字作「」、「舜」字作「」，也完全看不出二者有任何關係……〔註38〕，例子很多，不勝枚舉。從這些例子來看，我們主張「尤」字從「厷」字分化，應該還在可以接受的範圍之內吧。

從字音來看，「尤」字上古音和「厷」字的關係。尤，《廣韻・下平・十八尤》的反切是「羽求切」，聲紐屬喻三（為／于紐），上古韻屬之部。前引蘇文

〔註35〕以下所舉的例子，除了新說特別加注外，其餘請參季旭昇，《說文新證》（臺北：藝文印書館，上冊2002年、下冊2004年）所引各家說。

〔註36〕參陳劍，〈釋造〉，《出土文獻與古文字研究（一）》（上海：復旦大學出版社，2006年），頁55～100。

〔註37〕參季旭昇，〈說婁要〉，《古文字研究（二十六）》（北京：中華書局，2006年），頁485～487。

〔註38〕參季旭昇，〈讀郭店、上博簡五題：舜、河滸、紳而易、牆有茨、宛丘〉，《中國文字》（新27）2001年，頁114～118。

謂聲屬匣紐，應該是用郭錫良先生《漢字古音手冊》〔註39〕的意見，這是接受曾運乾的「喻三古歸匣」之說，因而直接把喻三的上古聲定為匣紐。不過，鑑於古音學者還會有不同的意見，我們姑且保守一點，聲母還是定為「喻三（為／于紐）」。「厷（肱）」字，《廣韻・下平・十七登》的反切是「古弘切」，上古音屬見紐蒸部。「尤」、「厷」二字的古音屬之蒸對轉，韻則喻三（為／于紐）與見紐屬喉牙相鄰，古音較近，如同從「或」聲，「域（雨逼切）」聲屬喻三（為／于紐），「聝（古獲切）」聲屬見紐。「坒／往（于兩切）」屬喻三（為／于紐），從「坒」聲的「誑（居況切）」則屬見紐〔註40〕。據此，「尤」和「厷」上古音非常接近，應該是沒有問題的。

從字義來看，「尤」字，《說文》釋為「異也。从乙、又聲」。學者或不同意此說，但學者們所提出來的新說也多半沒有什麼確證，我們從《說文解字詁林》摘一些較具代表性的說法，如：朱駿聲《說文通訓定聲》「此字當即『猶』之古文，犬子也。从犬省，𠃌指事。或說『猣』之古文，犬張耳貌，象形。亦通」；孔廣居《說文疑疑》「尤，古肬字，从又从乙，象贅肬，『又』亦聲。借為異也、過也，既為借義所專，故別作肬」；林義光《文源》「《說文》：『尤，異也。从乙、又聲。』按：『又』象手形；『乙』，抽也。尤異之物自手中抽出之也」〔註41〕。在「尤」字的正確字形沒有解決之前，這些說法當然都是一些猜測而已。我們還是從先秦典籍中歸納一下「尤」字的用法吧，《經籍纂詁》所錄，大約有以下幾個義項：

1. 過也。《詩・載馳》「許人尤之」傳。
2. 責過也。《左傳・襄十五年傳》「尤其室」注。
3. 甚也。《史記・屈原賈生傳》索隱。
4. 異也。《左傳・昭廿八年傳》「夫有尤物」注。
5. 殊絕也。《管子・侈靡》「然有知強弱之所尤」注。
6. 怨人也。《爾雅・釋言》舍人注。

這些義項都非常抽象，難以造字，因此假借「厷」字為之，應該是合理的。

〔註39〕郭錫良，《漢字古音手冊》（北京：北京大學出版社，1986 年），頁 179。
〔註40〕「誑」從「狂」聲，「狂」從「坒」聲，因此「誑」得聲的聲首應是「坒」。
〔註41〕參丁福保，《說文解字詁林（十一）》（臺北：鼎文書局，1983 年），頁 626～627。

三、殷商時期的「尤」字及其氏族義

在古文字材料中，我們現在看到的「尤」字或偏旁最早屬於春秋時代，春秋以前的「尤」字或偏旁是以什麼面貌出現呢？我們懷疑就是直接用「厷」字。

據前列字形表，春秋時代「邾訧鼎」的「訧」字所從「尤」旁的寫法和「厷」字幾乎完全相同，顯見這時「尤」字正在剛要從「厷」字分化出來的初始階段。我們可以推測在這之前的西周、殷商時期，「尤」字和「厷」字應該還沒有開始分化，仍然用同一個字形。

商代銅器中有「亞厷方鼎」（01409）、「亞厷父乙卣」（05055），「亞厷」二字作：

  〔註42〕

很清楚地，「厷」字在「亞」形中間。關於「亞」的意義，學者探討頗多，扼要地說：唐蘭以為是爵稱〔註43〕；丁山據《粹》1545 以「多田、亞、任」連稱，因謂「亞」即《尚書·酒誥》「惟亞惟服」、《詩經·周頌·載芟》「侯亞侯旅」之「亞」，唐蘭釋「亞」為爵稱，不如釋為「內服」諸侯更為徹底〔註44〕；王獻唐以為「所謂亞和旅，當並沒有高貴的身分，乃一般低級服役者而已。人數既多，又無正式名義，只能類比而稱為亞、稱為旅」〔註45〕；陳夢家以為「亞」是武職官名〔註46〕；曹定雲則以為「『亞』是一種武職官名，擔任這一職官的通常是諸侯，凡擔任這一職官的諸侯，往往在其國名或其私名前加『亞』字或框以亞形；此種諸侯之地位似在一般諸侯之上」〔註47〕。

曹定雲又把殷商亞形族徽的型式做了時代的區分，「帶亞字的族徽，早期（包括武丁、祖庚、祖甲）均是簡單的署名，作『亞Ｘ』；而在中期（包括廩辛、康丁、武乙、文丁）則銘文增多、族徽作『亞形中Ｘ』；到了晚期（帝乙、帝辛）

〔註42〕見容庚編著、張振林、馬國權摹補《金文編》（北京：中華書局，1985 年 7 月），頁 1062（附錄上）。

〔註43〕容庚，《武英殿彝器圖錄》（北京：燕京大學哈佛燕京學社印，1934 年；臺北：台聯國風出版社翻印，1976 年），頁 2 引唐蘭之說。

〔註44〕丁山《甲骨文所見氏族及其制度》（北京：中華書局，1988 年），頁 45～48。

〔註45〕王獻唐《黃縣𠱠器》（濟南：山東人民出版社，1960 年），頁 91。

〔註46〕陳夢家《殷虛卜辭綜述》（北京：科學出版社，1956 年），頁 510。

〔註47〕曹定雲〈亞其考〉，《文物集刊（二）》，（北京：文物出版社，1980 年），頁 143。

銘文更增多，族徽作『亞形中Ｘ侯』，亦有把整個銘文都框入亞形中的。這種情形，雖不是絕對，但通常是如此」〔註48〕。

根據曹文的意見，「亞厷方鼎」（01409）、「亞厷父乙卣」（05055）的「厷」字在「亞」形中間，那麼「厷」應該是高於諸侯的武職官，至於「厷」是諸侯國族名或私名，則難以確定。

銅器銘文中「亞」形框中或框後的字，究竟是諸侯國族名或私名，頗不易考訂。甲骨文中也有一些「亞」職官後有名號的例子，陳夢家說：

> 這些隨在官名（亞）後的名字可能是私名，也可能是族邦之名。
> 關於後者，因武乙的亞𣄼可能是武丁的小臣𣄼。武丁卜辭中亦卜雀和𣄼之年。乙辛卜辭雖未見『多亞』之稱，但同時期的銅器銘文有『王飲多亞』之語（《三代》6.49.1）。此時期的銅器上，常鑄有簡單的銘文，大都是族邦之名而以亞形為其匡廓。此等作為匡廓的『亞形』實為一種稱號的圖形化，茲舉例如下：
>
> 　　簋亞𤔔奚角　　《三代》16.47.2-3
>
> 　　亞（形中）奚簋　　《雙劍》I:1.18
>
> 　　亞又簋　　《三代》6.9.6
>
> 　　亞（形中）又戈　　《三代》19.16-17
>
> 　　亞弜尊、爵、鼎、簋　　《金文編》附錄上17
>
> 　　亞（形中）弜罍、角　　同上
>
> 　　亞屮卣　　同上
>
> 　　亞（形中）屮卣　　同上
>
> 　由此可知亞形中奚即「亞奚」，餘同此。亞是官名，亞某或亞形中之某，常是族邦之名。《金文編》附錄上有若干族名同於武丁卜辭中的族邦之名；雖此等銅器多屬晚殷時代的，然其族名則是古的。
> 〔註49〕

據此，陳夢家以為甲骨文「亞」後的名號，有可能是私名；但銅器中「亞」

<hr>

〔註48〕曹定雲〈亞其考〉，頁145。
〔註49〕陳夢家《殷虛卜辭綜述》，頁510～511。

形中的名號,則「大都是族邦之名」。

不過,金文中的情況還有更複雜的,如「亞眞㠱」,亞形中既可以有「眞／其」,也可以有「㠱」,曹定雲以為「其」是爵名,「㠱」則是人名:

> 表三的關鍵徽號是早期的「亞㠱」。它是人名而非國名,凡只署此二字的諸器,字體接近,器物的時代特徵也接近,當是一人之器。王獻唐考證此人即是祖庚、祖甲時代的貞人㠱,此意見是對的。〔註50〕

曹淑琴、殷瑋璋則以為「㠱」應該是族氏名:

> 有「亞㠱」銘文的銅器并非如《黃縣眞器》所斷的那樣,均屬商代之器。它實際上包括了商代和西周兩個時期所鑄的器。……這些銅器,按它們的形制可粗略地分為以下三組:第一組:……這一組銅器的時間約與殷墟前期相當。第二組:……以上器物的特徵也較明顯,與殷墟後期銅器的形制、作風相當一致,時間也當接近。……第三組……這一組銅器的上限可至商王帝乙、帝辛時期,下限可至西周的康王前後。……這三組亞㠱銅器的年代上限約當商王武丁前後,下限可至西周康昭之際,表明這一族在商代歷史上至少存在了三百年左右。……至於「㠱」字,我們認為它既可作人名,如《三代》6.30.7有器銘作「㠱作白旅彝」的即是。也可作地名,如「……來……自㠱白」(《後下》25.5)即是。但亞㠱銅器上常見的這個銘文可能是族氏名。它是否因商王對貞人㠱封賞而產生,或早已存在,這裡不再討論。〔註51〕

亞㠱銅器從商代武丁時期一直綿延到西周康昭時期,「㠱」應該是族氏名,不可能是私名,當無可疑。至於武丁時代有貞人名「㠱」,與亞㠱銅器的「㠱」應該有關。張秉權早已提出甲骨文中有「人地同名」的現象,並且說:「那是因為出現在甲骨文中的人名,似乎不是他的私名,而是他的采邑或方國之名。」〔註52〕

〔註50〕曹定雲認為此類亞形中的「眞」與「其」不是同一回事,二者既有區別,又有聯繫,見氏著〈亞其考〉,頁147。
〔註51〕曹淑琴、殷瑋璋〈亞㠱銅器及其相關問題〉,《夏鼐先生考古五十年紀念論文集》(西安:三秦出版社,1987年),頁192~196。
〔註52〕張秉權《甲骨文與甲骨學》(臺北:國立編譯館主編「中華叢書」,1988年),頁336。

以上對「亞（形中）X」的討論，雖然極為簡略，但大體已可看出，「亞（形中）X」銘文中的「X」，以族氏（或方國、諸侯）名的可能性最大。據此，「亞厷」銅器中的「厷」，釋為族氏名最為合理。

那麼，這個亞形中間的商代族氏名「厷」，有沒有可能讀為「尤」呢？我們認為這個可能性不應完全排除。文獻中沒有記載「厷」、「肱」作為姓氏用的，不過，我們可以讀「厷」為「閎」，周初有「閎夭」，《尚書・君奭》：

> 惟文王尚克修和我有夏，亦惟有若虢叔、有若閎夭、有若散宜
>
> 生、有若泰顛、有若南宮括。

《墨子・尚賢上》也說：

> 禹舉益於陰方之中，授之政，九州成；湯舉伊尹於庖廚之中，
>
> 授之政，其謀得；文王舉閎夭、泰顛於罝罔之中，授之政，西土服。

這是從假借的立場，把「厷」讀為「閎」，不失為一種可能。

我們也不能排除另外一種可能，即：「厷」與「尤」本為一字，因此這兩件銅器本來就可以讀成「亞尤方鼎」與「亞尤父乙卣」，「尤」是一個古本有之的族氏。

一般姓氏工具書都把「尤」姓擺得很晚，除了少數民族外，大部分工具書所寫的漢姓「尤」都根據《梁溪漫錄》的說法，以為五代時王審知據閩稱王，於是閩地的「沈」姓人家為了避諱（沈與審同音），去「水」變成「尤（「尢」的形近字）」〔註53〕。我們現在根據銅器「亞尤方鼎」與「亞尤父乙卣」，可以說「尤」這個姓氏可能在商代就有。古代姓氏往往來自地名，《左傳・隱公八年》：

> 天子建德，因生以賜姓，胙之土而命之氏。諸侯以字，為謚，因
>
> 以為族。官有世功，則有官族；邑亦如之。〔註54〕

杜預注：

> 立有德以為諸侯。因其所由生以賜姓，謂若舜由媯汭，故陳為
>
> 媯姓。報以以土而命氏曰陳。〔註55〕

〔註53〕錢大昕《十駕齋養新錄》引《梁溪漫錄》之說。

〔註54〕《十三經注疏・左傳》（臺北：藝文印書館，1989年），頁75。

〔註55〕《十三經注疏・左傳》，頁75。

孔穎達疏：

報之以土，謂封之以國名以為之氏。諸侯之氏，則國名是也。《周語》曰：「帝嘉禹德，賜姓曰姒，氏曰有夏。胙四岳國，賜姓曰姜，氏曰有呂。」亦與賜姓曰媯，命氏曰陳，其事同也。姓者，生也，以此為祖，令之相生，雖下及百世，而此姓不改。族者，屬也，與其子孫共相連屬，其旁支別屬，則各自立氏。《禮記·大傳》曰：「繫之以姓而弗別，百世而昏姻不通者，周道然也。」是言子孫當共姓也。其上文云：「庶姓別於上，而戚單於下。」是言子孫當別氏也。氏猶家也，傳稱「盟于子皙氏」、「逐瘈狗、入於華臣氏」，如此之類，皆謂家為氏。氏、族一也。〔註56〕

據此，我們可以用地名來推求族氏名的可能。《左傳·昭公二十年》：

聊攝以東，姑尤以西，其為人也多矣，雖其善祝，豈能勝億兆人之詛？君若欲誅於祝史，脩德而後可。〔註57〕

杜預注：

聊、攝，齊西界也。平原聊城縣東北有攝城。姑、尤，齊東界也。姑水、尤水皆在城陽郡。〔註58〕

孔穎達正義：

聊、攝、姑、尤，皆是邑也。管仲夸楚言其竟界所至，故遠舉河海也；晏子言其人多，故唯舉屬邑言之。〔註59〕

《左傳》的這一段記載，也見於最新出土的《上海博物館藏戰國楚竹書（六）·競公瘧》〔註60〕簡10，校正後的簡文如下：

自古（姑）、蚤（尤）㠯（以）西，翏（聊）、聶（攝）㠯（以）東，丌（其）人婁（數）多已，是皆貧痞（苦）〔註61〕約瘥（疾），

〔註56〕《十三經注疏·左傳》，頁75。
〔註57〕《十三經注疏·左傳》，頁858。
〔註58〕《十三經注疏·左傳》，頁858。
〔註59〕《十三經注疏·左傳》，頁858。
〔註60〕馬承源主編《上海博物館藏戰國楚竹書（六）》（上海古籍出版社，2007年），頁185。
〔註61〕「約」字之前，原簡還有「病」字，陳劍〈《上博（六）·孔子見季桓子》重編新釋〉（復旦大學出「土文獻與古文字研究中心」網站，2008年3月22日首發）以為衍

　　夫婦皆祖（詛）。一丈夫執敧（尋）之幣、三布之玉……

　　文中的「蚘」字，原考釋濮茅左先生隸為「蚘（蚘的簡體字）」，括號作「尤」，謂「『蚘』，今本作『尤』，同源字」。案：此字從虫、又聲，實即「蚘」之異體，故可讀為「尤」。字又見《郭店・尊德義》簡 28-29：「悳之流，速厚（乎）楮（置）蚘（郵）而連（傳）命。」注釋引裘錫圭先生按語云：「楮從之聲，蚘從又聲，故兩字可讀為『置郵』。」〔註62〕陳劍先生在指出此字與《望山楚簡》9 的「尚毋為大蚘」一樣，當釋為以「又」為聲符的「蚘」，讀為「尤」，「為大尤」的說法見於《左傳・襄公二十二年》「敝邑欲從執事，而懼為大尤」。「又」、「尤」古音相近，〈尊德義〉中以「蚘」為「郵驛」之「郵」，「郵」字古書也常用為「過郵」之意，與「尤」義合。〔註63〕

　　據此，〈競公瘧〉的「古蚘」當然就是《左傳》中的「姑尤」。孔穎達《左傳・昭公二十年》正義已經指出「聊、攝、姑、尤，皆是邑也」，杜預注也說明「姑、尤」在齊國的東界。則齊地本有「尤」邑，可以說明商代金文「亞尤方鼎」與「亞尤父乙卣」的「ナ（尤）」有可能是族氏名。朱駿聲《說文通訓定聲》說：「《左・昭二十》傳：『姑、尤以西。』注：『齊東界也，姑水、尤水皆在城陽郡，東南入海。』按《姓苑》尤姓，疑以地為氏者。」〔註64〕其說合理。前引「蚩尤」的相關記載，朱右曾《逸周書・嘗麥》注謂蚩尤為古諸侯，「命蚩尤宇于少昊」，「少昊」指「魯」，又謂「蚩尤冢在壽張，亦魯地也」，說明了蚩尤是在山東一帶的「諸侯」，與姑水、尤水或許有一定的關係。

　　尤，殷代已極少見，周代以後消失無蹤，所以後世都不知道殷商曾經可能有「尤」姓或「尤」國了。

四、結　語

　　以上本文從《上博五・鬼神之明　融師有成氏》「蚩蚘作兵」的「蚘」字肯定了舊釋春秋戰國文字中「尤（含偏旁）」字形的可信。其次，本文從「尤」

<hr>

文，當刪。其說可從。

〔註62〕荊門市博物館《郭店楚墓竹簡》（北京：文物出版社，1998 年），頁 175。

〔註63〕陳劍〈據楚簡文字說「離騷」〉，謝維揚、朱淵清主編《新出土文獻與古代文明研究》（上海：上海大學出版社，2004 年），頁 137～139。

〔註64〕朱駿聲《說文通訓定聲》（北京：中華書局，1984 年），頁 202。旭昇案：朱駿聲所引《姓苑》，今已失傳，朱氏其實是根據《廣韻・十八尤》引用的。

與「厷」字形相近，常常互用，字音可通等條件，推測「尤」字是「厷」字的分化字。證據不是很充分，但應該是可能性很高的一個假設；最後再根據殷金文「亞厷方鼎」、「亞厷父乙卣」二器「厷」在「亞」中，「厷」顯然是一位地位頗高的武職諸侯，即使把「厷」字釋為私名，其私名即氏名、國名的可能性也不應該被排除。西周以後「尤」氏罕見，大概是這個氏族在殷亡之後就基本消失了，所以先秦典籍未見，連帶的西周以前的「尤」字也沒有人認得了。

本論文是在國科會贊助的計畫下完成的，計畫編號是：國科會 97 年度 NSC97–2410-H-364-008。原發表於第二屆「古文字與古代史」國際學術研討會，中研院歷史語言研究所，2008 年 12 月 12～14 日。

從戰國楚簡談「息」字

摘　要

　　《說文》釋「息」字為「喘也。从心从自，自亦聲。」在釋義釋音讀上都有不少問題。本文從古文字材料分析，指出「息」字有兩個來源，一個是甲骨文的「泉」，根據甲骨文的字形及辭例，可推知其本義為鼻息、氣息；第二個是「息」，根據《郭店》、《上博》、《中山王銅器》、荊門左塚漆梠等戰國文字材料，可推知其本義為「嫉」。後來這兩個揉合，保留的是甲骨文的詞義——鼻息、氣息、喘息、休息等。「嫉」的詞義則由「疾」或「嫉」繼承。

　　關鍵詞：息、疾、嫉、妬嫉

一、問題的提出

　　「息」是一個很常用的字，但是它的形音義演變，其實相當複雜。如果不是戰國楚簡的出現，我們可能永遠無法了解「息」字的形音義演變。以下，我們先從《說文》看起。《說文》：

　　　　息：喘也。从心从自，自亦聲。〔註1〕

　　「从自」，我們可以理解，喘息必需用鼻子，「自亦聲」也合理（不過，段玉裁不贊成，見下條引文）。但是，喘息和「心」應該沒有什麼關係，那麼

〔註 1〕大徐本《說文解字》（北京：中國書店，1989 年），卷十下，心部，葉五上。

「息」字為什麼會在「心」部呢？段玉裁改為「喘也。从心自」，刪「自亦聲」，並注云：

> 自者鼻也。心气必從鼻出，故从心自。如心思上凝於囟，故从心囟。皆會意也。相即切，一部。各本此下有「自亦聲」三字。「自」聲在十五部，非其聲類，此與「思」下云「囟聲」，皆不知韻理者所為也。〔註2〕

先不討論「自聲」是否合理，段玉裁說「心气必從鼻出，故从心自」，大概很難有人能接受吧！如果說「氣從鼻出」是由「心」所操控，所以必需从「心」，那麼人類所有的行為那一樣不是由「心」操控的呢？豈不行坐住臥、穿衣吃飯都要从「心」了？王筠《說文句讀》因此明白地說：

> 案，息由鼻不由口。〈口部〉訓息者七字，唯喘喟二字與口有干涉，與心絕無干，不知何以从心？〔註3〕

這個問題，在戰國楚系文字尚未大量出土以前，其實是無解的。

二、戰國文字中的「息」字及其解釋

我們現在習用、从自从心的「息」字，最早出現在戰國時代，以下是有文義可稽的「息」字材料：

01. 進斅（賢）敃（措）能，亡有櫜息　《殷周金文集成》9735.2.中山王䁛壺

02. 晉公之寡（顧）命員（云）：毋以少（小）悸（謀）敗大悊（作），毋以卑（嬖）御憨（息）妝（莊）句（后），毋以卑（嬖）士憨（息）大夫卿士　《郭店·緇衣》23

03. 女（汝）母（毋）以俾（嬖）諍（御）息（塞）尔（爾）臧（莊）句（后），……女（汝）母（毋）以俾（嬖）士息（塞）夫＝（大夫）卿孨（士）。　《清華一·祭公之顧命》簡16

04. 人之生（性）厽（三）：飲（食）、色、息。　《上博五·鮑叔牙與隰朋之諫》簡5

05. 息毀。《荊門左塚漆梮·C區左下第一欄》

〔註2〕段玉裁《說文解字注》（臺北：藝文印書館，1970年），頁506。
〔註3〕王筠《說文句讀》（北京：中國書店，1983年），卷二十，葉十八。

另外璽印中還有一些「息」字〔註4〕，因為都是作人名用，難以探討其本義，這兒就不引錄了。

在以上戰國四例例中，例 01. 中山王壺的「息」字學者一律釋為「休止」、「停止」，這其實是有問題的，我們在後面會有比較詳細的討論。其它三例都是戰國楚簡，因為有傳世文獻及相關文本可以比對，所以其詞義比較可以確定。經過比對探究之後，我們認為例 02～04 的「息」字都應該讀同「疾」，在這個基礎之上，我們認為 01 的「息」字也應該讀同「疾」。同理，05「息毀」，也應該讀為「疾毀」。以下我們順著材料公佈及學者討論文章的先後，先把 02~04 的戰國楚簡材料進行探究。

例 02. 見《郭店‧緇衣》簡 23，原考釋隸定為：

　　𦰩公之募（顧）命員（云）：毋以少（小）悔（謀）敗大惰（作），毋以卑（嬖）御息（塞）妝（莊）句（后），毋以卑（嬖）士息（塞）大夫、卿士。〔註5〕

同書注 62 云：

　　息，簡文从「𦣞」从「心」，借作「塞」。《國語‧晉語》：「是自背其信而塞其忠也。」注：「絕也。」〔註6〕

「愳」即「息」字，「息」字上古音在心母職部三等，「塞」在心母職部一等，聲韻畢同，只有等第不同，視為通假，還可以接受。但依照這個解釋，本句的意思雖然勉強可以說得通，但並不是很好。以嬖士塞大夫、卿士，意義可通；以嬖御塞莊后，則文義不太順適。大夫卿士欲盡忠進言，小人塞其言路；莊后則沒有進言的問題，用「塞」來敘述，不是很好。今本《禮記‧緇衣》相應的句子作：

　　〈葉公之顧命〉曰：毋以小謀敗大作，毋以嬖御人疾莊后，毋以嬖御士疾莊士、大夫、卿士。〔註7〕

「疾」，鄭玄注釋為「非」：

〔註 4〕參羅福頤主編《古璽文編》（北京：文物出版社，1981 年），頁 260。
〔註 5〕荊門市博物館《郭店楚墓竹簡》（北京：文物出版社，1998 年），頁 134。
〔註 6〕荊門市博物館《郭店楚墓竹簡》（北京：文物出版社，1998 年），頁 134。
〔註 7〕中研院漢籍電子文獻資料庫，《重刊宋本十三經注疏附校勘記／重葉宋本禮記注疏附校勘記／緇衣第三十三／附釋音禮記注疏》卷第五十五，頁 931。

　　嬖御人，愛妾也。疾，亦非也。莊后，適夫人，齊莊得禮者。嬖御士，愛臣也。莊士亦謂士之齊莊得禮者，今為大夫卿士。〔註8〕

孔穎達疏則補足為「非毀」：

　　疾猶非也，近臣不為人所非毀，而遠臣不被障蔽故也。「〈葉公之顧命〉曰毋以小謀敗大作」者，此〈葉公顧命〉之書，無用小臣之謀敗損大臣之作。「毋以嬖御人疾莊后」者，莊后謂齊莊之后，是適夫人也，無得以嬖御賤人之為非毀於適夫人。「毋以嬖御士疾莊士」者，言毋得以嬖御之士非毀齊莊之士。〔註9〕

元陳澔《禮記集說》也說：「疾，毀惡之也。」〔註10〕這個解釋應該是合理的。莊后被嬖御非毀，大夫卿士被嬖士非毀，古代宮廷常見。因此，《郭店・緇衣》「毋以嬖御息莊后，毋以嬖士息大夫卿士」的「息」如與「疾」字對應，似乎也應該採取「非毀」、「疾（嫉）惡」的解釋，原考釋不從這個角度去思考，而另闢蹊徑，讀為「塞」、釋「絕」，〔註11〕可能《郭店》原考釋不認為《郭店・緇衣》的「息」和《禮記・緇衣》的「疾」可以直接對應。

我們可以再參考《上海博物館藏戰國楚竹書（一）・緇衣》簡12類似的句子，原考釋隸定如下：

　　〈秤公之募（顧）命〉員（云）：毋呂（以）少（小）惡（謀）敗大煮（圖），毋呂（以）辟（嬖）御嘼妝（莊）后，毋呂（以）辟（嬖）士嘼大夫卿使（士）。〔註12〕

原考釋云：

　　嘼，從聿、昂聲。《說文》所無。疑即《說文》「盡」字之省文。《說文》：「盡，傷痛也。從血、聿，昂聲。《周書》曰：『民罔不盡

〔註8〕中研院漢籍電子文獻資料庫，《重刊宋本十三經注疏附校勘記／重栞宋本禮記注疏附挍勘記／緇衣第三十三／附釋音禮記注疏》卷第五十五，頁931。

〔註9〕中研院漢籍電子文獻資料庫，《重刊宋本十三經注疏附校勘記／重栞宋本禮記注疏附挍勘記／緇衣第三十三／附釋音禮記注疏》卷第五十五，頁931。

〔註10〕元陳浩《禮記集說》（四庫全書本），卷九，葉五一下。

〔註11〕依下引黃懷信《逸周書匯校集注》，「汝無以嬖御固莊后」一句各家的解釋，只有莊述祖把句中的「固」字釋為「塞」。《郭店》原考釋應該是吸收了這個解釋。

〔註12〕馬承源主編《上海博物館藏戰國楚竹書（一）》（上海：上海古籍出版社，2001年），頁187。

傷心。』讀若憙〔註13〕。」段玉裁注:「按當作譆,言部曰:譆,痛
也。音義皆近。」《多友鼎》銘文「唯馬毆盡」,是指殺戎人之馬。

郭店簡作「息」,今本作「疾」。〔註14〕

明明是極為類似的三句話,《上博一‧緇衣》卻用了和《郭店》幾乎完全不
同的「疐」字。此字原考釋以為是《說文》「盡」字之省。「盡」,《說文》釋為
「傷痛」。依原考釋的意思,「毋以嬖御疐莊后,毋以嬖士疐大夫卿士」的意思
是:「不要因為寵妾而傷害正宮,不要因為心腹而傷害了大夫卿士」。

由於原考釋隸為「疐」,導致不少學者從「面」聲去談這個字,其實幾乎都
白費力氣了,馮勝君先生指出「疐」及原考釋所引《說文》「盡」字,本來就應
該從「䏍」:

> 盡字金文寫作▨(多友鼎,《集成》2835),从聿从䏍从皿。上
> 博簡本寫作▨,所從之「面」當是「䏍」之形誤。《說文‧血部》:
> 「盡,傷痛也。从血、聿,面聲。《周書》曰:民罔不盡傷心。」
> 又从「面」聲。《說文‧面部》:「面,二百也。凡面之屬皆从面。讀
> 若祕。」《說文》中从面的字只有兩個,一個是「盡」,一個是「奭」。
> 《說文‧面部》:「奭,盛也。从大、从面,面亦聲。此燕召公名。
> 讀若郝。《史篇》名醜。▨,古文奭。」「奭」的古文亦从「䏍」,
> 而前面也已經提到「盡」上博簡从「䏍」,那麼《說文》所謂的「面」
> 可能本來就作「䏍」,通過盡的金文形體來看,「面」應該是「䏍」
> 字的訛體。古文字中尚未發現獨體的「䏍」字,郭店簡本的「息」
> 和「疐」都應該是从「䏍」聲的,今本與之相對應的字是「疾」,
> 「疾」是從紐質部字,那麼「䏍」的讀音也應該與之相近……也有
> 可能「䏍」是從「自」分化出來的。「息」从「䏍」,與一般的「息」
> 字有別,而「盡」也从「䏍」,所以李零先生認為「息」或許是「盡」
> 的省體,也是有可能的。〔註15〕

〔註13〕原考釋誤引為「《周書》曰:『民罔不盡傷心。讀若憙。』」三字誤在所引《周書》
　　　之雙引號中。今正。

〔註14〕馬承源主編《上海博物館藏戰國楚竹書(一)》(上海:上海古籍出版社,2001年),
　　　頁187。

〔註15〕馮勝君:《論郭店簡〈唐虞之道〉、〈忠信之道〉、〈語叢〉一～三以及上博簡〈緇衣〉

馮文對「矗」的分析是對的。原考釋隸定為「矗」的那個字，確實該從二「自」，我們把《上博一》簡文此字的照片放大在下面：

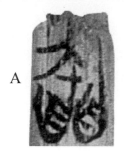 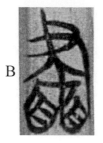

A　　B

B 形很清楚，上部從聿，「聿」字從又持筆，筆本應作「⬚」形，但楚簡或把最下面一層筆毛變為橫筆，如《上博三・周易》簡 7「聿」字作「⬚」。準此，《上博一・緇衣》這兩個字形扣掉上部的「聿」形之後，剩下的部分像是兩個「百」字，絕非兩個「百」字（本篇簡 6「百」字作「⬚」，明顯與 AB 二形的下部不同，A 形尤其清楚）。比對《郭店・緇衣》相同的句子，在同樣位置是個「愲」字，從「𦣞」聲，我們當然有理由相信 AB 二形的下部是從二「自」的訛寫。因此這個字應該隸定作「矗」。字書無「矗」字，此字從聿從𦣞，「𦣞」應該是聲符（字書無「𦣞」字，當為「自」之複體，讀同「自」），本義不可知（「矗」字從「矗」應該只是個聲符），從「聿」的作用也難以確定，如果視為聲符，則「矗」也有可能是一個兩聲字，甚至於是個專門為「疾（嫉）毀」意所造的字。「自」上古音在從母質部，「聿」在喻母沒（物）部，「質」、「沒」二部有旁轉之例（參陳師新雄《古音學發微》1059 頁）〔註16〕，喻母與從母在《說文》、《廣韻》中有七個通轉的例子〔註17〕。劉釗在〈古璽格言璽考釋一則〉（復旦出土文獻與古文字中心網站首發，2011 年 11 月 3 日）中說「漢字中從「聿」作的字，其所從之「聿」基本上都是作為聲符存在的」。因此「聿」也有可能是「矗」的聲符。

例 04. 見《上海博物館藏戰國楚竹書（五）・鮑叔牙與隰朋之諫》簡 5，原

為具有齊系文字特點的抄本》，北京大學博士後研究工作報告，2004 年 8 月，頁 93～94。後收入《郭店簡與上博簡對比研究》（北京：綫裝書局，2007 年），頁 143～144。

〔註16〕陳新雄《古音學發微》，臺北：嘉新水泥公司文化基金會出版，1972。

〔註17〕參丘彥遂《喻四的上古來源、聲值及其演變》第三章〈喻四的上古通轉〉，高雄：中山大學中國文學研究所碩士論文，2002 年。

考釋隸定如下：

……人之生，品（三）飤（食）色息（憂）〔註18〕

原考釋以「人之生」三字與上句連讀。謂「三食」見《周禮》，「色憂」謂憂愁之色。陳劍先生隸為「人之生，三食色憂」〔註19〕。李天虹先生疑「息」上部為「自」，字當為「息」，讀「人之性三：食、色、息」，息指休息〔註20〕。周波博士謂：「『憂』當是憂患義。郭店簡有類似的話」《語叢一》簡110云：『食與色與疾』。……今由〈鮑叔牙與隰朋之諫〉簡文可知，『食』、『色』、『疾』確當是三者並列……《禮記·禮運》：『飲食男女，人之大欲存焉。死亡貧苦，人之大惡存焉。』……可見『性』當是本性之義，指人天生所具有的秉性，《語叢一》簡110之『疾』當與《鮑叔牙與隰朋之諫》簡5之『憂』義近，並當為『憂患』義。」〔註21〕蘇建洲棣同意字形上部為「白」之訛，認為古文字「百」、「自」常見互相訛混，故此字也可能釋為「憂」。簡文「人之生（性）三，食、色、憂」，正好三者都是人的「生理」方面的反映，與《郭店·語叢一》簡110：「食與色與疾」可以呼應。〔註22〕

李天虹先生後文以為今本《緇衣》「毋以嬖御士疾莊士、大夫、卿士」的「疾」，郭店本相應之字作「㥄」，上博本作「鼻」。文云「人之生三，食、色、▩」，「▩」的上部可能就是「自」，所以▩仍有可能是「息」字，意為「子息」。〔註23〕

旭昇案：李文以為「▩」的上部可能就是「自」，這是對的。我們仔細看圖版，這個字的上部本來就是個「自」，我把較清楚的圖版及我的摹字列在下面：

〔註18〕馬承源主編《上海博物館藏戰國楚竹書（五）》（上海：上海古籍出版社，2005年），頁186。

〔註19〕陳劍〈談談《上博（五）》的竹簡分篇、拼合與編聯問題〉，武漢大學簡帛網，2006年2月19日。

〔註20〕李天虹：〈上博五《競》、《鮑》篇校讀四則〉，武漢大學簡帛網，2006年2月19日。

〔註21〕周波：〈上五箚記〉〈上博五箚記（三則）〉，武漢大學簡帛網，2006年2月26日。

〔註22〕蘇建洲：〈上博（五）柬釋（一）〉，武漢大學簡帛網（http://www.bsm.org.cn/showarticle.php?class=0&page=5），2006年2月27日。

〔註23〕李天虹〈鮑息字〉：〈再談《鮑叔牙與隰朋之諫》中的「息」字〉，武漢大學簡帛網（http://www.bsm.org.cn/show_article.php?id=252），2006年3月1日。

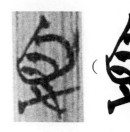

其上部不從「目」而從「自」，完全可以肯定。

牛新房博士在李天虹先生的文章發表之後，對〈鮑叔牙與隰朋之諫〉「息」字的字形與字義做了一些較深入的討論：

> 「自」是「鼻」的象形初文，甲骨文習見，「由於語音的變化，自專作為自己和自從的意義講，就另外造從畀聲的鼻字來作為鼻子的專名」，我們認為「息」字所從的「自」即「鼻」的初文，是「息」的聲符。可能是為了與訓喘的「息」相區別，在這種「息」上疊加「自」即成了「憩」，「𦣱」又訛為「䐩」、「䐼」，「䐼」讀若祕，正與「自（鼻）」同。這也說明馮勝君先生認為「䐼」可能本來就作「䐩」、「䐼」應該是「𦣱」字的訛體的說法是可信的。如此，「憩」「盍」「息」皆從「自（鼻）」聲，「疾」是從紐質部字，「鼻」是並紐質部字，音近可通。從「自（鼻）」得聲的「息」，當然也可以讀為「疾」。
>
> ……郭店楚簡《語叢一》110 簡「食與色與疾」，雖然上文殘缺，但「疾」與「食、色」並稱，則是很明顯的，周波、施謝捷等先生已指出其與本篇的「食、色、息」有關，這是值得注意的。「疾」作為人的一種本性，典籍也有記載，如《荀子·性惡篇第二十三》：
>
> 今人之性，生而有好利焉，順是，故爭奪生而辭讓亡焉；生而有疾惡焉，順是，故殘賊生而忠信亡焉；生而有耳目之欲，有好聲色焉，順是，故淫亂生而禮義文理亡焉。楊倞注：疾與嫉同。惡，烏路反。
>
> 故在荀子看來「疾惡」與「好利」、「好聲色」都是「人之性」，若任由其發展而不加節制，就會出現「殘賊生而忠信亡」的結果，正與本篇所論述及史書所載豎刁「自宮以適君」、易牙「殺子以適君」之事相類。這也說明「息」讀為「疾（嫉）」是可信的。〔註24〕

〔註24〕牛新房〈讀上博（五）箚記〉，武漢大學簡帛網站，2006 年 9 月 17 日。

　　我們把牛文引得較多，因為他談到「息」字的結構與形義關係，雖然仍不正確，但至少不再受到《說文》的局限。另外，他引《荀子・性惡》指出「食、色、疾」的「疾」是「疾惡」，我們認為這是對的。

　　不少學者都以為〈鮑叔牙與隰朋之諫〉的「食、色、疾」就是《郭店・語叢一》的「食與色與疾」，這也很容易得出「息」當讀為「疾」的結論。

　　此外，侯乃峰博士舉《鶡冠子・道端》：「凡可無學而能者，唯息與食也。」以為「息」當釋為「休息」（釋為「呼吸」也可以）。〔註25〕不過，「休息」和豎刁、易牙的惡行可能較無關係。

　　例03. 見《清華大學藏戰國竹簡（壹）・祭公之顧命》簡16，原考釋隸定如下：

> 公曰：「……女（汝）母（毋）以俾（嬖）誖（御）息（塞）尔（爾）戕（莊）句（后），女（汝）母（毋）以少（小）愚（謀）敗（敗）大廬（作），女（汝）母（毋）以俾（嬖）士息（塞）夫=（大夫）卿李（士）。〔註26〕

原考釋云：

> 李，即「理」字，來母之部，讀為從母之部之「士」。以上數句，《禮記・緇衣》引作：「毋以小謀敗大作，毋以嬖御人疾莊后，毋以嬖御士疾莊士、大夫、卿士。」郭店簡《緇衣》引作：「毋以小謀敗大怘（圖），毋吕（以）辟（嬖）御息（塞）妝（莊）后，毋吕（以）辟（嬖）士息（塞）大夫卿使（士）。〔註27〕

　　清華簡整理者顯然贊同《郭店・緇衣》的原考釋，把「息」字讀為「塞」。我們在前面已經簡單談過釋「息」為「塞」不是很妥適。我們可以再看看在今本《逸周書・祭公》篇類似的句子，傳統的解釋如何。今本《逸周書・祭公》篇類似的句子作：

〔註25〕侯乃峰〈《鮑叔牙與隰朋之諫》「人之性三」補說〉，武漢簡帛網，2008 年 4 月 15 日。

〔註26〕清華大學出土文獻研究與保護中心編，李學勤主編《清華大學藏戰國竹簡（壹）》（上海：上海文藝出版集團・中西書局，2010 年），頁 174～175。

〔註27〕清華大學出土文獻研究與保護中心編，李學勤主編《清華大學藏戰國竹簡（壹）》，頁 178。

汝無以嬖御固莊后，汝無以小謀敗大作，汝無以嬖御士疾大夫、卿士。〔註28〕

黃懷信先生《逸周書彙校集釋》於「汝無以嬖御固莊后」下集注云：

孔晁云：「嬖御，寵妾也。固，戾也。（「固，戾也」，程本、趙本、鍾本、吳本、王本作「莊，正也」，盧從。）○王念孫云：「固讀為㛪，音護。」《說文》：「㛪，嫽也。」《廣雅》作「㜅」，云：「嫉、嫽、㜅，妒也。」是㛪與嫉妒同義。言汝毋以寵妾嫉正后也。㛪之通作固，猶嫉之通作疾。下文曰：「女無以嬖御士疾莊士大夫卿士」，疾亦固也。《緇衣》引此作「毋以嬖御人疾莊后」，是其證。○潘振云：「固與錮通。以嬖寵之御妾禁錮正后。○莊述祖云：「固，塞。」○唐大沛云：「《文選》注引古文《周書》載穆王越姬竊育姜后子，事雖不經〔註29〕，亦容或有之。又《穆天子傳》載盛姬喪禮最詳。天子命盛姬之喪視王后之葬法，是時祭公贊喪儀，想必以為非禮。蓋穆王多寵妾，故祭公顧命戒之〔註30〕。朱右曾云：「固，陋也。」〔註31〕

又於「汝無以嬖御士疾大夫、卿士」下集注云：

孔晁云：「言無親小人、疾君子。」○潘振云：「以嬖寵之御士疾惡大夫卿士。」○莊述祖云：「疾，价。莊士惟德是用，德尊者。大夫卿士位尊。」○陳逢衡云：「《緇衣》注云：『嬖御士，愛臣也。』莊士亦謂士之齊莊得禮者，今為大夫卿士。」〔註32〕

看得出，在各家說法中，《郭店》、《清華》原考釋採用的是莊述祖對《逸周書‧祭公》「汝無以嬖御固莊后」的解釋「固，塞」〔註33〕，而且同意「汝無以嬖御固莊后」的「固」等同「疾」、「息」。

〔註28〕用黃懷信《逸周書彙校集注》（上海：上海古籍出版社，1995年），頁1001。

〔註29〕旭昇案：黃懷信原引文作「竊育姜后子事，雖不經」，今改作「竊育姜后子，事雖不經」。

〔註30〕旭昇案：黃懷信原引文「祭公顧命」加篇名號，應當不必。

〔註31〕黃懷信《逸周書彙校集釋》（上海：上海古籍出版社，1995年），頁1000。

〔註32〕黃懷信《逸周書彙校集釋》（上海：上海古籍出版社，1995年），頁1001。

〔註33〕見莊述祖《尚書記》（光緒己亥菊月江陰繆氏校刊雲自在龕叢書），祭公第五，葉三四。

　　然而，在與「嬖御—莊后」、「嬖士—卿大夫」相關的類似敘述中，絕大部分用的字都是「疾」或從自聲的「息」、「肅」字，我們應該優先考慮這個位置較合理（或較早）的字是「疾」、「息」、「肅」，而非「固」。當然，這兩句中的「息」字直接讀為「疾」最為直接妥適。

　　復旦大學出土文獻與古文字研究中心研究生讀書會〈清華簡《祭公之顧命》研讀札記〉說：

> 　　原整理者將「息」讀為「塞」。今按：「息」當從今傳本《禮記·緇衣》所引讀為「疾」。郭店簡《語叢一》簡110「食與色與疾」的「疾」，當讀作「息」，與上海博物館藏戰國楚竹書（五）《鮑叔牙與隰朋之諫》簡5「公沽（胡）弗察人之生（性）三：食、色、息」恰好可以對應。郭店簡《緇衣》相應之字作「𭤰（惥）」，上博簡作「𤯌（肅）」，學者多以為二字從「𦣻」得聲（很有可能是後人誤將「息」字認作從「自」得聲，從而使「息」字產生出近似「疾」的讀音），有可能「𦣻」是從「自」分化出來，古音「自」、「疾」同為從紐質部字，故可讀為今本之「疾」字。〔註34〕

　　讀書會釋《清華簡》「息」為「疾」，應該是對的（意思應該是「疾惡」）。但，以為《郭店·語叢一》110「食與色與疾」的「疾」當讀作「息」（意思應該是「子嗣」），正好對應《上博五·鮑叔牙與隰朋之諫》5的「人之性三：食、色、息」。這樣解可能是有問題的，〈鮑叔牙與隰朋之諫〉說：「今豎刁匹夫而欲知萬乘之邦而潰脮，其為猜也深矣」，這是扣緊「色」；「易牙，人之舉者而飤人，其為不仁厚矣」，這是扣緊「食」，不應再扣一個「息（子嗣）」。因此本簡此句中的「息」，其實應該讀成《郭店·語叢一》的「疾」，意為「疾惡、非毀」，豎刁與易牙受寵後，這兩個「嬖御士」就會「疾（嫉）」卿大夫了。此字無論作「惥」、作「息」、作「肅」，都應該讀為「疾（嫉）」，意為「疾惡、非毀」，這是人的低劣本性之一。

　　例02、03、04楚簡的「息」都釋為「疾」，已可確定。例01. 中山國銅器的「息」字，各家都釋為「休止」、「停止」，其實是值得商榷的；例05的「息

毀」，各家解釋也還可以討論。

　　中山王嚳壺銘云：「賈渴（竭）志盡忠，曰（以）猺（佐）右乎閈（辟），不貳（貳）其心，受賃（任）猺（佐）邦，夙夜篚解（懈），進竪（賢）散（措）能，亡有𨏨息」。賈，是中山王嚳的老臣，中山王稱贊他竭志盡忠，輔佐君王，忠心不二，受任佐邦，「夙夜匪懈」，然後接著稱贊他能「進賢措能」，下面四個字「亡有𨏨息」如果釋為「無有止息」，一個可能是贊美老臣賈「不停地進賢措能」，這個可能性不高，因為賢能的人才不容易尋覓，很難讓人不停地進賢；另一個可能是老臣賈勤勞公事，不肯休息，但這又和上面的「夙夜匪懈」重複。因此，舊說似乎有缺陷。我們以為「息」字不當釋為「休止」、「停止」，它應該和其它三例一樣，釋為「疾」，即「疾惡」、「嫉妬」。

　　「𨏨」字形構頗為特殊，張政烺先生〈中山王嚳壺及鼎銘考釋〉謂：「𨏨，字書不見，形譎異不可識，當是一形聲字。戰國時期文字滋育正繁，出現許多新形聲字，此字從車、從牛、皆屬形符，而其基本聲符則是卤，疑讀為遹。《說文》：『遹，回避也。』息，休止。」〔註35〕趙誠先生〈中山壺中山鼎銘文試釋〉以為：「𨏨字不識，從上下文意看，當為停、止之意。」〔註36〕李學勤先生、李零先生〈平山三器與中山國史的若干問題〉謂：「同行（十四行）第八字結構相當複雜，應从鬲聲。鬲字見《補補》〔註37〕第三，原誤釋為興，疑為商字變體。壺銘此字从商聲，依古音對轉規律可讀為舍，《漢書·高帝紀》注：『息也。』『亡有舍息』意即無有止息。一說鬲即𩰪字，銘文此字應讀為窮，《禮記·儒行》：『窮，止也。』」）〔註38〕旭昇案：「𨏨」字費解，以偏旁分析法來看，此字左从車、中从人，右下為牛；右上作「鬲」，二李〈平山三器與中山國史的若干問題〉謂此字見《補補》，字形作「𩰪」，又見《古璽彙編》1484「𩰪」〔註39〕，何琳儀先生《戰國古文字典》也收在「商」字條下〔註40〕。

〔註35〕張政烺〈中山王嚳壺及鼎銘考釋〉（《古文字研究》第一輯，北京：中華書局，1979年），頁215。

〔註36〕趙誠〈中山壺中山鼎銘文試釋〉（《古文字研究》第一輯，北京：中華書局，1979年），頁250。

〔註37〕旭昇按：見丁佛言輯《說文古籀補補》（北京：中華書局，1988年），第三，葉六。

〔註38〕李學勤、李零〈平山三器與中山國史的若干問題〉（《考古學報》1979年第2期），頁152。

〔註39〕羅福頤主編《古璽彙編》（北京：文物出版社，1981年），頁157。

〔註40〕何琳儀《戰國古文字典》（北京：中華書局，1998年），頁651。

旭昇案：「⬚」字字形與習見之「商」字有些距離，「⬚」字與「⬚」字又有一些偏旁的不同，「⬚」是否必為「商」字，可能還需要多一點佐證，但在現有字形中，「⬚」字字形結構確實與「商」字最近。至於「⬚」字的造字本義，何琳儀先生《戰國古文字典》釋為：從車、从人、从人、从商，會商人發明牛車之意，疑「殷商」之商的繁文，於中山王方壺通「尚」，「亡有尚息」與《小雅‧菀柳》「不尚息焉」辭例相若。〔註41〕

　　旭昇案：「⬚」字當从車、人、牛，商聲，可能是「行商坐賈」的「商」的後起本字〔註42〕，不過在中山王方壺「息」字既當釋「疾」，則「⬚」字从「商」聲，似可讀為「妒」。商，上古音屬書紐陽部；妒，上古音屬端紐魚部，二字聲同屬舌頭，韻為陰陽對轉，當可通假。據此，「進𠥩（賢）散（措）能，亡有⬚息」義為「進賢措能，無有妒嫉」。自古進賢措能，不是很容易的事，推薦到真正的人才，將來可能受到重用，可能位居自己之上，自己反而沈淪為下僚。因此歷史上真正肯進賢措能的人並不多。鮑叔牙推薦管仲，讓管仲位極人臣而不以為意，《史記‧管晏列傳》：「鮑叔既進管仲，以身下之。……天下不多管仲之賢而多鮑叔能知人也」，就是這種典範。甚至於管仲病危，桓公問誰可以接任，管仲也不肯推薦鮑叔牙。但鮑叔牙仍是無怨無悔，這就是「推賢措能，無有妒嫉」！據此，釋「⬚息」為「妒嫉」，應該是很合適的。

　　〈荊門左塚漆梮〉的「息毀」，各家解釋不同。最近王凱博先生〈左塚漆梮字詞小箚（四則）〉對各家之說綜評之後提出了新的意見：

　　　陳偉武先生認為「息毀」為反義連文，「息」指滋息、生長，
　　　「毀」指毀棄，「息毀」猶言「息耗」，指消長；同時他還提出了另
　　　一種可能：「息毀」為近義連文，因為「息」還有「止息」、「消失」
　　　之義。李春桃先生讀「息」為「疾」，訓為「急速」，意為急速毀滅。
　　　黃傑先生以為同義連文，將「息」訓為「止息」、「消失」。今按，
　　　楚文字「息」與「疾」可通，如《鮑叔牙與隰朋之諫》「公胡弗察
　　　人之性三：食、色、息」，研究者多指出跟《語叢一》「食與色與疾」

─────────

〔註41〕何琳儀《戰國古文字典》（北京：中華書局，1998 年），頁 653。
〔註42〕字形及字義的探討，詳參拙作〈中山王䜌壺「亡有妒嫉」考〉，「香港中文大學中國語言及文學系 50 周年系慶活動──承繼與拓新：漢語語言文字學國際研討會」發表論文，2012 年 12 月 17～18 日。

文意相關……。近來季旭昇先生還有專文深入討論「息」字，尤具啟發意義。再聯繫到方框第一欄的其他詞，如「暴虐」、「貪賊」、「康洹」、「攘奪」、「剛猛」等，既屬義涉連用、又帶性情色彩，所以我們雖也認為「息毀」應讀「疾毀」，但訓釋上跟李春桃先生不同。我們以為「疾毀」意為「嫉妒」、「毀謗」，也屬義涉連用。《逸周書‧祭公》「汝無以嬖禦士疾莊士、大夫、卿士」，朱右曾集訓校釋「疾，嫉也」……《論語‧衛靈公》「誰毀誰譽」，朱熹集注「毀者，稱人之惡而損其真」……《史記‧儒林列傳》：「今上初即位，復以賢良徵固，諸諛儒多疾毀固，曰『固老』，罷歸之。」相同的話也見《漢書‧儒林傳‧轅固》，其中「疾毀」作「嫉毀」。〔註43〕

這是很合理的解釋。為「息」字本義即「疾（嫉）」增添了一個例證。

三、「息」字的初形本義及讀音

把以上戰國四例中的「息」字釋為「疾」，全都文從句順。那麼，就這四例來看，「息」或「疾」（或「𧮫」）二者究竟那一個是「嫉妒」義的本字呢？大部分學者可能會選「疾（嫉）」，不過，我們認為「息」才是「疾（嫉）惡」、「非毀」義的本字。

我們現在寫的「息」字應該有兩個來源，一個來自甲骨、金文的「臬」字，表「氣息」義；一個來自戰國文字中的「息」字，表「疾惡」義。兩個字形音俱近，但是意義不同，戰國以後合流，取「息」之字形（「臬」字形消失），後世「息」字保留「臬」義，而「疾惡」、「非毀」義則多用「疾（嫉、傃）」來表示。為了表示區別，下文表「臬」義或寫成「息₁」、表「疾惡」義則寫成「息₂」。

甲骨文、金文的「臬」字（或隸為「臮」，以「自」下多作三點，因此我們隸作「臬」），舊說或釋為「息」，文例及字形如下（表中諸字，姑且隸定為「息」）：〔註44〕

〔註43〕王凱博〈左塚漆梮字詞小箚（四則）〉（臺北：藝文印書館《中國文字》新40期，2014年8月），頁265-266。

〔註44〕甲骨文字形見劉釗、洪颺、張新俊編纂《新甲骨文編》（福州：福建人民出版社，2009年），頁589。金文字形見容庚編著‧張振林、馬國權摹補《金文編》（北京：中華書局，1985年），附錄下184號，頁1198。同號最後三形上部類「京」，訛變

01. 婦⿱自八（息）示二屯　合2354 臼.賓組

02. ……子……何……⿱自八（息）……白　《合》3449.賓組

03. 乙亥卜口⿱自八（息）引。十一月　《合》20086.子組

04. ⿰自八（息）　《集成》1227.息鼎.殷

05. 隹（唯）王八月，⿱自心（息）白（伯）易（賜）貝于姜，用乍（作）父乙
　　寶障（尊）彝。　《集成》5385 息伯卣蓋.周早

06. 隹（唯）王八月，⿱自心（息）白（伯）易（賜）貝于姜，用乍（作）父乙
　　寶障（尊）彝。　《集成》5386 息伯卣.周早

07. 公史遑吏又⿱自心（息），用乍（作）父乙寶障（尊）彝。⿰圖　　《集成》

3862遑公乙簋.周早

甲骨文第一形，李孝定先生《甲骨文字集釋》隸作「𦣞」，謂「從自從八，
《說文》所無」。〔註45〕《甲骨文字詁林》也說：「《合集》2354 臼刻辭云：
『婦⿱自八示二屯。』為人名。」〔註46〕其餘二形，雖為殘辭，但應該也都是人名
或國族名。

劉釗先生《新甲骨文編》逕隸為「息」字，這應該是吸收了金文學家的意
見。柯昌濟《韡華閣集古錄跋尾·息伯卣》條云：「首字徐籀莊先生釋皋，非是。
恐是息字。《說文》：『息，喘也。從心從自，自亦聲。』徐鉉曰：『自，鼻也。』
氣息以鼻會意。此字自下或象心省形，毛公鼎心字作⿰心，可證。」〔註47〕高鴻
縉先生承之云：

　　按：息，鼻呼吸也。字原倚自（古鼻字）畫有氣出入之形，由文
自生意，故託以寄呼吸之意。動詞。秦時文字聲化，變作⿱自心，從自
心聲。《說文》釋構造誤。又，周有息國姬姓，查息伯卣……。又，
息字自周秦以後或作𡱣，從自尸聲，《說文》：「𡱣，臥息也。從自、
尸聲。」誤以尸為意符，而訓解加臥字。宋人且誤以𡱣字之音許介

較大，或非同字，姑不錄。

〔註45〕李孝定《甲骨文字集釋》（臺北：中研院史語所專刊之五十）第四，頁1209。

〔註46〕于省吾主編《甲骨文字詁林》（北京：中華書局，）頁680。

〔註47〕柯昌濟《韡華閣集古錄跋尾》，引自《金文文獻集成》（北京：線裝書局，2005年），
　　　冊25，頁150。

切當之，大惑後人矣。林義光《文源》息字下曰：「古有🔲、🔲字，疑即息之變體。」雖未加詳解，然其思甚精。」〔註48〕

李孝定先生又云：

　　字象鼻端有物下垂，不為泗則為息。毛傳：「自目曰涕，自鼻曰泗。」按泗當作四，古文作🔲，即象鼻泗下垂之形，或更製形聲之洟耳。林、柯、高諸氏均以為息字，亦自可通。以周有息國證之，釋「息」或尤切也。〔註49〕

以上甲骨、金文諸字是否即「息」字，其實並沒有確證，因為都是做人地國族之名，只能從字形上判斷它可能是「息」。董蓮池先生《新金文編》把這個字和從自從心的「息」字都收在「息」字條下〔註50〕，則是完全肯定「息」可以隸為「息」，不過，「息」為什麼可以隸為「息」？它和從自從心的「息」有什麼不同，還缺少足夠的說明。

後世寫的「息」字，其本義據《說文》為「喘」：

　　🔲：喘也。從心從自，自亦聲。〔註51〕

其中的問題有二：一是從「心」與喘無關，「息」字的造字本義究竟是什麼？值得探討；二是「息」聲和「自」聲不同，「息」究竟是否從「自」聲，歷代學者意見相當分歧。

對這兩個問題，歷代學者做了很多努力，但都無法得出合理的說明。我們如果同意《說文》釋為「喘也」的「息」，其實是承襲「息」字的音義，「息」的本義應該是「疾（嫉）」，那麼以上兩個問題就可以順利解決了。

出土戰國文字 01~04 的「息」字應釋為「疾」，前文已簡要的探討過，我們把《郭店・緇衣》、《清華一・祭公之顧命》、《上博一・緇衣》、《禮記・緇衣》、《逸周書・祭公》；以及《郭店・語叢》、《上博五・鮑叔牙與隰朋之諫》相似的

〔註48〕高鴻縉《中國字例》（台北：三民書局，1992 九版）二篇，頁 318（目錄作 284 頁，當非）。

〔註49〕李孝定、周法高、張日昇編著《金文詁林附錄》（香港：香港中文大學，1977 年），頁 3170。

〔註50〕董蓮池《新金文編》（北京：作家出版社，2011 年），卷十，頁 1482～1483，第 2192 號。

〔註51〕大徐本《說文解字》（北京：中國書店，1989 年），卷十下，心部，葉五上。

句子中，「息」和「疾」的對應表列如下：

郭店	毋以卑（嬖）御懇（息）妝（莊）句（后）
清華一	女（汝）母（毋）以俾（嬖）諀（御）息尔（爾）臧（莊）句（后）
上博一	毋弖（以）辟（嬖）御畫妝（莊）后
禮記	毋以嬖御人疾莊后
逸周書	汝無以嬖御固莊后
郭店	毋以卑（嬖）士懇（息）大夫卿士
清華一	女（汝）母（毋）以俾（嬖）士息夫=（大夫）卿孛（士）
上博一	毋弖（以）辟（嬖）士畫大夫卿使（士）
禮記	毋以嬖御士疾莊士、大夫、卿士
逸周書	汝無以嬖御士疾大夫、卿士
郭店	食與色與疾
上博五	人之生（性）品（三）：飤（食）、色、息

我們看得到，除了《逸周書‧祭公》「汝無以嬖御固莊后」的「固」是個錯字外，其餘「息」與「疾」的對應非常緊密（《上博一‧緇衣》的「畫」字應讀同「息」），這已經足以說明當時這種用法的「息」是讀為「疾」的。

在釋為「疾惡」、「非毀」義的用法中，「息」、「疾」、「畫」究以何者為本字？「畫」字本義難確定，姑且不論。在「息」與「疾」中，大多數人可能會選擇「疾」字。「疾」字在先秦文獻中釋為「疾惡」，應屬常見義，但「疾」之本義為「疾病」，釋為「疾惡」、「非毀」並非本義。

甲骨文「疾」字作「<image>」（《乙》383），金文作「<image>」（毛公鼎），從大，象人腋下著矢之形，本義即外傷之「疾病」義，與「疾惡」、「非毀」無關。釋為「疾惡」、「疾毀」，最多只能看成引伸，或假借。

息，據《說文》，本義為「喘」，這個義項其實不應該寫作從「心」的「息」字，本文一開始討論過甲骨文的「<image>」比較有可能是釋為「喘（精確地說是「氣息」）」的「息₁」字。

由此看來，從心從自的「息₂」字，其本義最有可能就是「疾惡」、「非毀」。從字形來看，它從心，應該與心理狀態有關。從「自」釋為義符，無所取義，它最有可能的作用是當作聲符，例 01~04「息₂」字的音讀與「疾」對應，「疾」字大徐本「秦悉切」，上古音屬從紐質部；「息」字大徐本「相即切」，上古音屬

心紐，其韻部，大部分學者歸在職部。但是，如果把「自」看成聲符，「自」字大徐本「疾二切」，上古音屬從紐脂部〔註52〕，與「疾」字只有陰入之別，因此「息₂」字从「自」，當然是看成聲符最合理。

為什麼聲韻學家對「息」字上古音韻部的歸屬會有兩種明顯不同意見？原因是取音方法不同。大部分聲韻學家的古韻分部主要是依照典籍押韻歸納得來的，依照這個方法，「息」字應該歸在職部，如《詩經》，〈殷其雷〉「側息」為韻、〈狡童〉「食息」為韻、〈葛生〉「棘域息」為韻、〈黃鳥〉「棘息息特」為韻、〈蜉蝣〉「翼服息」為韻、〈大東〉「載息」為韻、〈北山〉「息國」為韻、〈小明〉「息職福」為韻、〈菀柳〉「息瘵極」為韻、〈民勞〉「息國極慝德」為韻……，其他先秦典籍押韻大都類似，因此，從典籍押韻來歸納，「息」字當然在職部。但是，如果從諧聲偏旁來看，則「息」從「自」聲，「自」聲在脂質部，同從「自」聲的「洎」、「垍」、「郋」等字，聲韻學家都列在脂質部。這種齟齬現象，已往很難有很好的解釋。

對這個問題，段玉裁採用改《說文》「自亦聲」的辦法，以為「息」字為會意字，不从「自」聲。前引段注在「息」字條下說：「各本此下有『自亦聲』三字。『自』聲在十五部，非其聲類，此與『思』下云『囟聲』，皆不知韻理者所為也。」段玉裁以為「息」在第一部（職部），「自」在第十五部（質部），所以「息」不能从「自」聲。段氏為清代著名的文字聲韻訓詁大家，不過，所有的《說文》本子都有這三個字，段玉裁說這是「不知韻理者所為也」，其實難以服人。

改動《說文》的辦法行不通，學者或以旁轉來解決。徐承慶《說文段注匡謬》云：

> 按段氏以志職為一部，志至必不可通。「自」在至韻，故曰「非其聲類」。然志至古同用，不當偏執。《說文》非不知韻理，叔重箸書時不能逆知段氏之說而與同也。〔註53〕

前引李天虹先生《再談〈鮑叔牙與隰朋之諫〉中的「𩢈」字》一文指出「古音『息』是心母職部字，『盡』是曉母職部字，比較接近；『疾』是從母質部

〔註52〕 或歸質部，參東方語言學網「上古音查詢」。網址：http://www.eastling.org/oc/oldage.aspx
〔註53〕 徐承慶《說文解字注匡謬》（寒松閣祕笈線裝本），匡謬二，葉四十二。

字，和『息』、『畵』二字的韻部相隔較遠」，蘇建洲棣提出一些例子說明職部與質部有旁轉之例，試圖解決「息」和「疾」韻部不近的問題〔註54〕，但陳師新雄先生早已指出職質旁轉之例不多：

> 《儀禮・少牢饋食禮》上纂蝦詞以福（職）韻室（質），《大戴禮・誥志篇》以閉（質）韻翼（職），《楚辭・離騷》以節（質）韻服（職），閾從或（職）聲，重文從泭（質）聲，肊從乙（質）聲，重文作臆從意（職）聲。按質讀〔æt〕〔註55〕，職讀〔ək〕，質職之旁轉理同脂之，然韻尾有異，故旁轉之例不多。〔註56〕

「息」字必然是形聲字的主要理由是：在前引《緇衣》、《顧命》的句子中，「息」字和「疾」、「憩」、「畵」通用，而「憩」、「畵」字應該是從「自」得聲的，只有把「息」字看成從「自」得聲，它和「疾」、「憩」、「畵」通用的現象才有合理的解釋。

綜合以上的討論，最合理的解決辦法應該是「息」字有兩個來源，第一個來源是《說文》釋為「喘」的「息₁」字，甲骨、金文作𢍜、𢍜、𦣹（𦣹），從「自」，下象氣息從鼻出，本義當為鼻息、氣息、呼吸，如《論語・鄉黨》「攝齊升堂，鞠躬如也，屏氣似不息₁者」；休息時氣息平緩，引申為休息，如《孟子・滕文公下》「暴君代作，壞宮室以為汙池，民無所安息₁」；休息則事務停止，引申為停止，如《孟子・滕文公下》「楊墨之道不息₁，孔子之道不著」；休息又得以生長，引申為生長，如《孟子・告子上》「是其日夜之所息₁，雨露之所潤，非無萌蘖之生焉」；子為人所生，故引申為子嗣，如《戰國策・趙策四》「老臣賤息₁舒祺最少，不肖」。

第二個來源則是從心、自聲的「息₂」，本義當為「疾惡」、「非毀」。「𦣹」與「息」字形相近，聲音應該也相近〔註57〕，所以後來合併，都寫成「息」。由於「𦣹」的義項比較多而常用，所以「𦣹」義慢慢獨佔了「息」字的字形；而「疾惡」、「非毀」義在使用「息₂」字字形時，也使用「畵」字、「疾」字，最

〔註54〕蘇建洲〈《上博五》補釋五則〉，武漢大學簡帛網，2006 年 3 月 29 日。
〔註55〕陳師新雄在《古音研究》（臺北：五南圖書出版公司，1999 年），頁 461 把質部擬音改為「æt」，末句敘述也稍有修改。不過，這不影響質職旁轉不多的論點。
〔註56〕陳師新雄《古音學發微》（臺北：嘉新水泥公司文化基金會，1972 年），頁 1060。
〔註57〕有可能「𦣹」和「息」的聲音在殷商及西周時期比較接近。因為資料不多，目前難以考定。

後則不用「息₂」、「矗」，而用「疾」（或作「嫉」、「㑵」）。「息」字也保留了「臮」與「息₂」兩個讀音，因此群經押韻既歸在職部，《說文》也說「自亦聲」。

古文字在發展的過程中，字形合併的例子不算罕見，例如「散」字就是由甲骨文的「🔣」（《甲》1360。象手執棍杖打散或芟除草木）、金文的「🔣」（周晚·散伯簋。象斝形）二形合併而成。後來表示「斝」義的「散」漸漸不用，只剩下「離散」義。「鬱」字在歷史上也有兩種形義，甲骨文「🔣」（《前》6.53.4），為「蓊鬱」、「鬱悶」義；秦文字「🔣」（《睡》48.69）則為「鬱鬯」義。後來二形合併作「鬱」。類似的例子很多，茲不多列。因此「息」字由表呼吸、氣息義的「臮」與表「嫉惡、非毀」義的「息₂」合併，應該不是太奇怪的現象。

「疾」字見商代，有「嫉毀」義，應屬引申；「息」字晚起，其「嫉毀」義屬本義，因此戰國時候造「嫉毀」義的「息」，應屬後造本字，但不久即被「休息」義侵奪併吞，「息」字的「嫉毀」義只存活了很短的一段時間，這是文字發展史中一個很有趣的現象，值得關注。

本文是在國科會補助計畫下完成的，計畫名稱:《清華大學藏戰國竹簡(壹)》研究，計畫編號：100-2410-H-033-039-MY2。2012 年 11 月 3～4 日在中國社會科學院文學哲學學部·中國社會科學院語言研究所「國學研究論壇——出土文獻與漢語史研究」研討會發表後，原稿在《中國文字》新 38 期刊登。這裡發表的是修訂稿，增加了左塚漆梮的材料。

說　廉

提　要

「廉」字《說文》釋為「仄也。從广、兼聲。」字形與字義的關係不夠密合。歷代對此字也沒有很好的說法。《上博九·周易》「廉」字作「壓」、《清華貳》「廉」字作「曆」，由此形上推殷周金文，可知「廉」字於早期金文作「曆」、「曆」，其初文當作「壓」、「麻」。《周易》「壓」承「壓」，「林」形訛為「秝」。趙兵廉頗劍（鈹）「廉」字作「夲」，有可能係承「壓」形，再省厂旁及一個木旁。

關鍵字：廉、蔑曆、蔑歷、廉頗

一、廉字的舊說

《說文》卷九：

> 廉　仄也。從广，兼聲。（力兼切）〔註1〕

把「廉」的本義釋為「仄」，令人不易理解。段玉裁注：

> 此與廣為對文，謂偏仄也。廉之言斂也，堂之邊曰廉。天子之堂九尺，諸侯七尺，大夫五尺，士三尺，堂邊皆如其高。賈子曰「廉遠地則堂高」、廉「近地則堂卑」是也。堂邊有隅有棱，故曰廉。

〔註1〕續古逸叢書靜嘉堂宋本《說文解字》卷九下，葉三上。

廉、隅也。又曰廉、棱也。引伸之為清也、儉也、嚴利也。許以仄
晐之。仄者、圻咢陵阰之謂。今之算法謂邊曰廉，謂角曰隅。〔註2〕

段注指「出堂之邊曰廉」，這是把「廉」的本義解釋為「堂之邊」；「堂之邊」不
寬，又有隅有棱（角落），所以《說文》綜合起來釋為「仄」。這樣的解釋仍然
不是很清楚。「廉」的本義到底是「堂」的邊線？還是角落？錢玄、錢興奇《三
禮詞典》釋云：

> 堂廉　堂上南邊屋簷之處。《禮記·喪大記》：「君將大斂，……
> 卿大夫即位于堂廉楹西。」孔穎達疏：「堂廉，即堂上近南霤為廉
> 也。」《儀禮·鄉飲酒禮》：「設席于堂廉，東上。」鄭玄注：「為樂
> 工布席也。側邊曰廉。」〔註3〕

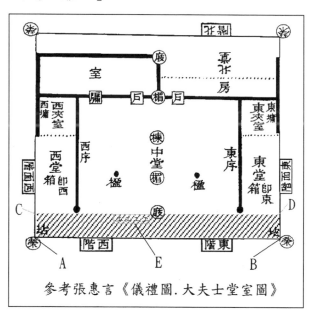

參考張惠言《儀禮圖·大夫士堂室圖》

「堂上南邊屋簷之處」，指的應該是一塊區域，如附圖的 ABCD 四點之內的
範圍。《儀禮·鄉飲酒禮》「設席于堂廉」，張惠言《儀禮圖》安排在 E 點所指
的長方形位置〔註4〕。《三禮詞典》解釋的依據應該是從這一類的資料來的。
據此，附圖 A、B、C、D 四點之內的範圍都叫堂廉。那麼，它為什麼又可以
有「邊」、「角落」、「清廉」的意思？以上的說明都不是很清楚，讓人難以明
瞭：「廉」是指 A 點到 B 點？或是 A 點到 C 點？如果指的是 AB，它為什麼

〔註2〕段玉裁《說文解字注》（臺北：藝文印書館，1979 年），頁 449。
〔註3〕錢玄、錢興奇《三禮詞典》（南京：江蘇古籍出版社，1998 年），頁 717。
〔註4〕張惠言《儀禮圖》（日本國會圖書館藏嘉慶十年刊本），卷三。

會有逼仄的意思？

　　段注所引「天子之堂九尺……」見《禮記‧禮器》：

　　　　有以高為貴者：天子之堂九尺，諸侯七尺，大夫五尺，士三尺。
〔註5〕

此處說的「堂」，是指「堂基」，即從地表到堂室地板的部分，不是指地板到屋頂的部分。《禮記‧檀弓上》：「昔者，夫子言之曰：『吾見封之若堂者矣。』」鄭玄注：「封，築土為壟。堂形四方而高。」〔註6〕這是說明「堂」的形狀「四方而高」，顯然不是地面上樑木構建的堂室建築，應該只是指「堂基」。俞樾《群經評議‧尚書三》「厥子乃弗肎堂矧肎構」條下云：

　　　　厥子乃弗肎堂矧肎構　　《傳》曰：「子乃不肎為堂基，況肎構立屋乎。」樾謹按：經言「堂」，不言「堂基」，《傳》必增「基」字者，以其對「構」而言，疑堂亦必構立而成，「弗肎堂，矧肎構」，於義未安，故增「基」字以成其義也。若然，則經文何不即云「弗肎基」，而必云「弗肎堂」乎？《傳》義非。蓋古所謂「堂」者有二，其一為「前堂後室」之「堂」，其一為「四方而高」之「堂」。《禮記‧檀弓》篇「吾見封之若堂者矣」鄭注曰：「堂形四方而高。」是知古人封土而高之，其形四方，即謂之堂。……〈金縢〉篇《釋文》曰：「檀，馬云『土堂』。」《楚辭‧大招》篇「南房小壇」王逸注曰：「壇猶堂也。」夫檀與堂得通稱，則堂之制又可見矣。楊倞注《荀子‧彊國》篇曰：「明堂，壇也。謂巡守至方岳之下，會諸侯，為宮三百步，四門，壇十有二尋，深四尺，加方明其上。」以楊氏此注考之，則方岳下之明堂皆是封土為壇，非有如《周書》所謂四阿、反坫、重亢、重郎者也。疑堂之初制，止是如此，故「室」字從宀，而堂字從土，不從宀也。〔註7〕

〔註5〕參中研院史語所「漢籍電子文獻資料庫」（http://hanchi.ihp.sinica.edu.tw/ihpc/hanji query?@32^2088921140^807^^^60101001000600120001^1@@1757431727），《禮記‧禮器》，頁455。

〔註6〕參中研院史語所「漢籍電子文獻資料庫」（http://hanchi.ihp.sinica.edu.tw/ihpc/hanji query?@32^2088921140^807^^^60101001000600050005^1@@1842854567），《禮記‧檀弓》，頁149。

〔註7〕俞樾《群經平議》（見上海：上海古籍出版社《續修四庫全書》一七八經部，1995

俞樾這段考證寫得很正確，「堂」應該就是「四方而高」的，相當於後世的「堂基」，這是「堂」的本義。「堂」字在古金文作冂，就是「堂」的初文，陳劍先生說：

> 唐蘭先生早年曾釋「冂」爲「堂」之初文，甚確。〔註8〕「冂」象高出地面之形，……從語源來說，高出地面的「堂」應該就得義於高尚之「尚（上）」，也可見「冂」、「尚」與「堂」幾字的密切關係。「冂」變爲、（堂）」（《說文》古文），因「冂」、兩形後來不再單用，其造字本義輾轉保存在了以之爲聲符的「堂」字裏，古文字中類似的演變情況也是習見的。可見將「冂」釋爲「堂」字初文確係信而有徵。〔註9〕

明白「堂」的本義，再來看「廉」的規模。「天子之堂九尺，諸侯七尺，大夫五尺，士三尺」，指堂基的高度，可從。堂邊（廉）如堂基之高，士堂高三尺，以西周一尺 19.9 公分計算，則士的堂廉只有 59.7 公分；如以漢代一尺 23 分分計算，則只有 69 公分，如果「廉」是指 AB 之長，那麼士的堂正面寬度只有 69 公分，那是不可能的事情。所以根據三禮，「廉」只能指 ABCD 四點之內的一塊區域，而不是「邊」，它處在堂的南邊，引申可以有「邊」的意思；它很狹窄，也可以引申爲「偪仄」；但它不可能引申出「角隅」、「清廉」的意思。這是從本義來探討，「廉」字《說文》及段注的解釋令人不解之處。

其次，考察典籍用例，《說文》這個本義，除了《說文》以外的典籍幾乎一無所見。以《漢語大詞典》爲例，「廉」字下所收義項有 18 條：

01. 側邊：《儀禮·鄉飲酒禮》：「設席於堂廉，東上。」鄭注：「側邊為廉。」

02. 狹窄。《說文·广部》：「廉，仄也。」段注：「此與廣為對文，謂偪仄也。」北魏賈思勰《齊民要術·耕田》：「凡秋耕欲深，春、夏欲淺；犁欲廉，勞欲再。」石聲漢注：「犁的行道要狹窄。」

〔註 8〕陳劍原文未注出處，蒙陳劍賜函惠告：此說聞之裘錫圭先生上課轉述其師唐蘭之說。考唐蘭《古文字學導論（增訂本）》（濟南：齊魯書社，1981 年），頁 100 有「冂」字、頁 225 有「回」字，但均未加任何說明，或係於上課時講述。

〔註 9〕陳劍〈金文零釋四則〉，見張光裕、黃德寬主編《古文字學論稿》（合肥：安徽大學出版社，2008 年），頁 134，136。

03. 棱角。亦指物體露出棱角；有棱角。《周禮・考工記・輪人》：「進而視之，欲其幬之廉也。」

04. 比喻人的稟性方正，剛直。《論語・陽貨》：「古之矜也廉，今之矜也忿戾。」《荀子・不苟》：「君子寬而不慢，廉而不劌。」

05. 收斂。《釋名・釋言語》：「廉，斂也，自檢斂也。」

06. 引申為遜讓。唐韓愈《上宰相書》：「可舉而舉焉，不必讓其自舉也；可進而進焉，不必廉於自進也。」

07. 不苟取，不貪。《孟子・離婁下》：「孟子曰：可以取，可以無取，取傷廉，可以與，可以無與，與傷惠，可以死，可以無死，死傷勇。」

08. 節儉；節省。《淮南子・原道訓》：「不以奢為樂，不以廉為悲。」

09. 少。漢荀悅《漢紀・武帝紀五》：「〔李陵〕臨財廉取，與義嘗思。」

10. 指細小。參見「廉苫」。

11. 低廉，便宜。宋王禹偁《黃州新建小竹樓記》：「竹工破之，刳去其節，用代陶瓦，比屋皆然，以其價廉而工省也。」

12. 清，清亮。參見「廉均」、「廉制」。

13. 斷裂。

14. 通「覝」。考察，查訪。《管子・正世》：「過在下，人君不廉而變，則暴人不勝，邪亂不止。」《漢書・高帝紀下》：「且廉問，有不如吾詔者，以重論之。」顏師古注：「廉，察也。廉字本作覝，其音同耳。」

15. 通「磏」（紅色磨刀石）。

16. 清朝官員除正俸外，別有養廉銀，簡稱為「廉」。鄭觀應《盛世危言・廉俸》：「扣俸折廉，所得無幾，其能潔己奉公、見利思義者，賢人也。」

17. 古算術開方法術語，邊為廉。

18. 姓。戰國趙有廉頗。見《史記・廉頗藺相如列傳》。

除去假借義不論，「廉」字的主要義項是側邊、棱角、狹窄、廉潔、少等。「廉」字釋為狹窄，最早見北魏賈思勰的《齊民要術》，時代未免太晚。這是從典籍用例來看《說文》所釋本義的疑點。

清末甲骨文出土，卜辭中未見「廉」字。金文中也沒有見到「廉」字。1974年黃盛璋先生發表〈試論三晉兵器的國別和年代及其相關問題〉一文，釋三晉

趙兵〈十五年守相杢波劍〉等器中「杢波」一詞的「杢」字為「檢」，讀為「廉」：

> 其字从木，下端表示有物封識于木上，連為一體，不能再分析為從「木」從「土」，舊釋為「杜」是不對的。其字僅見于趙國兵器，除守相杢波外，還有元年劍中之「右庫工師杢生」（《三代》20.47.1），並且都是姓，我以為可能是書檢之檢的簡筆字。檢、廉古音全同，雲夢西漢墓出土木方中的「臻木檢一合」，出土物就是「漆盒一件」（《文物》1973 年 9 期 37 頁），足證漢初檢仍和廉、盒同音，如此杢波就是廉頗。〔註10〕

1994 年 8 月，李家浩先生在「紀念容庚先生百年誕辰暨中國古文字學學術研討會」發表了〈南越王墓車馹虎節銘文考釋〉，釋此字為「埶」省，即「廉」字：

> 《說文》炎部：「燅，于湯中火熟肉。从炎，熱省。燵，或从炙。」徐鍇《說文解字繫傳》在「熱省」後有「聲」字。《廣韻》鹽韻「燅」字下引《說文》或體作「燅」。鄭珍《說文逸字》說：「按今《說文》『燅』或作『燵』，從『熱』省，與『燅』從『炙』『炏』聲絕不相類，當本有兩重文，今脫此。」鄭氏的說法是否可信，因缺乏證據，不得而知。不過，「燅」是「燅」字的又一或體是可以肯定的。「燵」與「燅」的結構相同，在右半聲旁的位置上，前者從「埶」，後者從「炏」。於此可見，「燅」、「燵」二字從「埶」得聲。

> 前面說過，「埶」是「埶」字的簡體。「熱」從「埶」聲。《繫傳》「燅」字說解「埶省」後有「聲」字，當屬可信。「燵」與「燅」所從的聲旁「埶」與「炏」可以互作，說明「埶」在古代又有「炏」音。古音「埶」屬月部，「炏」屬談部，古代月談二部的字音有關。《左傳》昭公八年、定公四年等所記東上地名「商奄」，《墨子‧耕柱》、《韓非子‧說林上》作「商蓋」。又《左傳》昭公二十二年所說吳公子「掩餘」，《史記‧吳太伯世家》作「蓋餘」。「奄」、「掩」屬談部，「蓋」屬月部。此是見於異文的例子。《說文》說「銛」從「舌」聲。「舌」

〔註10〕黃盛璋〈試論三晉兵器的國別和年代及其相關問題〉，《考古學報》1974 年第 1 期，頁 25。

屬月部，「銛」屬談部。《說文》「銳」字籀文作「厡」，此字應該從「剡」聲，「剡」屬談部，「厡」屬月部。此是見於諧聲字的例子。所以「杢」字可以讀入談部。《書·盤庚中》「其有眾咸造，勿褻在王庭」，玄應《一切經音義》卷十五「媟嬻」條引「褻」作「媟」。「褻」從「埶」聲，屬月部，「媟」從「枼」聲，屬葉部。談葉陽入對轉。此也說明「杢」可以讀入談部。《說文》見部說：

　　規，察視也。從見，夾聲。讀若鐮。

　　段玉裁注：

　　密察之視也。《高帝紀》「廉問」，師古注曰：「廉，察也。字本作『規』，其音同耳。」按史所謂「廉察」，皆當作「規（規）」，「廉」行而「規（規）」廢矣。

　　據此，我們認為（1）至（4）的「杢」都應該釋為「杢」，讀為「廉」。〔註11〕

這是一篇很重要的文章，把「杢波」釋為「廉頗」，難度極高。其字形共四見，分別作：「木」（11670 守相廉頗鈹）、「圖」（11700 十五年守相廉頗劍）、「木」（11701 十五年守相廉頗劍）、「木」（11702 十五年守相廉頗劍）。〔註12〕可以視為上從木、下從土。這個字形與《說文》的「廉」字相去太遠，所以黃盛璋先生以為「檢」之簡寫、李家浩先生以為「埶」之簡寫，通讀為「廉」，都不以為這個字是「廉」字。

　　2003 年 12 月《上海博物館藏戰國楚竹書（三）》出版，其中的《周易》有「廉」字作「圖」，隸定可作「歷」。由於有傳世《周易》相對照，所以此字確為「廉」字，沒有問題。扣掉下部的「土」旁，其餘部分與《說文》的「廉」字字形也頗接近。但是，此字上從厂，並不從广。《說文》釋「厂」為「山石之厓巖，可居」。《說文》釋「厂」為「山石之厓巖」，這是對的，甲骨、金文、戰國文字從厂與從石往往互通。但是說「可居」，這就未必了，甲骨金文從「厂」

〔註11〕 李家浩〈南越王墓車馹虎節銘文考釋〉，「紀念容庚先生百年誕辰暨中國古文字學學術研討會」，廣州：中山大學中文系所主辦，1994 年 8 月 21～25 日；又《容庚先生百年誕辰紀念論文集》（韶關：廣東人民出版社，1998 年），頁 662～671。

〔註12〕 參中央研究院歷史語言研究所「殷周金文暨青銅器資料庫」，網址：http://app.sinica. edu.tw/bronze/rubbing.php?11702。

之字所從「厂」義，除了極少數字形訛混之外，沒有一個跟「可居」有關〔註13〕。而「广」字本義，《說文》釋為「因广為屋，象對剌高屋之形」，「因广為屋」有點不可解，筆者在《說文新證》卷九下說：

> 《說文》「因广為屋，象對剌高屋之形」，語頗不可解。段注改為「因厂為屋，象對剌高屋之形」，謂：「厂者山石之厓巖。因之為屋是曰广。剌……，謂對面高屋森聳上剌也。首畫象巖上有屋。」其說實不可從。《甲骨文編》「广」部之字三、《金文編》「广」部之字一十四、《說文》「广」部之字四十九，除「底」字《說文》釋為「山尻」外，其餘無一與「山巖」有關，是可證「广」與「山石之厓巖」無關。桂馥《說文義證》謂：「广即庵字。隸嫌其空，故加奄。《廣雅》：『庵，舍也』。」其說較合理。《金文編》「广」部之字多與「宀」同用，可證二字義類相同。周代宮室「堂」之三面無牆，「广」或即象此類建築。

由此看來，《上博三·周易》的「壓」字，從厂，透露出「廉」字的本義可能與堂屋無關。但是，在沒有更多的資料以前，「廉」字也只能探討到這裡。

二、從〈繫年〉的「曆」談「廉」的字形演變

2012 年年底《清華大學藏戰國竹簡（貳）》出版，內容為〈繫年〉，第三章簡 13-14 云：

> 成王屎伐商邑，殺彔子耿，飛曆（廉）東逃于商盍（蓋）氏，成王伐商盍（蓋），殺飛曆（廉）。〔註14〕

原考釋者李均明先生指出：

> 飛曆，即飛廉，曆、廉同屬談部。飛廉，《史記·秦本紀》作「蜚廉」，嬴姓，乃秦人之祖，父名中潏，「在西戎，保西垂」，「蜚廉生惡來，惡來有力，飛廉善走，父子俱以材力事殷紂」。商蓋見《墨子·

〔註13〕甲骨文從「厂」之字參《甲骨文編》1122～1130 號、李宗焜《甲骨文字編》2582～2351 號；《金文編》1558～1574 號（其中 1563 號「庶」或作「宝」，從广或宀表屋室建築，唯蔡簋、農卣作「厒」，為字形訛變。

〔註14〕李學勤主編《清華大學藏戰國竹簡（貳）》，上海：中西書局，2011 年 12 月。

耕柱》、《韓非子‧說林上》，即商奄。〔註15〕

　　飛曆即飛廉、蜚廉，學者都沒有不同的意見。「曆」字作 、，从麻、甘聲，上古音「甘」屬見母談部，「廉」屬來母談部，二字韻同，聲母見與來關係極為密切（學者或說為複輔音），因此讀「曆」為「廉」，完全沒有問題。此字的出現，讓學者聯想到金文中的「蔑曆」。2015 年 10 月 30～31 日，北京清華大學出土文獻與保護中心舉辦「清華簡《繫年》與古史新探學術研討會暨叢書發佈會」，會中筆者發表了〈從《清華貳‧繫年》談金文的「蔑廉」〉，王志平先生發表了〈「飛廉」的音讀及其他〉，我們都以為《清華貳》的「曆」就是「廉」字。

　　金文中的「蔑曆」，舊有「歷」與「曆（古三切）」二個讀音，由於《清華貳》「飛曆」的出現，我們可以確定，「蔑曆」的「曆」應讀為「古三切」，與「廉（力鹽切）」音近，二字同屬談部〔註16〕，聲母則一屬見母，一屬來母，二字為複聲母關係，二字音讀極近，「曆」即「廉」字，應無問題。

　　由於「曆」字在金文中常常出現，因此我們可以得到一批「曆」的字形，茲依時代先後排列於下：〔註17〕

編號	字形	時代.器名.《殷周金文集成》器號	備　註
01		商晚「小子𧽙卣」5417	
02		商晚或周早「曆鼎」22445	从土
03		周早「曆盤」10059	
04		周早「保卣」5415	
05		周早「保尊」6003	
06		周早「曆方鼎」2614	
07		周早「乃子克鼎」2712	

〔註15〕李學勤主編《清華大學藏戰國竹簡（貳）》（上海：中西書局，2011 年 12 月），頁 142，注八。

〔註16〕參「漢字古今音資料庫」，網址：http://xiaoxue.iis.sinica.edu.tw/ccr/# 。

〔註17〕參中央研究院歷史語言研究所「殷周金文暨青銅器資料庫」，網址：http://app.sinica.edu.tw/bronze/rubbing.php?11702 。

08		周早「競卣」5425	
09		周早「敔簋」4166	
10		周早「小臣謎簋」4239	
11		周早「庚嬴鼎」2748	
12		周中「繁卣」5430	林中似有土
13		周中「鮮簋」10166	
14		周中「曶簋」NA1915	
15		周中「屯鼎」2509	
16		周中「尹姞鬲」755	
17		周中「遇甗」948	
18		周中「遇鼎」2721	
19		周中「長甶盉」9455	厂形省
20		周中「彔或卣」NA1961	厂形似倒反
21		周中「䢃簋」4192	即《金文編》「封簋」
22		周中「稆（稽）卣」5411	豎筆當為「土」
23		周中「䀒簋」4194	
24		周晚「梁其鐘」189	
25		周晚「師望鼎」2812	
26		周晚「禹簋」3912	

　　從時代較早的字形來看，「𠩵、曆（廉）」似應分析為從厂從埜（或林）從甘（或口），如果把「甘」看成聲符，此字應該從歷（或麻）、甘聲。依唐蘭象意字聲化例來推〔註18〕，「歷（或麻）」應該就是「𠩵、曆（廉）」的初文。「歷」字從厂從埜（野的古字），表示野外山石之厓巖，山石有棱有隅、圻咢

〔註18〕「象意字聲化」，見唐蘭《古文字學導論（增訂本）》，頁109～124。

陵阰（尖銳峻峭），因此「歷（廉）」字有「廉、隅也。又曰廉、棱也。引伸之為清也、儉也、嚴利也。許以仄晐之。仄者、圻咢陵阰之謂。今之筭法謂邊曰廉，謂角曰隅」（見前引段注）等義項，其實都是由「野外山石之厓巖」之本義引申而來。「麻」省土，从厂从林，「林」義與「野」相近〔註19〕，也足以表達「野外山石之厓巖」的意思。〔註20〕

　　歷、麻加「甘」聲，則作礐、曆。西周以後，「曆」形常見，「礐」形漸不用。「林」旁或訛為「秝」，於是作「曆」，學者或以為讀「歷」，是受上部訛變字形「麻」的誤導。第11形（周早「庚嬴鼎」）作「麻」（「木」形稍偏斜，看起來有點像「麻」），此器見於《西清古鑑》，拓片頗顯呆滯，應是木刻之故，其「麻」下半空虛，有可能其下的「甘」形沒有剔出，也有可能是原文即如此，保留最古老的形體（這個可能性較小）。第21形（周中「緐簋」）下部的「甘」形訛為「田」形。以上是銅器中的「礐、曆（廉）」字的形體。

　　進入戰國，「礐、曆（廉）」字惟見《上海博物館藏戰國楚竹書（三）·周易》，字作「▨」，隸定可作「壓」。可以看得出這個字形是由「歷」這種寫法進一步訛變過來的，上部仍保留「厂」旁，「厂」下由「秝」形再訛為「絑」或「兼」旁，「土」旁保留，全字未見「甘」旁。這也可以證明上文所推「歷（或麻）」應該就是「礐、曆（廉）」的初文，是完全合理的。楚文字所承襲的字形有時是相當古老的，於此又可得一證據。而同為楚文字的「廉」，《清華貳》作「曆」、《上博三》作「壓」，則係各有所承。

　　最後，我們想對趙兵廉頗劍、廉頗鈹的「杢」字做點推測。此字由李家浩先

〔註19〕《說文》「冂」字條下說：「邑外謂之郊。郊外謂之野。野外謂之林。林外謂之冂。」《爾雅·釋地》也說：「邑外謂之郊。郊外謂之牧。牧外謂之野。野外謂之林。林外謂之坰。」據此，「林」是比「埜（野）」更偏遠的地方。

〔註20〕陳劍先生看了我對「廉」字的解釋後，提醒我周忠兵先生在〈甲骨文中幾個从「丄（牡）」字的考辨〉（《中國文字研究》第七輯，2006）一文中據金文「懋」字或作「懋」，可證甲骨「丄」形應讀為「牡」，不讀「土」。因而殷金文的「曆」字可能讀同「懋」聲，不讀為「廉」。不過，由於《清華叄》的「▨」字對應金文「葰曆」，字形完全相同，辭例又只能讀為「飛廉」，由此形上推殷商、西周早期小子畬卣、保尊、保卣「葰曆」的「曆」，「曆鼎」作人名用的「曆」字都應讀為「廉」，應無可疑。而《上博三·周易》的「壓」也說明了此字从厂从土，應是繼承殷周早期的「曆」字。因此「曆」字所从的「埜」自然不必只能讀為「懋」聲。甲骨文「土」字或作「丄（▨）」，見《合集》36975，與「牝牡」之象牡器的「丄」完全同形。金文「懋」字或作「懋」，並不妨礙「曆」字所从的「埜」也可以分析為从林从土。

生釋為「埶」的省體，讀為「廉」，已成功的解決了器主「廉頗」的釋讀問題。但在《清華貳》「厤」字出現後，我們似乎可以再提另外一種可能——既然「廉」的初形當作「歷、麻」，那麼，有沒有可能趙兵的「杢」字就是「歷」形的進一步簡化呢？「歷」形再省一厂、一木，僅存「木、土」，它就是「廉」的省體，自然讀「廉」。如此解釋，雖然缺少其它佐證，但直捷明白，應該也是一個可能吧！

古文字的簡省，有時幾近「不可理喻」，但總還保留一點蛛絲馬迹，如「于」字由「夃」而「丂」而「于」、「易」字由「𤔲」而「𤽜」而「𠂑」、「邊」字由極繁的「𨗉」省為極簡的「𥄂」，這些都是大家所熟知的例子。趙國兵器的「杢」字由「歷」形進一步簡化而來，與上舉諸例類似。

當然，「杢」字讀為「廉」還有第三種可能：「杢」即「社」字的通假。《上博七·吳命》簡5「社」字作「祥」，從示、杢聲，而《清華壹·程寤》簡3「社」字即逕作「杢」。社，常者切，上古音屬禪母魚部；廉，力鹽切，來母談部。二字聲母同在舌頭，韻部則為魚談對轉〔註21〕。不過，從訓詁的角度來看，這一個解釋聲、韻都不完全相同，需要較多的轉折。不如把「杢」視為由「歷」形簡化而來，最為直捷。

第二十七屆中國文字學國際學術研討會，臺中：台中教育大學語文教育學系，中國文字學會主辦，2016年5月13～14日。

補：周忠兵先生〈甲骨文中幾個從「丄（牡）」字的考辨〉釋（《中國文字研究》第七輯）釋「𣏟」同「楙」，陳劍《簡談對金文「蔑懋」問題的一些新認識》因而主張「蔑厤」應讀為「蔑懋」。看來這個問題還有討論空間。

〔註21〕魚談通轉，孟蓬生近年力主此說，例證甚夥，當可信，見其所作〈魚談通轉例說之一〉至〈魚談通轉例說之八〉系列。

中山王嚳壺「亡有妬嫉」考

提　要

　　中山王嚳壺銘文中有一句「亡有𤯌息」，句中的第三字歷來不得其解。本文根據出土戰國簡牘中「息」字多讀為「疾（嫉）」，進一步指出句中第三字從車、從人、從牛，商聲，可能是「行商坐賈」的「商」字，在中山壺銘中可讀為「妬」。妬字晚出，在「妬」字剛出現的階段，字形還未凝固，因此中山王壺借用「𨍷」字為「妬」。

　　關鍵字：中山王壺、妬嫉

　　1977 年，河北省平山縣中山王墓中出土土了三件重要的有銘銅器，中山王嚳鼎、中山王嚳壺（方壺）、妶蚉壺（圓壺）。器精銘美，內容重要，經過三十餘年的研究，銘文大多獲得解決。只有極少數的字詞，還有一些爭議。本文想探討方壺中的「亡有𤯌息」一句。

　　方壺內容是在中山王嚳十四年，中山王嚳用打敗郾（燕）國擄獲的黃銅鑄造壺與鼎，刻銘記錄郾王噲迷惑於其相子之而讓位於子之的歷史事件，並以之為警惕。銘文一開始是這麼寫的：

　　隹（惟）十三（四）年，中山王嚳命相邦賈斁（擇）郾（燕）吉金，

鋅（鑄）為彝壺，節于醴（醇）〔註1〕齍（齊），可灋（法）可尚，呂（以）卿（饗）上帝，呂（以）祀先王。穆穆濟濟，嚴敬不敢宦（怠）荒。因軎（載）所美，卲（昭）夊皇工（功），訛（祇）郾（燕）之訛，呂（以）憼（警）帚（嗣）王。

佳（惟）朕皇褆（祖）文武，趄（桓）褆（祖）成考，是又（有）純（純）憙（德）遺巡（訓），呂（以）陀（施）及子孫，用佳（惟）朕所放（倣）。慈（慈）孝寰（宣）惠，舉（舉）孯（賢）迲（使）能，天不臭（斁）其又（有）忎（願），迲（使）昃（得）孯（賢）杜（才）良嵏（佐）賈，呂（以）輔相肀（厥）身。余智（知）其忠訛（信）（也），而譆（專）賃（任）之邦。氏（是）呂（以）遊夕歊（飲）飤（食），盆（寧）又（有）寒（遽）煬（惕）。賈渴（竭）志盡忠，呂（以）嵏（左）右肀（厥）闢（辟），不貳（貳）其心，受賃（任）嵏（佐）邦，夙夜匪解（懈），進孯（賢）散（措）能，亡有轀息。

《文物》1979 年第 1 期頁 7 由河北省文物管理處發表的〈河北省平山縣戰國時期中山國墓葬發掘簡報〉隸定為「無有轀息」〔註2〕，沒有解釋。同書頁 48 朱德熙先生、裘錫圭先生〈平山中山王墓銅器銘文的初步研究〉依形摹隸，沒有解釋。

張政烺先生〈中山王嚳壺及鼎銘考釋〉謂：

> 轀，字書不見，形譎異不可識，當是一形聲字。戰國時期文字滋育正繁，出現許多新形聲字，此字从車、从牛、皆屬形符，而其基本聲符則是閑，疑讀為遁。《說文》：「遁，回避也。」息，休止。〔註3〕

趙誠先生〈中山壺中山鼎銘文試釋〉以為：

> 轀字不識，從上下文意看，當為停、止之意。〔註4〕

〔註1〕白于藍以為當讀為「醇」。見〈讀中山三器銘文瑣記〉，載《古文字研究》（北京：中華書局，2008 年），廿七輯，頁 289～294。

〔註2〕河北省文物管理處〈河北省平山縣戰國時期中山國墓葬發掘簡報〉，《文物》1979 年第 1 期，頁 7。

〔註3〕張政烺〈中山王嚳壺及鼎銘考釋〉（《古文字研究》第一輯，北京：中華書局，1979 年），頁 215。

〔註4〕趙誠〈中山壺中山鼎銘文試釋〉（《古文字研究》第一輯，北京：中華書局，1979 年），

李學勤先生、李零先生〈平山三器與中山國史的若干問題〉謂：

> 同行（十四行）第八字結構相當複雜，應从冏聲。冏字見《補
> 補》[註5]第三，原誤釋為興，疑為商字變體。壺銘此字从商聲，
> 依古音對轉規律可讀為舍，《漢書·高帝紀》注：「息也。」「亡有
> 舍息」意即無有止息。一說冏即闊字，銘文此字應讀為窮，《禮記·
> 儒行》：「窮，止也。」[註6]

何琳儀先生《戰國古文字典》釋為：

> 从車、从人、从牛、从商，會商人發明牛車之意，疑「殷商」之
> 商的繁文，於中山王方壺通「尚」，「亡有尚息」與《小雅·菀柳》
> 「不尚息焉」辭例相若。[註7]

旭昇案：「轞」字拓片作 A 形（見後附表格字形，字形取自《殷周金文集
成》09735-2A，我分別做了反白，及摹形 B），右上形體不易分析，〈河北省平
山縣戰國時期中山國墓葬發掘簡報〉隸定為「轞」，未有分析，難以知道其根據
為何？以偏旁分析法來看，此字左从車、中从人，右下為牛；右上作「𩏼」，
似乎是从示（或「主」、「亏」）、从臼、从冏，張政烺先生以「冏」為聲符，因此
懷疑讀為「遹」。不過，從這個字的結構來看，「冏」形位於此一偏旁的下方，
這種位置的「冏」形絕大多數是作義符用，不太可能是聲符。

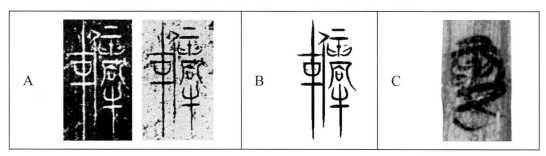

李學勤先生、李零先生〈平山三器與中山國史的若干問題〉謂此字見《補
補》，案：此字又收在《古璽彙編》1484「 （ ）」[註8]，何琳儀先生《戰

頁 250。

〔註 5〕旭昇按：見丁佛言輯《說文古籀補補》（北京：中華書局，1988 年），第三，葉六。

〔註 6〕李學勤、李零〈平山三器與中山國史的若干問題〉（《考古學報》1979 年第 2 期），
頁 152。

〔註 7〕何琳儀《戰國古文字典》（北京：中華書局，1998 年），頁 653。

〔註 8〕羅福頤主編《古璽彙編》（北京：文物出版社，1981 年），頁 157。

國古文字典》收在「商」字條下〔註9〕。何說應屬可信。乍看之下，「▨」字字形似乎與習見之「商」字有些距離，從偏旁分析法來看，此字右旁從「干」、從臼、從丙、從口，不知為何字。不過，我們可以做點字形探討。

「商」字的甲骨文主要有三種寫法：甲、「丙」（甲 727）；乙、「▨」（後 1.18.2）；丙、「▨」（佚 518），丙形從二「日」形、商聲，或以為「商星」之專字，此字於商冪尊作「▨」，「日」形訛變增繁為四「口」；春秋秦公鎛作「▨」作四「日」形；楚系或作「▨」（雨 21.2），訛為二「口」形。二「口」形再訛則成「臼」旁，因此，《古璽彙編》1484「▨」字的確有可能釋為「商」。「商」字上部二「口」形或類似部件的演化，如西周晚期魯士商叔簋作「▨」〔註10〕，象星星的兩個圓圈「口」形與「辛」的第二層「∨」形結合；曾侯乙墓編鐘「商」字作「▨」，二「口」形（或圓圈形）訛成一圓圈「口」形〔註11〕。湖北江陵雨台山 21 號戰國墓出土律管「商」字作「▨」〔註12〕，上部的二「口」形（或圓圈形）幾乎訛成二「爪」形，與本文要討論的字形所訛成的二「爪」形極為類似。所以我們可以把這種部件的訛變序列做以下的排列：

丙、▨ → ▨ → ▨ → ▨ → ▨

至於「商」字上部中間的「辛」形訛為「干」形，也可以找到旁證。我們以「婁」字為證，戰國楚系「婁」字有三種寫法，第一種從臼從角從女，第二種從臼從妾，第三種從臼從妻（參《說文新證》卷十二下「婁」字條下），《上博二・容成氏》「婁」字係屬第二種字形，從臼從妾，因此其上部也是從臼從辛，我們看到《上博二・容成氏》簡 37「婁」字作「▨」（見字表 C 形），其兩「爪」形中間的「辛」形確實簡化為「干」形，則中山王壺此字右上偏旁確實可以釋為從辛、從丙，即「商」之初文，全字可隸作「轎」，釋為從車、從人、從牛、商聲。

「轎」字的造字本義，何琳儀先生以為「會商人發明牛車之意，疑『殷商』

〔註 9〕何琳儀《戰國古文字典》（北京：中華書局，1998 年），頁 651。
〔註10〕字形取自董蓮池《新金文編》（北京：作家出版社，2011 年），頁 238。
〔註11〕湖北省博物館《曾侯乙墓》（北京：文物出版社，1989 年），下冊，圖版二七八。
〔註12〕字形取自何琳儀《戰國古文字典》，頁 651。

之商的繁文」，有一定的道理。不過，從偏旁結構來看，似也可能釋為「商人」之「商」的疊加義符後起字。從車、從人、從牛，表示人以牛車遍行四方經商，商聲（也兼義）。古稱坐賈行商，班固《白虎通義・商賈》：「行曰商，止曰賈。」《漢書・食貨志上》：「行賣曰商。」《周禮・天官・冢宰》孔疏引鄭玄注「行曰商，處曰賈」。〔註13〕這些雖然都是漢代學者的說法，但應該前有所承。中山王壺「轎」字的意義則與「經商」無關。各家釋為「輟」、「停止」、「舍」等意義，唯一的理由是從其下一字「息」聯想而得。釋「遄」、釋「尚」，則把此字虛詞化，雖然可以避開詞義解釋的困難，但基本條件仍然是把下一字「息」釋為「休息、息止」。

表面上看，「進賢措能，亡有止（舍）息」，似乎還算合理。事實上，不停息地找賢才，並不算是最高的贊美。只是不停地找人才，也未必能找到（《上博二・仲弓》：「雖有賢才，弗知舉也。」）；也不可能有這麼多的人才讓人可以不停止地一直找。因此，「找人才」這個動作不是最難，重要的是找到以後，要經過測試歷練，確知是人才，這才最難（《尚書・堯典》堯訪得舜以後，經過很多的測試歷練才肯定舜是大才）；確知是人才後，如何任用、相處，則更困難（李斯為秦王找來韓非之後，多方誣陷韓非，構陷下獄後，將之毒死獄中），要像藺相如、廉頗將相和諧，並不容易。鮑叔牙推薦管仲，自居其下，更是古今少有的佳話。因此，釋為「進賢措能，亡有止（舍）息」，並不是最理想的。

當然，這並不是最好的理由。真正讓我們推翻舊解的，其實是新出戰國楚簡中的「息」字都不釋為「休息」、「停止」，文例如下（璽印中做人名用的不討論）：

01. 晉公之募（顧）命員（云）：「毋以少（小）悊（謀）敗大愭（作），毋以卑（嬖）御慇（息）妝（莊）句（后），毋以卑（嬖）士慇（息）大夫卿士。」（《郭店・緇衣》23。今本《禮記・緇衣》篇對應的句子作：〈葉公之顧命〉曰：毋以小謀敗大作，毋以嬖御人疾莊后，毋以嬖御士疾莊士、大夫、卿士。〔註14〕）

〔註13〕參宗福邦、陳世鐃、蕭海波《故訓匯纂》（北京：商務印書館，2003 年），頁 362 引。
〔註14〕中研院漢籍電子文獻資料庫，《重刊宋本十三經注疏附校勘記／重槧宋本禮記注疏附校勘記／緇衣第三十三／附釋音禮記注疏》卷第五十五，頁 931。

02. 女（汝）母（毋）以俾（嬖）詗（御）息（塞）尔（爾）臧（莊）句
（后），……女（汝）母（毋）以俾（嬖）士息夫=（大夫）卿夆（士）。
（《清華一・祭公之顧命》簡16。今本《逸周書・祭公》篇類似的句
子作：「汝無以嬖御固莊后，汝無以小謀敗大作，汝無以嬖御士<u>疾</u>大
夫、卿士。」〔註15〕）

03. 人之生（性）厽（三）：飤（食）、色、息。（《上博五・鮑叔牙與隰朋
之諫》簡5。《郭店・語叢一》簡110類似的句子作：「食與色與<u>疾</u>。」）

我們看到這些出土材料中的「息」字，在傳世文獻中都不約而同地對應
「疾」（除了部分文句訛亂外），即「嫉妬」之「嫉」，在以上三條文獻中，「息」
字釋為「疾（嫉）」，也是最理想的。因此，我認為後世的「息」字其實是把甲
骨文的「☒」、「☒」和戰國文字的「息」字揉和在一起，採用戰國楚簡「息」
的字形；讀「相即切」，上古音屬職部，應該是甲骨文「☒」、「☒」字原本的
音讀，但是《說文》以為「从心自，自亦聲」，則是戰國「息」字的音讀（「自」
與「疾」上古音同屬質部）；字義則兼含了甲骨文的「氣息」、「休息」及引伸
的「停止」義。〔註16〕

同樣屬於戰國出土材料，中山國銅器中的「息」字，應該採用同時代的通
行義，釋為「疾（嫉）」，而不應該釋為「休止」。「進賢措能，亡有轛息」句，
無論第七個字怎麼解，本句應該釋為「進賢措能，亡有×嫉」。從文法結構上
來看，「×」字只有可能是修飾「嫉」字的詞，或與「嫉」字意義相近的詞。
修飾「嫉」字的詞，其實並不理想，嫉就是嫉，無論其程度深淺，都一樣對人
才不利，因此「嫉」前加程度詞是不太有意義的。最理想的解釋，「×」字應
與「嫉」同義或義近。「轛」字从「商」聲，上古音屬書紐陽部；妬，上古音
屬端紐魚部，二字聲同屬舌頭，韻為陰陽對轉，當可通假。據此，「進臤（賢）
散（措）能，亡有轛息」義為「進賢措能，無有妬嫉」。自古進賢措能，不是
很容易的事，推薦到真正的人才，將來可能受到重用，可能位居自己之上，
自己反而沈淪為下僚。因此歷史上真正肯進賢措能的人並不多。鮑叔牙推薦

〔註15〕用黃懷信《逸周書匯校集注》（上海：上海古籍出版社，1995年），頁1001。

〔註16〕參拙作〈從戰國楚簡談「息」字〉，「國學研究論壇－出土文獻與漢語史研究」研討
會論文，中國社會科學院文學哲學學部・中國社會科學院語言研究所主辦，2012年
11月3～4日。

管仲，讓管仲位極人臣而不以為意，《史記・管晏列傳》：「鮑叔既進管仲，以身下之。……天下不多管仲之賢而多鮑叔能知人也」，就是這種典範。甚至於管仲病危，桓公問誰可以接任，管仲也不肯推薦鮑叔牙。但鮑叔牙仍是無怨無悔，這就是「推賢措能，無有妬嫉」！據此，釋「韓息」為「妬嫉」，應該是很合適的。

相反地，人才被妬嫉陷害的例子，不勝枚舉。前舉李斯害韓非，就是大家熟知的例子。此外如屈原，《史記・屈原賈生列傳》的敘述是：

> 屈原者，名平，楚之同姓也。為楚懷王左徒。博聞彊志，明於治
> 亂，嫻於辭令。入則與王圖議國事，以出號令；出則接遇賓客，應
> 對諸侯。王甚任之。上官大夫與之同列，爭寵而心害其能。懷王使
> 屈原造為憲令，屈平屬草稿未定。上官大夫見而欲奪之，屈平不與，
> 因讒之曰：「王使屈平為令，眾莫不知，每一令出，平伐其功，（曰）
> 以為『非我莫能為』也。」王怒而疏屈平。〔註17〕

連屈原這樣的大才，受到楚王高度寵信的人，都可以很輕易地被上官大夫的「妬嫉」讒言所陷害。可見得「妬嫉」是多麼可怕的事！

「妬」字或作「妒」，大徐本《說文解字》：「妒，婦妒夫也。从女、戶聲。」〔註18〕段玉裁以為字當从女石聲作「妬」：

> 各本作戶聲，篆亦作妒，今正。此如柘、祏、蠚等字皆以石為
> 聲，戶非聲也。〔註19〕

段注並沒有任何證據，只是純粹就形聲字的系統來推斷。但是，秦漢簡牘材料出土後，我們可以看到，這個字他說對了，《睡虎地秦墓竹簡・日乙》96「妬」字作「妬」、西漢初年的《馬王堆・戰國縱橫家書》171「妬」字作「妬」、同書〈稱〉105作「妬」〔註20〕，均從「石」聲。訛變的原因很簡單，隸書「石」與「戶」字形相近，因此導致「石」訛為「戶」。

〔註17〕司馬遷《史記・卷八十四・屈原賈生列傳第二十四》（北京：中華書局，1963年），頁2481～2482。

〔註18〕大徐本《說文解字》（北京：中華書局，1985年），卷十二下，頁416。

〔註19〕段玉裁《說文解字注》（臺北：藝文印書館，1970年），頁628。

〔註20〕以上參張守中撰集《睡虎地秦簡文字編》（北京：文物出版社，1994年），頁186；陳松長編著，鄭曙斌、喻燕姣協編《馬王堆簡帛文字編》（北京：文物出版社，2001年），頁505。

　　典籍中「妒（妒）」字也出現得較晚，先秦文獻僅見《管子》、《公羊傳》、《荀子》、《韓非子》，如：

　　　　宮中亂曰妒紛，兄弟亂曰黨偏（《管子·君臣下》）〔註21〕

　　　　嫉妒之人不得用其賊心，讒諛之人不得施其巧（《管子·明法解》）〔註22〕

　　　　閔公矜此婦人，妒其言（《公羊傳·莊公十二年》）〔註23〕

　　　　小人能則倨傲僻違以驕溢人，不能則妒嫉怨誹以傾覆人（《荀子·不苟》）〔註24〕

　　　　立（管仲）以為仲父，而貴戚莫之敢妒也……愚者反是：處重擅權，則好專事而妒賢能，抑有功而擠有罪（《荀子·仲尼》）〔註25〕

　　　　君妒而好內，豎刁自宮以治內（《韓非子·難一》）〔註26〕

　　《荀子》例子很多，以上略舉數條。妒字初起，字形還不穩定，因此中山王𧍑壺假借「轉」字，應該不是不可能的。

　　此說如果可信，那麼這是出土材料中見到最早的「妒疾（嫉）」，在語言學史上應該有一定的參考價值。

　　本文是在國科會研究計畫項下完成的，計畫名稱：清華大學藏戰國楚簡（壹）研究。在「香港中文大學中國語言及文學系 50 周年系慶活動——承繼與拓新：漢語語言文字學國際研討會」發表，2012 年 12 月 17～18 日。

〔註21〕摛藻堂四庫全書薈要本《管子》卷十一，葉十上。
〔註22〕摛藻堂四庫全書薈要本《管子》卷廿一，葉十六下。
〔註23〕《十三經注疏·七·公羊傳·莊公十二年》（臺北：藝文印書館，1959 年），頁 91。
〔註24〕摛藻堂四庫全書薈要本《荀子》卷二，葉三下。
〔註25〕摛藻堂四庫全書薈要本《荀子》卷三，葉廿一、廿四。
〔註26〕王先慎《韓非子集解》（北京：中華書局，1998 年），頁 351。

說　庫

「庫」字舊說多以為藏車之所。恐未必。《說文・卷九・广部》：

　　庫，兵庫藏也。从車在广下。〔註1〕

「兵庫藏」謂藏兵器之庫，此義本不誤。但其他多本「兵庫」作「兵車」，段玉裁注本改作「兵車藏」，以為「車」亦聲：

　　兵車藏也。（此庫之本義也。引伸之、凡貯物舍皆曰庫。）从車
　　在广下。（會意。車亦聲。）苦故切。（五部。）〔註2〕

「兵車藏」是「藏兵器、車輛的場所」呢？還是「藏『兵車』的場所」，段注沒明說。桂馥《說文解字義證》對「庫」是「兵車藏」做了很詳細的引證：

　　《六書故》：「古有庫門，門旁蓋藏車，故謂之庫門。古稱廄庫，
　　車馬並言也。」「兵車藏也」者，《初學記》：「《說文》曰：『庫，兵
　　車所藏也。』『帑，金布所藏也。』故藏之為名也，謂之庫藏焉。凡
　　安國治民、從近制遠者，必先實之。故天有天庫藏府之星，《春秋文
　　曜鉤》曰：『軫南眾星曰天庫。』又韓楊《天文要集》曰：「天積者，
　　天子藏府也。」

〔註 1〕大徐本《說文解字》（續古逸叢書靜嘉堂本），卷九下葉二下。
〔註 2〕段玉裁《說文解字注》（上海：上海古籍出版社影印嘉慶 20 年經韻樓板，1981 年），
　　　　頁 443。

馥案:《荊州星占》:「五車一名庫。」《文曜鈎》「玄池曰天潢，五帝車舍也」，宋均注云:「舍，庫也。」《急就篇》「墼壘廥廄庫東箱」，顏注:「庫，兵車所藏也。」〈月令〉「審五庫之量」，蔡氏章句:「一曰車庫，二曰兵庫，三曰祭器庫，四曰樂器庫，五曰宴器庫。」《曲禮》「在庫言庫」，注云:「庫，謂車馬兵甲之處也。」《樂記》「車甲釁而藏之府庫」、《檀弓》「軍有憂則素服哭於庫門之外」，又「所舉於晉國管庫之士」，注云:「庫，物所藏。」《商君書》:「湯武破桀紂，海內無患，遂築五庫，藏五色兵，偃武也。」曹毗〈魏都賦〉「白藏之庫，戎儲攸歸」，注云:「白藏之庫在西城，有屋一百七十四間。《爾雅》『秋為白藏』，因以為名。」《漢書》「蕭何立東闕前殿武庫」，《三輔黃圖》:「武庫，蕭何造，以藏兵器。武后改庫曰靈金藏。」《拾遺錄》:「太上皇以寶劍賜高祖，及呂后藏於瑤庫，守者見白氣從戶中出，如龍蛇，呂氏更瑤庫名曰靈舍藏。及諸呂擅權，白氣亦滅。惠帝即位，以此貯禁兵，名曰靈舍府。」馥案:當作靈金。〔註3〕

《初學記》所述或說「庫藏」，但桂馥都理解成「車藏」。清陳詩庭《讀說文證疑》也贊成「兵車藏」，但也主張「庫」從「車」聲:

庫，兵車藏也。從車在广下。《唐韻》音苦故切，不知其得聲之由。案《後漢書・竇融傳》有金城太守庫鈞，注引前書音義云:「庫姓，即倉庫吏後也。今羌中有姓庫者，音舍，云承鈞之後。」《釋名》「古音車聲如居，言行所以居人也;今曰車聲近舍，舍，行者所以居若舍也。」然則車舍音相近，庫宜即從車得聲。庫字音苦故切，此車之古音也。漢時已讀如居，故劉熙有居舍二音，許君於庫字不言從車聲，亦讀車如居也。〔註4〕

後世學者幾乎都接受段玉裁的改釋，認為「庫」為藏「兵車」之所，會意兼形聲。如《戰國古文字典》:

〔註3〕桂馥《說文解字義證》(連筠簃叢書)，卷二十八，葉二十九至三十。
〔註4〕清陳詩庭《讀說文證疑》，引自《說文解字詁林》(北京:中華書局，1988年)，卷九下，四一三二葉(頁9237)。

庫，從广（或厂、宀），從車，會車在建築物內之意。車亦聲。
〔註5〕

《金文形義通解》：

金文「庫」字從广，從車，與小篆同構。或從宀，與從广同意。
案「庫」之為詞當源自「車」，故「庫」字當從广從車，車亦聲。
〔註6〕

《字源》則以為「藏兵、車之所」：

會意兼形聲字。從「車」在「广」下，表示屋內有車；車兼作
聲符。本義為收藏兵車及其他武器的處所。《墨子・七患》：「庫無
備兵，雖有義不能征無義。」《禮記・曲禮下》「在庫言庫」，鄭玄
注：「庫，謂車馬兵甲之處也。」泛指收藏各種物品的處所《管子・
治國》：「關市之租，府庫之征，粟什一。」又指監獄，《韓詩外傳》：
「夫奚不若子產之治鄭，一年而負罰之過省，二年而刑殺之罪無，
三年而庫無拘人。」〔註7〕

其實，段玉裁釋「庫」為「兵車藏」，恐怕是有問題的。從目前的考古發掘來
看，先秦似乎還沒有看到專門為兵車蓋的車庫，從戰國文字出現「庫」字的材
料來看，「庫」幾乎都是製造、收藏兵器的機構，以下是戰國銅器上的「庫」：

庫嗇夫（集成 268　十一年庫嗇夫鼎　趙，戰晚）

上庫（集成 11039　邯鄲上庫戈　趙，戰晚）

下庫（集成 1130　六年屏令戈　趙，戰晚）

右庫（夏商周青銅器 365 頁王立事鈹趙，戰晚）

上庫（集成 11669　王立事鈹　趙，戰晚）

左庫（集成 11702　十五年守相杢波鈹　趙，戰晚）

右庫（遺珠 178　十六年守相鈹　趙，戰晚）

上庫（集成 11366　十七年邢令戟　趙，戰晚）

〔註5〕何琳儀《戰國古文字典》（北京：中華書局，1998 年），頁 532。
〔註6〕張世超、孫如安、金國泰、馬如森撰著《金文形義通解》（京都：中文出版社，1996
年），頁 2312。
〔註7〕李學勤主編《字源》（天津：天津古籍出版社；遼寧：遼寧人民出版社，2012 年），
頁 823。

右庫（集成 11635　相邦鈹　趙，戰晚）

左庫（集成 11680　八年相邦鈹　趙，戰晚）

左庫（集成 11681　八年相邦鈹　趙，戰晚）

下庫（保利藏金 273 頁二年邦司寇肖□鈹趙，戰晚）

右庫（集成 11712　七年相邦鈹　趙，戰晚）

右庫（考古與文物 1989.3　四年代相樂寅鈹　趙，戰晚）

左庫（文博 1987.2　六年代相鈹　趙，戰晚）

左庫（集成 11707　四年春平侯鈹　趙，戰晚）

下庫（集成 1506　武都矛　趙，戰晚）

左庫（集成 11671　六年安平守鈹　趙，戰）

上庫（集成 11335　四年邘令戈　趙，戰晚）

庫工帀（文物 1988.3　二年邢令戈　趙，戰晚）

左庫（集成 11135　陰晉左庫戈　魏，春晚）

右庫（集成 11182　朝歌右庫戈　魏，戰早）

右庫（集成 1163　十二年寧右庫鈹　魏，戰中）

下庫（江漢考古 1989.3　十四年鄴下庫戈　魏，戰中）

左庫（集成 11330　三十三年大梁戈　魏，戰中）

左庫（集成 11312　三十三年業令戈　魏，戰晚）

上庫（集成 11545　七年邦司寇矛　魏，戰晚）

右庫（集成 11343　言令司馬伐戈　魏，戰晚）

上庫（集成 11549　十二年邦司寇矛　魏，戰晚）

左庫（集成 11348　五年龏令思戈　魏，戰）

大庫（珍秦金・吳越三晉 169 頁　王二年戟　魏，戰）

右庫（集成 1355　十二年少曲令戈　韓，戰早）

右庫（集成 11356　二十四年申陰令戈　韓，戰中）

右庫（集成 11357　王三年鄭令戈　韓，戰晚）

武庫（集成 11551　九年鄭令矛　韓，戰晚）

上庫（古研 27　二十年冢子戈　趙，戰晚）

右庫（古研 27　七年宅陽令陽登戟　趙，戰晚）二件

右庫（集成 11546　七年宅陽令矛　韓，戰）

圭庫（集成 11693　三十三年鄭令鈹　韓，戰晚）

左庫（珍秦金・吳越三晉 260 頁　四年春成左庫戈　韓，戰）

左庫（珍秦金・吳越三晉 250 頁　宅陽令戟刺　韓，戰）

右庫（金石癖・青銅　二茉戈　中山，戰晚）

右庫（集成 11266　四年右庫戈　戰晚）

乇庫（集成 11459　乇庫矛　戰）

下庫（集成 11354　三年汪匋令戈　戰）

右庫（璽彙 0350　右庫視事　魏）

左庫（文物 1979.1　漆盒蓋　中山，戰晚）

庫（璽彙 5212~5215，2716）

左庫（集成 11022　鄘左庫戈　齊，春晚）

左庫（集成 11581　高陽左庫劍　齊，戰）

左庫（集成 11609　陰平左庫劍　齊，戰）

平庫（陶彙 3.800　平庫　齊，戰）

下庫（集成 10385　司馬成公權　齊，戰）

□庫（中山四八　□庫嗇夫　中山，戰）

武庫（集成 11532　少府矛　秦，戰）

庫（集成 11379B1　十七年丞相啟狀戈　秦，戰）

庫（集成 11331B　二十二年臨汾守戈　秦，戰）

這麼大量的兵器資料，應該足以說明「庫」本來就是製造兵器的單位（只有司馬成公權、漆盒蓋兩件不是兵器，可能是「兵庫」所用之物），其中沒有一件是車子。近年所見楚簡，也很能說明這個現象，如：

農夫勸於耕，以實官倉；百工勸於事，以實府庫；庶民勸於四肢之藝，以備軍旅（《上博四・相邦之道》3）

強門大夫曰：「如出內庫之囚……。」（《上博五・苦成家父》9）

〈相邦之道〉的「府庫」應該就是「百工」所生產的器物收藏之地，當然不會是車庫。〈苦成家父〉的「庫」比較麻煩，主要有三說：一是關犯人的監獄，二是收藏兵器的「庫」，三是庫門。這三說中似以第一說較佔優勢，因為簡 9 前面已說了「長魚矯帶自公所，拘人於百豫以入囚之」，學者大都同意這是說

厲公派長魚矯先去百豫處拘捕人，帶回來後囚禁於厲公之所。從下文看，這些人就囚於內庫之中。當時或囚禁人犯於庫中，《韓詩外傳》卷三「三年而庫無拘人」可證。〔註8〕為什麼「庫」會有監獄的意義，不好理解。推測「庫」是藏兵器之所，便於威懾犯人，因之可以做為臨時性拘囚人犯的處所。

出土文獻中「庫」主要為藏兵器之所，這個用法與傳世文獻其實是一致的。如：

《春秋左傳·襄公十年》：子產聞盜，為門者，庀群司，閉府庫，慎閉藏，完守備，成列而後出。

《墨子·七患》：庫無備兵，雖有義不能征無義。

《商君書·賞刑》：湯武既破桀紂，海內無害，天下大定，築五庫，藏五兵，偃武事，行文教

《孟子·告子下》：孟子曰：「今之事君者曰：『我能為君辟土地，充府庫。』」

《荀子·富國》：等賦府庫者，貨之流也。

《韓非子·初見秦》：今天下之府庫不盈，囷倉空虛，悉其士民，張軍數十百萬。《管子·七臣七主》：夫男不田，女不緝，工技力於無用，而欲土地之毛，倉庫滿實，不可得也。

《列子·楊朱》：行年六十，氣幹將衰，棄其家事，都散其庫藏、珍寶、車服、妾媵，一年之中盡焉，不為子孫留財。

《呂氏春秋·不廣》：越聞之，古善戰者，莎隨賁服，卻舍延尸，車甲盡於戰，府庫盡於葬。

《戰國策》：今天下之府庫不盈，囷倉空虛，悉其士民，張軍數千百萬，白刃在前，斧質在後，而皆去走，不能死，罪其百姓不能死也，其上不能殺也。

《禮記·曲禮下》：君子將營宮室：宗廟為先，廄庫為次，居室為後。

《說苑·政理》：晏子對曰：「前臣之治東阿也，屬託行，貨賂至，並會賦斂，倉庫少內，便事左右，陂池之魚，入於權家。」

《春秋繁露》：親入南畝之中，觀民墾草發淄，耕種五穀，積蓄有餘，家給人足，倉庫充實。

《韓詩外傳·卷三》：無使府庫充實，則滿不作。

〔註8〕陳劍：〈上博（五）〉零札兩則〉，武漢大學簡帛網（2006 年 2 月 21 日），網址：http://www.bsm.org.cn/show_article.php?id=216。

　　《大戴禮記‧主言》：畢弋田獵之得，不以盈宮室也；徵斂於百姓，非以充府庫也。

　　《新序‧善謀下》：今陛下能散府庫以賜貧贏乎？

　　《墨子‧七患》的「庫」，非常明確的是貯存兵器之所。《商君書‧賞刑》「築五庫，藏五兵」，也明白地說「五庫」是藏「五兵」之用的。《孟子》以下的「庫」應該已擴大為收藏財物之所，但仍然沒有任何「車庫」的功能。而《列子‧楊朱》「散其庫藏、珍寶、車服、妾媵」，把「庫藏」、「珍寶」、「車服」和「妾媵」並列；《呂氏春秋‧不廣》「車甲盡於戰」與「府庫盡於葬」並列，都有力地說明了「庫」不包括「車」。至於《禮記‧曲禮下》「廄庫為次」，把「廄」和「庫」放在一起，二者必然有關聯，這時候的「庫」應該就有「車庫」的意義了，不過，我以為這應該是漢代的現象，《禮記》編成於漢代，其中保留不少先秦的內容，但也雜進了不少漢代的事物。

　　漢代的「庫」已經有「車庫」的意義，西漢賈誼《新書‧匈奴》「善廚處，大囷京，廄有編馬，庫有陣車」，應該就是最好的證明。明白這一點之後，前引桂馥《說文解字義證》所談到「庫」有「車庫」義的現象就就很容易解釋了：

> 《說文》曰：「庫，兵車所藏也。」……《春秋文曜鈎》曰：「軫南眾星曰天庫。」又韓楊《天文要集》曰：「天積者，天子藏府也。」馥案：《荊州星占》：「五車一名庫。」《文曜鈎》「玄池曰天潢，五帝車舍也」，宋均注云：「舍，庫也。」《急就篇》「墼壘窞廄庫東箱」，顏注：「庫，兵車所藏也。」〈月令〉「審五庫之量」，蔡氏章句：「一曰車庫，二曰兵庫，三曰祭器庫，四曰樂器庫，五曰宴器庫。」

以上這些記載，都是漢代的現象，確實與「車」有關，但不能拿來解釋先秦的「庫」。《說文解字義證》引到的《樂記》「車甲釁而藏之府庫」，應該是漢代的現象，不太可能是周武王時候的制度。至於《說文解字義證》引《曲禮》「在庫言庫」，注云：「庫，謂車馬兵甲之處也。」則是鄭玄以漢制說《曲禮》，應不可信。《曲禮》原文是：「在官言官，在府言府，在庫言庫，在朝言朝。朝言不及犬馬。」「府」與「庫」相對，應與車馬無關。

　　漢代有「車庫」，或許海昏侯墓可以提供一點參考。據王亞蓉〈考古之幸——記南昌西漢海昏侯墓〉，海昏侯的墓室配置有「車庫」：

　　墓葬槨室設計嚴密、佈局清晰，由主槨室、回廊形藏合、車庫和甬道構成。中間為主槨室，周圍環繞以回廊形藏合，在主槨室與藏合之間闢有過道，將主槨室與藏合分隔開。甬道位於槨室南部中央，其南、北兩端用門與主槨室和墓道相通。藏合分東南西北四個功能區，各功能區由隔板分隔。北藏合分為錢庫、糧庫、樂器庫、酒具庫。西藏合從北往南分為衣笥庫、武庫、文書檔案庫、娛樂用器庫。東藏合主要為廚具庫（「食官」庫）。甬道主要為樂車庫。甬道東、西兩側的南藏合為車馬庫。……

　　在南藏合的東西兩側車庫內，發現了多部偶車。甬道內主要出土與出行有關的車馬、隨伺俑等，這裏發現了十分珍貴的三馬雙轅彩車和模型樂車，樂車上有實用的青銅錞于和建鼓，以及四件青銅鐃，完全印證了文獻關於先秦樂車上錞于　與青銅鐃和建鼓搭配組合的記載，是我國漢代樂車的首次發現。整個甬道相對封閉，可能還有漆畫作為裝飾，這些都是我國漢代考古的首次發現。〔註9〕

　　當然，墓葬與實際起居還是有一定的差距，真正漢代的車庫，可能還要等實際的居住遺址發現後，我們才能更明白。

　　此外，《銀雀山漢墓竹簡（壹）·守法守令等十三篇》中有〈庫法〉一節云：「車可用者，大縣七十乘，小縣五十乘。」〔註10〕這似乎可以證明「庫」有車。不過，通觀〈庫法〉全節，庫中收藏的東西很多，車只是其中一種，此外還有榘、弩、鐵銛、長斧、連棰、長椎、長緃等甲戟矢弩、兵紫韋鞮之類的守禦之具，同時也製造收藏其他田刈之器〔註11〕。上述的車子屬於「庫」這個機構所有，應該是沒有問題的。但它們是否有「車庫」，或只是露天放置，其實還看不出來。

　　「庫」字從「車」其實只是聲符，不是義符，因此造字之初「庫」當與藏

〔註 9〕王亞蓉〈考古之幸——記南昌西漢海昏侯墓〉，《國學新視野》2016春季號。此據網路報導轉引，網址：http://www.cefc-culture.co/en/2016/06/【國學新視野 2016 春季號】考古之幸-記南昌西漢/。

〔註10〕《銀雀山漢墓竹簡（貳）》（北京：文物出版社，1985 年 9 月），頁 134。

〔註11〕簡 840 說：「……田刈諸器，非甲戟矢弩及兵紫韋鞮之事，及它物唯（雖）非守禦之具也，然而庫之所為也，必……」，既說是「庫之所為」，表示這些防禦及田刈諸器都是由庫製造並保管的。

「車」無關。清儒很早就指出「車」字古有「居」音。「居」與「庫」聲近韻同，因此「車」可以作「庫」的聲符。但是「車」字的古音究竟如何，聲紐是屬於喉牙音？還是舌齒音？因為在 9359 個漢字中，「車」字沒有被當作聲符用，無從證明車字的上古聲母，因此認同《說文》，把「庫」當成會意字的學者還是很多。所幸，近世出土材料日漸豐富，從古文字就可以證明「車」有喉牙聲的聲母。

　　《史記·吳世家》壽夢有子四人，排行第三的叫餘祭、《馬王堆帛書·春秋事語》稱「餘蔡」、《左傳·襄公三十一年》稱「戴吳」、〈襄公二十八年〉稱「句餘」，此人所造劍還有以下的自名：「叡戋此郑」、「盧戋此郑」、「叡戋此鄐」、「叡矣工虡」、「叡矣工虡」、「叡矣工吳」。董珊先生《吳越題名研究》指出這些人名都是可以對應的，他把吳越王名分成前綴、主要部分、後綴，這些成分有些可以省略，他把這些異稱做了如下的對應：〔註12〕

表三　餘祭異名

分類	出處	全稱	前綴		主要成分		後綴
戴吳	左襄三十一	戴吳	戴（端母職部。哉，精母之部）			吳（疑母魚部）	
	保利藏劍	叡矣工虡	叡（精母魚部）	矣（匣母之部）	工（見母東部）		虡（疑母魚部）
	餘杭南湖劍	叡矣工吳	叡（精母魚部）	矣（匣母之部）	工（見母東部）		吳（疑母魚部）
句餘	魯迅路劍	叡姁鄐	叡（精母魚部）		姁（見母侯部）		鄐（邪母魚部）
	穀城劍	叡戋此郑	叡（精母魚部）		戋（見母侯部）	此（清母支部）	郑（邪母魚部）
	左襄二十八	句餘			句（見母侯部）		餘（喻母魚部）
餘祭	春秋襄二十九	餘祭				餘（喻母魚部）	祭（精母月部）
	春秋事語	餘蔡				余（喻母魚部）	蔡（清母月部）

　　由此表可以看出，「餘祭」的「餘」字可以通「吳」、「虡」、「鄐」、「郑」、「余」。〔註13〕「吳」字「五乎切」，上古音屬疑母魚部；「虡」應該是從「虍」與「魚」皆聲的兩聲字，「虍」字荒烏切，曉母魚部，「魚」字語居切，疑母魚

〔註12〕董珊《吳越題銘研究》（北京：中國出版社，2014 年），頁 11~15。
〔註13〕張儒、劉毓慶《漢字通用聲素》（太原：山西古籍出版社，2002 年），頁 1064。

部，聲母都屬喉牙；「餘」、「邾」都從「余」聲，「余」字上古聲屬喻四，喻四是一個來源比較複雜的聲母，在《漢字通用聲素》中，「喻」母和「定」母通假的頻率是 21、和「審（書）」母通假的頻率是 18、和「影」母通假的頻率是 151，可見得「喻四」大多數是來源自喉牙音的。「鄐」字應該是從「邾」聲，但是又加上了一個「車」聲，可見得「車」字與「余」、「吳」、「虍」、「魚」的聲母應該都是屬於喉牙的，也就是說：「車」字讀如「居」是完全可信的。因此，「庫」字從「車」聲也完全可信。

綜上所述，「庫」字應釋為「兵庫藏」，本為藏兵器之所，從广、車聲。後來擴大為藏財物、車輛之所。

本文曾在 2018 年 10 月 27～30 日河南漯河第四屆許慎文化國際研討會宣讀。

古璽雜識二題：
一、釋「㞢」、「徏」、「踷」；二、姜枼

提　要

　　一般以為戰國文字中，「之」字和「止」字可以混用。但是，從古文字現有的材料來看，這兩個字其實是分得很清楚的，所謂的混用，往往是後人沒有認清楚字形罷了。本文檢討了戰國文字中的「㞢」字以及以它作偏旁的字，指出此字上部應該從「之」，而非從「止」；另外檢討了一個寫法比較特殊的「枼」字，指出它所從的「世」字是由「止」字變來的。

　　關鍵字：之，止，㞢，徏、踷，徒，枼，葉，世

前　言

　　日前因為當碩士論文口考委員，細讀了闕曉瑩和李知君兩君寫戰國古璽的碩士論文，對於戰國古璽中的一些印文有些看法，冒昧地提出來，請方家指正。

一、釋「㞢」、「徏」、「踷」

　　古璽中有印文作「㞢」的，見於：（括號中的隸定是原書的隸定）

　　　　《璽彙》0906：「肖㞢（步）」

《璽彙》2472：「柏不𣥂（步）」

吳振武先生在 1983 年發表的〈古璽彙編釋文訂補及分類修訂〉，釋 0906 號為「肖（趙）步」、釋 2472 號為「柏不步」。此字又見以下各材料：

《古陶文彙編》3.266：「夻雙𣉢匋者𣥂（步）」

《古陶文彙編》3.319：「雙𣉢魚里分𣥂（步）」

《楚帛書》甲 2.35：「昌司堵壤，咎𠀬（天）𣥂（步）遷」

《楚帛書》甲 4.4：「四神相戈（代），乃𣥂（步）昌（以）為歲（歲）」

《包山》2.228：「出入𣥂（侍）王」〔註1〕

《包山》2.230：「出入𣥂（侍）王」

《包山》2.232：「出入𣥂（侍）王」

《包山》2.239：「以𣥂（走）懸，不甘飤」

《郭店》1.1.20《老子》甲：「夫亦牆（將）智＝𣥂（止）＝」

《郭店》1.1.36《老子》甲：「智𣥂（止）不殆」

《郭店》1.3.4《老子》丙：「樂與餌，忐（過）客𣥂（止）」

《郭店》2.3-4〈太一生水〉：「成歲（歲）而𣥂（止）」

《郭店》3.7-8〈緇衣〉：「非丌（其）𣥂（止）之共唯王恭」

《郭店》3.32〈緇衣〉：「叔（淑）誓（慎）亦（爾）𣥂（止）」

《郭店》3.34〈緇衣〉：「於偮（緝）逅（熙）敬𣥂（止）」

《郭店》6.10〈五行〉：「亦既見𣥂（止），亦既詢（覯）𣥂（止）」

《郭店》6.35〈五行〉：「貴＝，其𣥂（等）障（尊）叚（賢），義也」

《郭店》6.42〈五行〉：「各𣥂（止）於其里」

《郭店》10.20〈尊德義〉：「而民不可𣥂（止）也」

《郭店》11.1〈性自命出〉：「𣥂（待）勿（物）而句（後）复（作），𣥂（待）兌（悅）而句（後）行，𣥂（待）習而句（後）奠」

《郭店》13.111〈語叢〉一：「……𣥂（止）之」。

戰國文字中的這個字（以下隸定作「𣥂」〔註2〕），諸家或釋步、或釋𣥂、

〔註 1〕《包山楚簡·包山二號楚墓簡牘釋文與考釋》隸定作「出入𣥂王」（P.35），注 453：「𣥂，寺字異體，讀作侍。」

〔註 2〕我在 1999 年寫了〈從戰國文字中的𣥂字談詩經中之字誤為止字的現象〉，交同年八月四日至八日由山東大學文學院主辦的第四屆詩經國際學術研討會發表，對「𣥂」字的字形，及其在楚系簡帛的用法做了初步的分析。結果因為家父胃癌開刀而未能

或釋寺、侍、待、等等，不一而足。首先要說的是，此字舊隸定為「步」或「㞢」是完全沒有道理的。《古璽文編》〔註3〕、《楚帛書》〔註4〕、《包山》、《郭店》中都有「步」字，從二「止」，和「㞢」字字形的區別是很明顯的，因此，此字不能讀為「步」。

曾憲通先生在《長沙楚帛書文字編》36頁「步」字條下注云：「帛書步字凡三見。上二文從 （即帛文之），與涉字帛文作 ，天星觀楚簡作 同例。古璽文齒字從止作 ，又從之作 亦屬同類現象。」案：曾先生所舉天星觀楚簡，因為還沒有看到照片摹本，無法判斷。但是《楚系簡帛文字編》頁813收了三個天星觀的「涉」字，都從水從二「止」，並沒有從「之」形的。至於「齒」字，現在所看到的戰國文字絕大多數都是從「之」聲的，何琳儀先生的《戰國古文字典》51頁收了十六個「齒」字，其中十四個都是從「之」聲，只有秦系的兩個字形，因為隸化的關係，簡化為從「止」聲，何琳儀先生的說明文字已經很清楚地指出了這一點。同樣的，《古璽文編》44頁所收「齒」字六形，其中2239、2288、0912、3583、5411等五形都是從「之」聲的，而曾先生所舉2296一形，印文稍嫌模糊，以之作為「之」、「止」互作的證據，並不是很理想。再說，即使古文字中「之」、「止」可以互作，也應該是有限制的，即在不會造成混淆的情況下，二者或可互作，但是在「㞢」、「步」這種極易混淆的字形上，二者應該是沒有互作的可能的。（某些互作，其實是後人誤會所造成的錯誤。如《古璽文編》二・八「止」字條下所收第一形作「止」（0327，璽文為「君之稟」），無論從字形或文例來看，都應該是「之」字，不應收在「止」字條下。）

基於已往「之」、「止」可以互作的認識，所以釋讀《楚帛書》的諸先生們，大抵都把《楚帛書》甲2.35「㠯司堵壤，咎帝（而，天） 㦛（達）〔註5〕」、甲4.4「四神相戈（代），乃 㠯（以）為戠（歲）」兩句中的「㞢」字讀為「步」。以最近曾憲通先生的〈楚帛書文字新訂〉一文來說，曾先生對「咎天步達」的

成行，文章也因而受耽誤，未能在大會宣讀。中國詩經學會特地把小文暫時先補登在2000年5月15日的會務通訊上。

〔註3〕見《古璽文編》2.8，收《古璽彙編》1643一形。

〔註4〕見《楚帛書》甲7.9「共工夸步」。

〔註5〕達字依曾憲通先生〈楚帛書文字新訂〉，見《中國古文字研究》第一輯，頁90。

解釋是：「通過規測周天度數，製定曆法，推步達致神明之境。」〔註6〕這樣的解釋，似乎把短短的四個字加上了太多的內涵。從字形來看，把《楚帛書》這兩句中的「𣥂」字讀為「步」應該是不可信的。至於《楚帛書》這兩句應該怎麼讀，目前似乎還不到解決的時候。

「𣥂」字在《郭店》中讀為「止」或「之」，因為有《詩經》等的文例為證，字形上也很合理，所以應該是沒有問題的。它又可以讀為「侍」，因為在《包山》中，「出入𣥂（侍）王」句在 209、212 簡中都寫做「出入時王」，依文義，它們都等於 201 簡的「出入事王」。字形上，《包山》的「𣥂」字從止、之聲；時字從口從寺，寺字從又、之聲，因此「𣥂」、「時」二字完全同音，「𣥂」讀為「侍」是毫無問題的。至於此字在《郭店》中又讀為「等」、「待」，也完全沒有問題，因為「等」和「待」二字也都是從「寺」得聲。

至於璽印和陶文中的「𣥂」字，因為都是人名，所以讀為「侍」、「待」、「等」、「之」、「止」，似乎都可以。不過，最好的辦法還是隸定作「𣥂」。

其次，古璽中還有從「𣥂」的字，見於（依原隸定）：

《璽彙》2183：「鄮 𧗞（徙）」

《璽彙》2486：「穌 𧗞（逤）」

《璽彙》2661：「閔 𧗞（□）」

《中國璽印集粹》2.84：「事𧗞（逤）」。〔註7〕

吳振武先生在 1983 年發表的〈古璽彙編釋文訂補及分類修訂〉一文中，釋 2661 號為「閔（藺）徙」。《古璽文編校訂》第 023 條下則把此字釋為「涉」：

〔023〕三二頁，步，璽文〇九〇六、二四七二號作 𣥂𣥂

古文字中步及從步之字習見，皆從二止作，從未見有從之從止作𣥂形的。步字甲骨文作 𣥂（《甲》六〇頁），金文作 𣥂（《金》七〇頁），古陶作𣥂（《𣄼錄》二・二），古璽作𣥂（本條下所錄一六四三號璽文），從步的涉字甲骨文作 𣥿（《甲》四四六、四四七頁），金文作𣥿（《金》五七九頁），石鼓文作𣥿（《石刻》一一・一六），長沙楚帛書作𣥿，古璽作𣥿（二七七頁），皆可證。特別是楚帛書中

〔註6〕曾憲通先生〈楚帛書文字新訂〉，見《中國古文字研究》第一輯，頁91。
〔註7〕見該書第 85 頁。

從步的涉字和屰字同出，更證明了屰字不能釋為步。我們認為古陶中的屰（《賡錄》二‧二，舊亦誤釋為步）、楚帛書中的屰和古璽中的屰都應釋為延（徙）。古璽延（徙）字作徙（三六頁），屰即徙之省。古文字中辵旁往往省作止，如古璽达（去）字既作遣，又作壹（一一〇頁），巡（從）字既作遌，又作遌（二一三頁）。侯馬盟書所見從辵之字也都可以省成從止。延（徙）字《說文》謂「從辵止聲」，古璽作徙、屰當是易止聲為之聲。止、之古音同，用作聲符時可通。

案：吳振武先生指出此字不得釋「步」，是很正確的，但改釋為「徙」，卻不可信。因為「徙」字在睡虎地秦簡作「徙」，從辵、沙省聲[註8]，《說文》「徙」字作「述」，並釋為從辵止，其實是錯誤的，其說不可信。吳振武先生用《說文》舊說來解釋「徙」字，當然也是不可信的。以《郭店》「屰」字可以讀為「待」來看，「徙」字應可直接讀為「待」。

古璽中又有「遌」字，左從立、右從屰，見：

《璽彙》0050：「遌（遌）都左司馬」

《璽彙》0058：「遌（遌）都右司馬」

《璽彙》0186：「遌（遌）都遽驛」

《璽彙》0292：「遌（遌）都市鉙」

《璽彙》5553：「遌（遌）都□□」

《湖南省博物館藏古璽印集》4：「遌（遌）都左司徒鉙」

《古封泥集成》1：「遌（遌）都右司馬」

《古陶文彙編》4.151：「遌（遌）都市鉙」

《璽彙》把「遌」字釋為「遌」，其意當以為此字左旁從立，右旁從「辵」（從二止）。何琳儀、馮勝君先生以為此字從立與從土通，故字即「堯」，亦即《說文》之「壪」。「壪」字當從「刀」聲，「刀」聲與「堯」聲通，故字可以讀為「饒」，「饒都」在今河北饒陽東北。[註9]

今案：從字形來看，此字右旁不從二「止」，因此釋為「壪」是不合理的。

〔註8〕李家浩說，見俞偉超《中國古代公社制的考察──論先秦兩漢的單僤彈》12頁引李家浩說。

〔註9〕何琳儀、馮勝君〈燕璽簡述〉，《北京文博》第3輯，1996年9月，頁15。

《郭店》既然把「旹」字讀為「待」，那麼「旹」形加上「立」旁，應該可以逕讀為「待」，《說文》：「待，竢也。」「竧都」一般均以為是燕地，實際相當於那個地方，還有待考查。

二、姜枼（世）

《璽彙》1293：「姜□」

案，第二字舊未識。字實從枀從止，當可釋為「枼」字，讀為「世」，其右旁所從「止」，當即「世」之簡化。甲骨文「枼」字作「」（參《甲骨文編》0739 號），象樹上有葉之形。金文作「」（參《金文編》0951 號），把甲骨文象形的「枼」字聲化為從木世聲。這個字形和《璽彙》1293 從枀從止的字形似乎不同。但我們可以看到金文的「世」字或作以下諸形（參《金文編》0326 號）：

A 　 橢伯簋

B 　 趨簋

《璽彙》1293

這兩個字形讀為「世」，清人吳大澂早已指出了[註10]。A 形下，《金文編》注云：「或從木，與枼通。」B 形下《金文編》無說。張日昇先生則以為字從世、止者皆支葉之形之訛變，「字或從木若竹、若米，並為意符，明其為植物之葉也。《金文編》卷六有葉字，與萬或永字連言，亦即永世、世萬也。世枼葉恐本為一字。古音世在祭部 śiad。葉有兩讀，並在葉部，dịap 與 śiap 是也。祭葉兩部元音近同，可以對轉，而葉字其中一讀與世字同紐，其本為一字無疑。」[註11]

張說以為世字與葉枼音近可以對轉，這是沒有疑問的。但他認為「世枼葉本為一字」，則恐有可商。枼字本為合體象形文，後來因為聲化的關係，上部

[註10] 《字說》頁 25 世字說。

[註11] 《金文詁林》頁 1223，0263 世字條下。

才改為聲音相近的「世」。而「世」字本由「止」字分化而出，二者亦有聲音上的關係。于省吾先生《甲骨文字釋林》云：

> 甲骨文𥬠字只一見，作🔱形（《續存》上一二三七，辭已殘），舊不識。按𥬠字从竹世聲，世字作🔱。……周代金文有的以止為世（伯尊），有的以杜（从止聲，見櫨簋）為世，可見止與世有時通用。又世字師晨鼎和師遽簋作🔱，寧簋作🔱，在止字上部加一點或三點，以表示和止字的區別。石鼓文世字作世，變三點為三橫，為《說文》所本。此外，最引人注意的是，周器祖日庚簋『用𥬠言孝』的𥬠字作🔱，和甲骨文的🔱字完全相同，只是其三點有虛實之別而已。𥬠字雖然不見於後世字書，但簋文以𥬠為世，也證明了𥬠从世聲，與世同用。因此可知，世字的造字本義，係於止字上部附加一點或三點，以別於止，而仍因止字以為聲（止世雙聲）。〔註12〕

于氏析辨「世」的字形演變，明晰可從。《說文》謂世从「卅」，但甲骨文「卅」作山、山等形（《文編》0275號），與甲金文「世」字明顯地不同。《說文》之說不可從。

劉釗先生以為金文世作🔱、🔱、🔱，葉字作🔱，世為截取葉字上部而成的分化字，讀音仍同葉〔註13〕。是其意以為「世」字仍象枝葉之形。旭昇案：甲骨文葉字作🔱，从木，上象葉形。金文葉字上半从世，或从止，都不象樹葉形，是由於聲化為从「世」的緣故。而金文的「世」字都是从「止」形，沒有从象「枝葉」形的。是世字似仍以于省吾之說為是。不得倒果為因，謂世為葉之分化字也。

至於璽文此字及上舉金文「世」字B形左旁从「㞢」，與「木」可以通用。有關「㞢」字的說法，學者雖有種種不同的意見，但大體認為這是和草木有關的字〔註14〕，因此「㞢」形和「木」形可以互作。金文「撲」字从「㞢」，但農卣从「木」作，虔簋或从「未」作（未亦木類字）〔註15〕，因此璽文此字及金文

〔註12〕于省吾先生《于省吾著作集·甲骨文字釋林·釋古文字中附畫因聲指事字的一例》（北京：中華書局，2009年4月），頁483。

〔註13〕《古文字構形研究》，頁214。

〔註14〕參《甲骨文字詁林》第二冊，1533號「㞢」字條下引各家之說。

〔註15〕參《金文編》1933號「撲」字條下。

B 形从奉从止而釋為「枼」，應該是沒有問題的。

《璽彙》1986 有枼字作「❖」（《古璽文編》6.4），是比較典正的字形，和「姜枼」的寫法不同，當是區域風格不同所致。如果考慮橋伯簋和趩簋「枼」字讀為「世」，那麼本璽「姜枼」也可以讀為「姜世」，《璽彙》1986「郵枼」則可以讀為「郵世」。

「枼」形所從的「世」寫作「止」，又見於《郭店楚墓竹簡》，〈緇衣〉6「渫」作「❖」，字从水从枼〔註16〕；〈窮達以時〉2「殜」字作「❖」〔註17〕，左从「歹」，右从「枼」，〈語叢四〉3 同。「枼」字上部本應从「世」，但《郭店》卻从「止」，這也可以證明「枼」字到戰國時代仍然可从「止」。

參考書目（括號內為簡稱）

1. 于省吾，1979 年，《甲骨文字釋林》，北京：中華書局。
2. 于省吾，1996 年，《甲骨文字詁林》，北京：中華書局。
3. 何琳儀，1998 年，《戰國古文字典》，北京：中華書局。
4. 何琳儀：馮勝君，1996 年，〈燕璽簡述〉，《北京文博》3 期，1996 年 9 月，頁 14～20。
5. 吳振武，1983 年，〈《古璽彙編》釋文訂補及分類修訂〉，香港中文大學：《古文字學論集初編》頁 485～535。
6. 吳振武，1984 年，《古璽文編校訂》，吉林大學博士論文。
7. 周法高，1981 年，《金文詁林》，京都中文出版社。
8. 張光裕主編，1999 年，《郭店楚簡研究：第一卷：文字編》，台北：藝文印書館。
9. 俞偉超，1989 年，《中國古代公社制的考察——論先秦兩漢的單僤彈》，北京：文物出版社。
10. 孫慰祖主編，1994 年，《古封泥集成》，上海書店出版社。
11. 容庚，1994 年，四訂《金文編》，北京：中華書局。
12. 荊門市博物館，1998 年，《郭店楚墓竹簡》（郭店），北京：文物出版社。
13. 高明，1990 年，《古陶文彙編》，北京：中華書局。
14. 曾憲通，1993 年，《長沙楚帛書文字編》，北京：中華書局。
15. 曾憲通，1999 年，〈楚帛書文字新訂〉，《中國古文字研究》第一輯，吉林大學古文字研究室編。
16. 湖北省荊沙鐵路考古隊，1991 年，《包山楚簡》（包山），文物出版社。
17. 湖南省博物館編，1991 年，《湖南省博物館藏古璽印集》，上海書店出版社。

〔註16〕《郭店楚墓竹簡》頁 123 注 19，裘錫圭先生按語以為：此字「上部與《窮達以時》篇二號簡『歹枼』字右旁相同，似當釋為『渫』。」

〔註17〕參《郭店楚簡研究·第一卷·文字編》0772 號，共五見。

18. 菅原石廬鑒藏、編輯，1991 年，《中國璽印集粹》（全 16 卷），東京都：二玄社。

19. 劉釗，1991 年，《古文字構形研究》，吉林大學博士論文。

20. 滕壬生，1995 年，《楚系簡帛文字編》，湖北教育出版社。

21. 羅福頤主編，1994 年，《古璽文編》，北京：文物出版社。

22. 羅福頤主編，1994 年，《古璽彙編》（璽彙），北京：文物出版社。

23. 饒宗頤：曾憲通編著，1985 年，《楚帛書》，中華書局香港分局。

本文曾在「中國文字學會第十一屆全國學術研討會」宣讀（臺南師院，2000 年 10 月 22 日）又，本文承袁國華先生、陳美蘭、李知君、陳炫瑋君協助，特此致謝。後發表於臺灣師大國文研究所《中國學術年刊》第廿期，2001 年 5 月。

說　妝

　　大徐本《說文解字・卷十二・女部》：「妝：飾也。从女，牀省聲。」段
注：「此飾篆引伸之義也。宋玉賦：『體美容冶，不待飾裝。』〈上林賦〉：『靚
粧刻飾。』粧者俗字，裝者叚借字。」〔註1〕看來沒什麼問題，其實「妝」字
的本義可能不是這麼簡單。

　　「妝」字最早出現在甲骨文，劉釗、洪颺、張新俊先生編纂的《新甲骨文
編》收錄二形：〔註2〕

　　　 合 18063.賓組　　　 合 5652.賓組

　　李宗焜先生《甲骨文字編》收錄五形：〔註3〕

　　　 屯 2767.A2　　　 合 5652.A7　　　 合 18063.AB

　　　 花 241.C5　　　 花 241.C5

《合》18063 殘餘一字，義不可知，字从妝从水，未必即是「妝」。《合》5652
辭云：「貞：巫妝不禦？」為巫名。《屯》2767《摹釋總集》隸作「♀ ♂ ♪ ♫妝
母♬」，多字不識，義不詳。《花》241 辭云：「丁未卜：子其妝用？若。　勿

〔註 1〕段玉裁《說文解字注》（上海：上海古籍出版社），頁 622。
〔註 2〕劉釗《新甲骨文編》（福州：福建人民出版社，2009 年），頁 669。合 5652 原書誤
　　　　作 5662。
〔註 3〕李宗焜《甲骨文字編》（北京：中華書局，2012 年）頁 1206，第 3838 號。

妝用？」〔註 4〕為當祭牲用的人，可能就是「巫妝」。職名後的字，有可能是私名，也有可能是族名，因此《屯》2767「妝母」的「妝」應該也是人名。總的看來，甲骨文的「妝」字應該是从女、爿聲的人名或族名之字，與後世的「妝」字未必有關。

《殷周金文集成》4616 號「許子妝簠」收有「」字，辭云「隹正月初吉丁亥，鄦子△擇其吉金……」，△為「許子」之名，一般隸定作「妝」，依形實為从女、安聲，當隸定作「妴」；《包山楚簡》224~225 有「衛」二見，均為人名，一般也隸定作「衛妝」，劉信芳先生《包山楚簡解詁》隸作「衛妴」。〔註 5〕《古璽彙編》3756 有印如下：，《古璽彙編》缺釋。何琳儀先生《戰國古文字典》隸為「倀妝（也从「安」）」，《包山》「衛妴」，何先生也隸定為「妝」。〔註 6〕

以上金文、戰國文字的「妴」字（以下隸定作「妝」），是否「妝」字，頗不易判定。不過，我們傾向它就是「妝」字，而且是「妝」的最早字形。因為，依照新出戰國楚簡的材料來看，「妝」字的本義應該是「莊重」之「莊」，「飾也」應該是引申義。「莊重」義从女（安）、爿聲較為合適。從字形演變來看，「女」省為「女」也較為合理，「女」加繁為「女」則似較不合理。

《郭店・緇衣》簡 23 有从女、爿聲之「妝」字：

> （晉／祭）公之寡（顧）命員（云）：毋以少（小）悔（謀）敗大惜（作），毋以卑（嬖）御息（疾）妝（莊）句（后），毋以卑

〔註 4〕《殷墟花園莊東地甲骨》（昆明：雲南出版社，2003）第六冊讀為「丁未卜，子其妝，用若？　勿妝，用？」釋云：「妝……，象女子有病臥於牀上，與之意義相同。應釋為疾。在甲骨文的會意字中，作偏旁的人、女、卩，有時可以通用。」（頁 1658）其說恐非。姚萱《殷墟花園莊東地甲骨卜辭的初步研究》（北京：綫裝書局，2006）隸作「丁未卜：子其妝用。若。　勿妝用。」，注云：「『妝』是『用』的對象，當指用以祭祀的犧牲。《合集》22483 有『』字，是『妝』可用為焚祭時所用的犧牲之證。參看《甲骨文字釋林》序第 7 頁，《古文字論集》第 223 頁。」（頁 298）旭昇案：《甲骨文字釋林・序》頁 7 謂「甲骨文有巫妝，又有㜸字作，象焚巫於火上，即暴巫以乞雨。」裘錫圭《古文字論集》基本亦贊同于說。

〔註 5〕劉信芳《包山楚簡解詁》（臺北：藝文印書館，2003 年），頁 237。

〔註 6〕何琳儀《戰國古文字典》（北京：中華書局，1998 年），頁 699。

（嬖）士息（疾）大夫、卿士。〔註7〕

字作「」，從女、爿聲。同樣的句子又見《上博一·緇衣》簡12云：

　　䢷（晉／祭）公之〈募（顧）命〉員（云）：「毋吕（以）少（小）
　悉（謀）敗大惹（作），毋吕（以）辟（嬖）御壽（疾）妝（莊）后；
　毋吕（以）辟（嬖）士壽（疾）夫=（大夫）向（卿）使（士）▬。

字作「」，也是從女、爿聲。

這是「妝」字最早可以確定詞義的兩條材料。今本《禮記·緇衣》作「葉公之顧命曰：『毋以小謀敗大作，毋以嬖御人疾莊后，毋以嬖御士疾莊士、大夫、卿士。』」一般都直接在上引楚簡「妝」字後括號注「莊」字，顯然認為楚簡「妝」字是「莊」字的通假字。

不過，「莊」字的本義顯然和「莊重」沒什麼關係，大徐本《說文解字》云：「莊：上諱。」因為漢明帝名「莊」，所以許慎不敢解釋「莊」字。段玉裁注云：「其說解當曰『艸大也。从艸、壯聲。』其次當在莂、蘄二字之間。此形聲兼會意字，壯訓大，故莊訓艸大。古書莊、壯多通用，引伸為凡壯盛精嚴之義，《論語》『臨之以莊』，苞咸曰『莊嚴也』是也。」〔註8〕段注以為「莊」的本義是「艸大」，應該是根據《玉篇·艸部》「莊：艸盛皃」；以為「莊」有「精嚴」之義，應該是「壯」的引伸義，這都是合理的。从艸、壯聲，本來就不應該有莊嚴、莊重之義。

現在根據《郭店》、《上博》「莊后」原來寫成「妝后」，我們應該可以考慮「莊重」的「莊」的本字應該就是「妝」，更精確地說，應該是「妝（妟）」，从「女（安）」本來就有安嫻莊重之義，从爿則為聲符。「妝（妟）」字省作「妝」，「安嫻莊重」之義就不明顯了。

「妝（妟）」引申有「妝飾」之義。「妝（妟）飾」可以讓人美麗，也可以讓人莊重。古代貴族的妝飾，其實是為了要讓人莊重（當然，莊重本來就是貴族之美的一種）。例如古人佩玉，就是讓人行步有節，莊重合度，《禮記·玉藻》：「君子在車，則聞鸞和之聲，行則鳴佩玉，是以非辟之心，無自入也。」

〔註7〕荊門市博物館《郭店楚墓竹簡》（北京：文物出版社，1998年），頁134。
〔註8〕段玉裁《說文解字注》，頁22。

《大戴禮記‧保傅》說得更詳細：

> 古者年八歲而出就外舍，學小藝焉，履小節焉。束髮而就大學，
> 學大藝焉，履大節焉。居則習禮文，行則鳴佩玉，升車則聞和鸞之
> 聲，是以非僻之心無自入也。在衡為鸞，在軾為和，馬動而鸞鳴，
> 鸞鳴而和應。聲曰和，和則敬，此御之節也。上車以和鸞為節，下
> 車以佩玉為度；上有雙衡，下有雙璜、衝牙、玭珠以納其間，琚瑀
> 以雜之。行以采茨，趨以肆夏，步環中規，折還中矩，進則揖之，
> 退則揚之，然后玉鏘鳴也。〔註9〕

婦女的妝飾也是一樣，盛妝之後才顯得莊重，要莊重則需假以盛妝。因此妝字
引申有「飾」義，應該是很合理的。

何琳儀先生第一次到台灣，是我為他當保證人。他在台灣文史哲出版的《古
幣叢考》則是我幫他一手處理的。由於何先生在戰國文字的成就，讓我與何先
生建立起了深厚的友誼。茲值安徽大學紀念何先生的盛會，謹以小文表達對何
先生的尊敬與懷念。

本文發表於「紀念何琳儀先生七十誕辰暨古文字國際研討會」，安徽大學中
文系，2013 年 8 月 1 日。

〔註 9〕黃懷信主撰，孔德立、周海生參撰《大戴禮記匯校集注》（西安：三秦出版社，2005
年），頁 407～414。

談覃鹽

一、覃字的舊說

　　覃字，《說文》的說法有很多讓人不明瞭的地方，《說文》卷五〈𦣞部〉云：

　　　　覃，長味也。从𦣞、鹹省聲。《詩》曰：「實覃實吁。」🔲：古
　　文覃。🔲：篆文覃省。

「覃」字為什麼有「長味也」的意思？依許說，當然一半是來自「鹹省聲」，
這個被省的聲符還要兼義，才能產生「味」的意義。但是，一個聲符「鹹」字
的表音部分「咸」被省略了，只剩義符「鹵」，它能產生聲符的功能嗎？不能
產生聲符的功能，許慎為什麼仍然要用「鹹」字來說解呢？其次是，「長味也」
的「長」義是來自「𦣞」，而《說文》對「𦣞」字的說解，自來就令人可疑。
依古文字學家的看法，「𦣞」字本象容器形，那麼它怎能產生「長」的意義呢？
這種種的疑問，自來費解。覃從鹹省之說，學者多有疑之者。徐灝《說文段注
箋》云：

　　　　此字从𦣞鹵，即長味之義，似不必用鹹省為聲。

郭沫若提出的想法比較特殊，他在《金文叢考‧釋覃》中說：

　　　　案此乃象形文，象皿中盛果實之形，非鹹省聲也。此🔲下從皿，
　　則知其它 🔲 🔲 ……等形亦必為器皿之象形，小篆訛變為𦣞。……

於皿若豆中盛果實以供食，自可得「長味」之義。〔註1〕

龍宇純先生也以為覃字從鹹省聲之說可疑：

鹹字胡讒切，覃从鹹聲，猶談淡从炎聲。雖金文覃字作，鹹省之說可疑。許說如此，姑存之。〔註2〕

覃字下部所從的𣆪，也有不少問題。《說文》卷五〈𣆪部〉云：

𣆪，厚也。从反亯。

從反亯為何會有𣆪（厚）的意思？段玉裁注說：

倒亯者，不奉人而自奉，𣆪之意也。

雖然好像也勉強能夠自圓其說，但是總覺得左支右絀，不愜人意。直到唐蘭之說出，才把「𣆪」字的初形本義弄清楚了：

此字習見，金文作……等形，舊亦不識。又⿲土鼎匕字偏旁作（《殷文存》上十一，⿲土鼎匕父己簋）；覃字偏旁作（又下廿、覃父丁爵）、（又上三三、覃父乙卣）、（《嘯堂》上八、晉姜鼎）等形；厚字偏旁作（《窓》五·一三、趠鼎）、（《窓》十六·十六，魯伯厚父盤）、（《貞松》五一、戈厚簋）、（《薛氏款識》尸鎛）、（又尸鐘）、（《窓》一·二十，井人妄鐘）等形，俱與此字相近，據《說文》覃厚並从𣆪，其字實當作𣆪，則此字當釋𣆪也。……其字本象巨口狹頸之容器，故覃象米在𣆪中，覃象在𣆪中，而簟字毛公鼎作，變𣆪从皿，更可證𣆪亦容器矣！《說文》訓𣆪為厚，實因本義久湮，遂以意為之耳。……《說文》謂覃字從𣆪鹹省聲，按省者必有不省之字，今本無从𣆪鹹聲之字，而遽言鹹省聲者，乃由覃字之聲難知而強為附會耳。今謂覃字當從𣆪聲，覃與厚乃聲之轉。《說文》从覃得聲者有禫、蕈、嘾、瞫、橝、鄿、⿰米覃、驔、燂、潭、鱏、撢、⿰女覃、蟫、鐔、醰等字，而厚字無由之得聲者，然則𣆪字本當讀若覃，其作厚音者，偶變耳。〔註3〕

〔註 1〕《金文叢考·說覃》，頁 225～226。
〔註 2〕《中上古漢語音韻論文集·古漢語曉匣二母與送氣聲母的送氣成分》，頁 494。
〔註 3〕《殷虛文字記》，頁 31。

唐氏以金文及偏旁分析法釋🔅為覃（季案：實同🔅），證據確鑿，當可從。他已經指出「覃象 ◆ 在覃中」，也看到毛公鼎的「簞」字作「🔅」，「變覃從皿，更可證覃亦容器矣」，眼看就要解出「覃」字的正確意義了。可惜，他一個不小心，歧路亡羊，把「覃」字解成「盛蕙於覃，以蕙和酒」，又說卜辭中有「🔅」形，隸定作覃，即是「覃」字：

> 右覃字，舊不能釋，今按即覃字也。……
>
> 小篆覃字從鹵，今隸從西，由金文◆◆二形變來，然金文所從◆◆二形，本非鹵及西，特形相混耳。余謂覃字所從之🔅，實乃圖字。《說文》：「胃，穀府也。從肉，圖象形。」又：「䐡，糞也。從艸，胃省。」……《說文》無圖字，圖即重之變也。……
>
> 由是言之，覃之本字，當象盛重於覃，以聲化例推之，覃亦聲也。重者蕙之本字，蕙蓋用以湛酒者。《說文》：「覃，長味也。」《字林》：「醰甜同，長味也。」徐灝《說文段注箋》說謂：「覃醰古今字」是也。以蕙和酒，引伸之，因有長味之義矣。〔註4〕

據此，唐蘭明白地指出「覃」是裝酒的，因為裝的是蕙酒，所以引伸有「長味」的意義。但是，以蕙和酒，可以有香味，似不應有「長味」。更何況他指出的「覃」根本不能釋為「覃」字〔註5〕。

李孝定先生基本贊成唐蘭的說法，並進一步說：

> 唐氏釋此為覃，以金文諸形證之，固有形如反咅者，其說蓋不誤。竊疑與許書訓滿之畐當為同類之器物，受物之器恆滿盈，故引申之義為滿為厚也。

受了唐、李二先生的影響，我已往一直認為「覃」是裝酒的東西，因為畐加示就是福，福是祭祀用的酒，那麼「覃」應該是裝厚酒的罈子吧。我一直沒有注意到，如果是裝酒的罈子，那麼為什麼「覃」總是和「鹵」字在一起而組成「覃」（嚴格隸定當作覃）字呢？

〔註4〕《殷虛文字記》，頁38。
〔註5〕參《甲骨文字詁林》2957號引諸家說及姚孝遂按語。

二、覃字的新解

「覃」字早見於殷金文，西周晚期的番生簋中有「簟」字（嚴格隸定可作簟，字表3），從竹從鹵從罕；同樣的字又見於毛公鼎，卻從竹從鹵從皿（嚴格隸定可作簟，字表4），二者的銘例都是「簟弼」，其為同一字，毫無問題。對於毛公鼎「簟（簟）」字為何從「皿」，高田忠周說：

> 按《說文》：「簟，竹席也。从竹覃聲。覃从鹹省，鹹从鹵，鹵从
>
> 西也。故此以……下亦从皿，此从鹽省也。」[註6]

其說從《說文》出發，看起來把字形講通了，但是並沒有解決真正的問題。也就是覃為什麼從鹽省？誰也沒有說明白。事實上，在新材料沒有出來以前，這個問題也解決不了。

一九七九年安徽壽縣出土了一批金幣，名為「盧金」，[註7] 字形見「字形表」6。一九八八年上海人民出版社出版的《中國歷代貨幣大系‧1‧先秦貨幣》把這些金幣收在 1060 頁第 4266～4271 號，隸定作「鐔」；同書 1156 頁的金鈑出土簡況表作「盧金」（鎬）。一九八六年五月北京中華書局出版，張頷先生編纂的《古幣文編》分別收在「盧」、「金」字下。一九九〇年《文物研究》第六輯何琳儀先生〈古幣文編校釋〉根據黃錫全先生來函所示改釋為「鹽金」。二〇〇一年北京紫禁城出版社出版黃錫全先生《先秦貨幣通論》350 頁釋為「鹽金」，以為即「鹽」地鑄的金鈑，鹽地在今江蘇鹽城。這樣的說法，還沒有引起很大的迴響，因為金鈑上只有兩個字，說服力還不夠。

一九八七年，湖北荊門包山楚墓出土了一批竹簡，一九九一年文物出版社出版了《包山楚簡》一書，其中 2.147 簡的原釋文云：

> 陸（陳）尋、宋獻為王舉（具）盧（？）於湣爰，屯二儥之飤金
>
> 鋌二鋌。牂（將）以成收。

盧字作「盧」，從鹵從皿。《包山楚簡》釋文只把它隸定作盧，還打了一個問號，顯然對於這樣的隸定並沒有什麼把握。簡文到底說什麼，不易了解。劉釗先生在〈談包山楚簡中有關煮鹽于海的重要史料〉一文中說：

> 簡文「煮」字舊釋為具。按字上從者，下從火，者字構形乃楚文

[註6]《古籀篇》八十第一〇頁。
[註7] 涂書田〈安徽省壽縣出土一大批楚金幣〉，《文物》1980 年 10 期，頁 67～71。

字的特有寫法，試比較簡文中的者字自然清楚。鹽字從鹵從皿，見於《五音集韻》，為鹽字異體，由此可知這一寫法由來已久。海字舊誤釋為泯，應釋為海。海字的這種寫法還見於《古璽彙編》0362 號燕官璽「東陽海澤王符瑞」璽和《吉林大學藏古璽印選》43 號私璽。李家浩先生曾在《從曾姬無卹壺談楚滅曾的年代》（載《文史》三十三輯）一文中考釋出燕官璽中的「海」字，包山楚簡中這一海字寫法與燕官璽中的「海」字很接近。

上揭包山楚簡簡文是迄今為止最早一條記載「煮鹽於海」的史料，具有重要價值。

早在西周銅器銘文中，就有關於賞賜「鹽」的記載。如免盤謂「錫免鹵百□」，晉姜鼎謂「錫鹵責（積）千兩」，其中的「鹵」就是指鹽而言。〔註8〕

李家浩先生同意劉釗先生的說法，並在〈傳賃龍節銘文考釋──戰國符節銘文研究之二〉中說：

戰國時代，雇用勞動十分普遍。包山楚墓竹簡 147 號說：

陳□、宋獻為王煮鹽於海，受（授）屯二儋（擔）之飤（食），金鋝二鋝。將以（已）成收。

此簡文的性質類似雇傭契約。「王」是雇主、「陳□、宋獻」是雇傭者，「煮鹽於海」是雇傭者所從事的工作，「授屯二擔之食，金鋝二鋝」是雇主給雇傭者每月的飲食和傭金。〔註9〕

經過這樣的解釋，《包山楚簡》的「盥」字即「鹽」字，已經毫無疑問了。「盥」字從鹵從皿，顯然是會容器有鹽鹵之意。

《包山楚簡》的「盥」字當釋為「鹽」，既已確定。毛公鼎「簞（簞）」字從竹、盥聲也昭然可知。「簞」與「簞」同字，那麼「盥（覃）」也當與「覃（覃）」同字。鹵在皿中，與鹵在冪中同義，顯然皿和冪都是可以放鹽的容器。考慮到覃字以作「覃」者為多，作「簞」者只一見，而且時代較晚。因此「覃」

〔註 8〕劉釗〈談包山楚簡中有關煮鹽於海的重要史料〉，《中國文物報》1992 年 11 月 8 日第 3 期第 3 版。林澐〈讀包山楚簡札記七則〉，《江漢考古》1992 年 4 月也有相同的隸定。

〔註 9〕《考古學報》1998 年第 1 期第 4 頁。

字以作「鹽」者為正字，同理，其所從的「覃（覃）」應該是「覃」的正字，「盬（覃）」只能當或體了。當然，我們也可以理解成：「覃（覃）」是「鹽」的早期字形，「盬」是「鹽」的較晚起的字形，因為讀音稍有不同、或意義漸有轉變（「覃」專指「深長」、「延長」義），所以分化為二字。既分化為二字，於是「覃」專指「深長」、「延長」，而「盬」則專指「鹽」。

「覃（覃）」既然就是鹽字，其字形從鹵在罕中，那麼罕應是放鹽的罈子。鹽可以使食物更有味道，周邦彥〈少年遊〉詞：「并刀如水，吳鹽勝雪，纖指破新橙。」吃水果加鹽，今台灣地區猶如此，其起始應該非常早。商銅器即有「覃」字，其時也有鹽。「覃」字從「鹵」，楊升南先生指出前人謂鹵即鹽，是正確的，「鹽是國民生活必須，人們天天不可離，且無論貴賤皆需要。武丁大力對西北亘方、基方、舌方、羌、土方的征伐，一個重要經濟目的應當就是為保護鹽業資源」〔註10〕。其說可從，但「鹵即鹽」，應當改為鹵即西北所產的鹽鹵。據此，「覃」即「鹽」字，在歷史上及文字上是說得通的。金文「覃」的地望何在，目前還不易考知，但文獻中的「譚」在今山東濟南府〔註11〕，《讀史方輿紀要》卷三十一〈濟南府〉云：「府南阻泰山，北襟勃海，擅魚鹽之利。」
〔註12〕

壽縣出土金鉼釋為「鐔」或釋為「鹽金」，在字形上都說得通，但以地望而言，釋「鹽金」似乎比較好講。

「覃」（徒含切）的上古音在定紐侵部開口一等，「鹽」（余廉切）在喻（余）紐談部開口三等。侵談旁轉，文獻多有，如《詩經・陳風・澤陂》以儼（談）韻枕（侵）。漢代聲韻也是這樣，如司馬相如〈長門賦〉以心、音、臨、風、淫、陰、吟、南（以上侵）韻襜（談）；王褒〈洞簫賦〉以濫（談）韻含（侵）。在聲母方面，學者多主張喻四（余）古歸定。據此，覃與鹽的聲韻都有關係。

鹽字的出現時期相當晚，就現有的材料看，秦「睡虎地秦簡」中才出現「鹽」字（字表6）。《說文》卷十二〈鹽部〉云：

〔註10〕 參楊升南〈從「鹵小臣」說武丁對西北征伐的經濟意義〉，《甲骨文發現一百周年學術研討會》，臺灣師大國文系・中研院史語所合辦，台北：文史哲出版社出版，201～218頁。

〔註11〕 參陳槃《春秋大事表列國爵姓及存滅表譔異》二五三葉下。台北：中研院史語所・1969初版・1988四版。

〔註12〕 台北：樂天出版社印行，1973年10月初版。

鹽，鹵也。天生曰鹵，人生曰鹽。从鹵、監聲。古者夙沙初作鬻海鹽。

　　秦文字「鹽鹵」義和「鹽長」義可能逐漸分化，鹽鹵義的發音漸漸轉為接近牙音，所以加上「監」聲，「監」和「鹵」共用偏旁「皿」，這就分化出「鹽」字了。「鹽」字所從「監」應該是個聲符，否則毫無作用。但有趣的是，「鹽」字雖然從「監」得聲，但大徐本保留的反切「余廉切」，以及直到我們今天的讀音，聲母都不讀「監」的舌根塞音。龔煌城先生〈從漢藏語的比較看上古漢語若干聲母的擬測〉把「監」的聲母擬作*kr-、「鹽」的聲母作*l-〔註13〕。潘悟云先生則擬作「監」*kr-、「鹽」*g-l-〔註14〕。二字的聲母關係極為密切。〔註15〕「鹵」字屬來母魚部，來母的上古音，不論擬為*l-或*r-，都和「鹽」字密切相關。至於其韻部，則「談（鹽）」部和「魚（鹵）」部也有相通的例子，如《說文》以為「敢」從「古」聲。是「天生曰鹵（產西北）」、「人生曰鹽（產東南）」，「鹽」「鹵」二字的聲音，應該也有非常密切的關係，甚至於有同源分化的可能。

　　「鹽」、「鹽」二字既已分化，一般人遂漸漸不知道「鹽」字原即「鹽」，但是在《說文》對「鹽」字的說解中，仍然保留「長味也」、「鹹省聲」這些與「鹽」有關的線索。

　　綜上所述，我們終於知道：「鹽」字《說文》解為「長味也」，基本不錯。它作名詞用時，就是「鹽」；作形容詞用時，則解為「長味也」。「長味也」的意義來自「鹽」字上部的「鹵」，與下部的「鼻」無關。「鼻」只是放鹽的罈子。

附：「鹽」字、「鹽」字字形表

1 商·共鹽父乙簋《金文編》	2 商·父丁爵《金文編》	3 西周晚·番生簋（鹽）《金文編》

〔註13〕《聲韻論叢》第一輯（頁86～87），台北：台灣學生書局，1994年。

〔註14〕潘悟云〈漢藏語比較中的幾個聲母問題〉，趙秉璇、竺家寧編《古漢語複聲母論文集》，北京：北京語言文化大學，1998年。

〔註15〕根據從金文、戰國秦漢簡帛到《說文》等材料的分析，喻四和滂、明、非、奉、端、透、定、泥、知、徹、澄、娘、見、溪、群、疑、精、清、從、邪、初、生、章、昌、船、書、禪、影、曉、匣、云、來、日等聲母都有通轉現象，可以說是一個非常複雜的聲母。見丘彥遂《喻四的上古來源、聲值及其演變》，中正大學中文系碩士論文，2002年6月。

4 西周晚・毛公唐鼎（簟）《金文編》	5 戰國・晉・侯馬盟書（簟）《秦漢魏晉篆隸字形表》	6 戰國・楚・貨幣大系 4270《貨幣大系》
6 戰國・楚・包 2.147（鹽）《楚系簡帛文字編》	7 秦・睡 20.183（鹽）《秦漢魏晉篆隸字形表》	8 漢印徵《漢印徵》

原刊於《龍宇純先生七秩晉五壽慶論文集》，臺灣學生書局，2002 年 11 月 30 日，頁 255～262。

說　互

一、引　言

　　中國文字自甲骨文、金文，到小篆，一脈相承，只要每一個環節的字形都保留得很齊全，那麼這個字的初形本義就可以很清楚的掌握。尤其是在小篆這一環，由於有《說文解字》這一部文字學的鉅著，學者只要熟讀《說文解字》，了解小篆的結構，再由小篆上推甲骨文、金文，甚至於回過頭來糾正《說文解字》的錯誤，就不是那麼的困難了。至於隸書以下字體，由於訛變滋甚，人各異體，有許多是不顧文字的初形本義、違反六書的合理結構的，因此已往的學者在考釋文字時，對隸書以下的形體並不太重視。

　　但是，文字形體的保存並不是那麼完整的，有些字在它的文字鏈中缺了一環、甚至於多環，有些字在《說文解字》中的解釋也不見得完全可信，在遇到這種情況時，這些字的初形本義就比較難以掌握了。從另一個角度來說，隸書的結構並不是任意訛變、漫無標準的。文字是人類溝通情意的工具，是要寫給別人看的，即使訛變、也要訛變得讓人看得懂，因此通過全面的比較分析，隸書還是有它的內在規律的，關於這一點，蔣善國的《漢字形體學》已經做了相當好的介紹。再進一步說，隸書也是承自甲金籀篆來的，並不完全違背文字的初形本義，甚至於有些字在小篆中的寫法已經有了很大的訛變時，隸書卻還保留了比較古的寫法，羅振玉曾在《殷虛書契前編考釋》中舉「戎」字為例，說

明了這種現象〔註1〕。另外還有一個「戚」字，當金文、小篆已經變為从戉（或戈）、从未聲的形聲字時，在馬王堆帛書《老子》、楊統碑、禮器碑中的「戚」字隸書卻仍保留了接近甲骨文的比較象形的寫法〔註2〕。由這些現象使我們體認到，考釋文字也應該注意到隸書以下的字形，照顧的層面才能更周延。再進一步說，隸書以下的草書、楷書、行書，乃至手寫體中也都有可能保存了比較古的字形，只是看我們能否披砂揀金、去蕪存菁罷了。本文就是站在這麼一個角度，希望從隸、楷書以及唐、五代的手寫體中，對《說文解字》中一個有問題的字提出一個不成熟的看法。

《說文解字》中有一個「笒」字，釋為收繩器，它的或體省作「互」。歷代學者對《說文解字》的說法有些不同的意見，由於證據不足，還不能獲得其它學者一致的認同。從文字源頭來看，甲骨文、金文中都沒有「互」字，它的最初字形還不可知，但在漢代以下的隸、楷書及手寫體中，大量的證據顯示「互」、「牙」二字的字形非常接近，在典籍中也有不少「牙」、「互」互用的例子，因此筆者認為「互」字是從「牙」字分化出來的（當然，也可以說是從「与」字分化出來的，因為「与」、「牙」二字也是由同一個字分化出來的。〔註3〕至於「牙」、「与」二字究竟孰先孰後，學者之間還有不同的看法，此處姑不討論）。

二、「互」字舊說的疑點

《說文解字》：「笒、可弖收繩者也。（段注：『者字今補。收當作糾、聲之誤也。糾、絞也，今絞繩者尚有此器。』）从竹、象形。（段注：『謂其物象工字。』）中象人手所推握也。（段注：『謂ㄅ像人手推之持之。』）互、笒或省。（段注：『「或」字當作「古文」二字，故「椢」以為聲，唐玄度云：「笒、古文互，隸省。」誤也。《周禮》「牛牲之互」，注云「縣肉格」也。』）」

〔註1〕羅氏云：《說文解字》：「𢦔、甲兵也，从戈从甲。」卜辭與古金文从戈从十，十、古文甲字，今隸「戎」字尚从古文甲，亦古文多存於今隸之一證矣。」見《殷虛書契前編考釋》中葉四十三上。有關「戎」字的解釋，學者之間或有不同的意見，此姑不論。

〔註2〕參《古文字研究》十七輯林澐〈說戚我〉一文及拙著博士論文《甲骨文字根研究》頁704。

〔註3〕「牙」、「与」同字，說者多家，請參《金文詁林》頁174引朱芳圃說、康殷《文字源流淺說》頁89、劉釗《古文字構形研究》頁217。一般學者多以為「与」字是從「牙」字分化出來的，吳匡則以為「牙」字是從「与」字分化出來的。

　　歷代學者贊成《說文解字》之說的當然很多，我們可以舉王筠為例，王筠《說文句讀》：

　　　　《通俗文》：「繀車曰軖，軖、互也。」（昇案：《一切經音義》作「繀車曰軖，軖、笠也」）《秋官‧脩閭氏》「守其閭互」，案、此直是楗柜之柜。是知古但作互，後乃從竹、木以為別。

又《說文釋例》：

　　　　互字象形，當是古文，而說曰互或省，倒置矣！笠加竹，非互省竹也。……此器即吾鄉之絡絲棠子也，其形正似工字，惟象人手推握之狀，斯成互耳。其絲往來相交，而交互、回互之義起。

　　但是，《說文解字》對「互」字的解釋實在是不太合理，第一、「笠」字從竹從互，顯而易見，當然是先有「互」字、後有「笠」字，而《說文解字》卻把「互」字列為「笠」字的重文，以為「互」從「笠」省。段玉裁、王筠等學者雖然把「或」字改為「古文」二字，以為「互」字是「笠」字的古文，但是並無任何證據。二、《說文解字》謂「笠」字從竹、象形，所說的象形當然是指「互」這個偏旁，但「互」字的小篆作「互」，實在不像收繩器，因此學者對這個解釋並不滿意。三、《說文解字》釋「互」（笠）為收繩器，但除了《說文解字》系的字書、以及承襲《說文解字》釋義的韻書外，在文獻上我們卻看不到這種用法。不算笠字重文這一義，經籍上「互」字的用法有以下十種：

（一）對　也

《周禮‧天官‧鱉人》：「掌取互物。」《釋文》：「干云：對也。」

（二）參互，謂司書之要貳

《周禮‧天官‧司會》：「司會以參互考日成。」鄭玄注：「參互、謂司書之要貳，與職內之入、職歲之出。」

（三）謂楅衡之屬

《周禮‧地官‧牛人》：「凡祭祀共其牛牲之互。」鄭玄注：「鄭司農云：『互謂楅衡之屬。』」

（四）懸肉格

《周禮‧地官‧牛人》：「凡祭祀共其牛牲之互。」鄭玄注：「互、若今屠家懸肉格。」

（五）甲殼類

《周禮·天官，鱉人》：「掌取互物。」鄭玄注：「鄭司農云：『互物有甲蠇龜鱉之屬。』」

（六）行馬、路障

《周禮·秋官·脩閭氏》：「掌比國中宿互檬者。」鄭玄注：「故書互為巨。鄭司農云：『……巨當為互，謂行馬所以障互禁止人也。』」

（七）鄉　名

《論語·述而》：「互鄉難與言，童子見，門人惑。」何晏注：「鄭曰：『互鄉、鄉名也。』」

（八）差

《王仁煦刊謬補缺切韻一》：「互、差。互亦作ㄐ。」（《唐五代韻書集存》三一七頁、《十韻彙編》一九八頁）

（九）更　遞

《篆隸萬象名義》：「ㄎ（互），更遞、道。」（卷第二之一、牙部第三一九頁）〔註4〕

（十）交　互

慧琳《一切經音義》卷第三十二「迭互」條下注：「《考聲》：『互、交互也。』」（第四十四張）

從以上的用法來看，「互」字的意義中完全沒有一點「收繩器」的影子。「互」字的孳乳字（笪字不算）有以下這些：

栢　《說文解字》：「楼栢也。从木、互聲。」

　　《說文解字》：「罟也。从网、互聲。」

沍　《玉篇》：「沍、寒也。」

〔註4〕《萬象名義》是日僧空海（774～835）所撰的字書，楊守敬《古逸叢書·原本玉篇·跋》認為《萬象名義》全書皆據顧野王《玉篇》，絕無增損零亂。《萬象名義》「互」字的解釋中的「道也」這個意義不知道是怎麼來的。日本昌泰年間（約當唐末、西元898～901年）僧昌住據《萬象名義》、《玉篇》、《切韻》及其他小學書編纂而成的《新編字鏡》一書，在卷十一、文下一點第一百三十五「互」字下的注解也是「道也」。《新編字鏡》雖是日僧所作的字書，但他所根據的是《玉篇》、《切韻》等價值很高的小學書，書中的字頭書寫用的也是隋唐五代的手寫體，中規中矩，可以有一定的參考價值。

沍　《玉篇》:「沍、閉塞也。」

鮜　《爾雅·釋魚》:「鮥、當鮜。」《集韻》:「鮜、一曰出有時，吳人以為珍，即今時魚。」

䛏　《集韻》:「䛏、誌也。」

茳　《集韻》:「茳、艸名，可為繩。」

狟　《集韻》:「獸名，似玃，尾長。」

裇　《集韻》:「裇、短衣。」

笠　《集韻》:「笠、說文『可以收繩也』，亦从糸。」

除了晚出的「絚」字是「笠」字的或體外，所有這些从「互」的字，沒有一個有「收繩器」的意思，而被釋為收繩器的「笠（或絚）」在文獻上也從來沒有被使用過，所以說文「互」字的釋義的確令人生疑。「笠」字姑且不論，單就「互」字來說，除了《說文解字》外，沒有一本字書或韻書把「互」字解釋為收繩器。原本《玉篇》收字釋義大體承襲《說文解字》，但原本《玉篇》的「互」字釋為「更遞」（今本《大廣益會玉篇》沒有「互」字，應該是挩失了。慧琳《一切經音義》卷第四十九「遞互」條下注:「胡故反，顧野王云:『互、謂更遞也。』《說文》在竹部，《玉篇》在牙部。」第二十八張）保存在日本、承自原本《玉篇》的《萬象名義》確實在牙部收有「互」字，字義也的確是「更遞」。《唐五代韻書集存》所收《切韻》系韻書、《廣韻》都不以為「互」字是「笠」字的或體，字義也都是「差」，而不是「所以收繩」。這是否可以理解為今本《說文解字》把「互」字列為「笠」字的或體，並不是《說文解字》的原貌？甚至於可以理解為《說文解字》本來沒有「互」字，後人增收時無所歸屬，於是列在「笠」字下，再後來的人遂以為是「笠」字的或體？因此造成《說文解字》中「互」字的解釋和《玉篇》等書相差得這麼遠。由於慧琳《一切經音義》所見到的《說文解字》「互」字已在竹部，因此如果真的有錯，那麼這種錯誤一定在慧琳《一切經音義》之前早就形成了。

三、「互」字初形本義試探

《說文解字》對「互」字的初形本義的解釋既然不愜人意，那麼我們勢必要另闢蹊徑。綜合舊說及其他可能，大約有以下幾種說法:

（一）或釋為从二从丩

李慈銘《越縵堂日記》：「互者，丩也、交也。……互从二从丩。」

（二）或以為「互」字之訛

康殷《文字源流淺說》：「疑篆文（互）亦（互）的省訛，變聲。互、互二聲亦近，可通。許說離奇穿鑿。」

（三）或可能為「氐」字之訛

《隸辨一・齊第十二》引《城貝碑》「氐羌攻口」，「氐」字作，注引洪适《隸釋》云：「《干祿字書》『互』通『氐』。」

（四）或可能為「五」字之訛誤或分化

高亨《周易古經今注》：「《說文》：『笠、所以糾繩也。从竹，象形，中象人手所推握。』重文作互。互殆古文，象形。今互作形（五即古文互字），正象交木以為之者也。」（頁91）

聞一多《古典新義・詩經通義・邶風・柏舟》云：「五午古同字，本象交午形詳〈羔羊篇〉），後世五為數字，午為日幹字，交午之義則以互字為之互氐本一字，古音與五同。」第一六二頁（旭昇案：這一條是我在會議發表後新增的。）

（五）或以為可與「巨」字相假

清朱珔《說文假借義證》：「《周禮・脩閭氏》：『掌比國中宿互㯘者。』注：『故書互為巨。』鄭司農云：『巨當為互，謂行馬所以障互禁止人也。』又司會故書：『以參巨考日成。』，杜子春讀為『參互』。是『巨』可為『互』之假借，音相近。」

章太炎先生《文始》：「『互』與『巨』音形皆相似，故『楰柜』亦作『楰柜』。又牛牲之互訓縣肉格，知古音『互』與『巨』、『格』相同。」

（六）疑為「牙」字之分化

《裴務齊正字本刊謬補缺切韻》：「与（互）、俗牙。」（《唐五代韻書集存》五九八頁）

陳祥道《禮書》：「『互』、『牙』古字通用。」（卷七十六葉七下）

章太炎先生《小斆答問》：「問曰：『《說文》「笠、可以收繩也，或省作互」，今言交互者，于字誼何所取？』荅曰：『互、牙古音相近，互耤為牙。《說文》牙象上下相錯之形，古以齟牙為鉏鋙，亦云犬牙相錯，是交錯者正當言牙。隸書牙互相似，其為交牙誼者多書作牙，世人乃謂是互之誤，蹎矣！或云：互

本牙之或字，形體小變，《詩·周頌·傳》:『崇牙、上飾卷然可以縣也。』《明堂位》:『夏后氏之龍簨虡、殷之崇牙。』鄭君曰:『橫曰簨，飾之以鱗、屬以大版為之，謂之業。殷又於龍上刻畫之、為崇牙以挂縣紞。』《正義》謂牙即業上之齒，得絓繩於上。然則牙本可以收繩，《傳》云『卷然可縣』、《周官》謂縣肉格為互，正即牙字。《說文》謂笠可以收繩者，牙之孳乳字耳。」（第十五頁）

　　《說文練習筆記》:「師（王國維）云:『《說文》無互字，竹部有从互之笠，實則互即牙字之變，六朝、唐寫本牙、互字作牙。」〔註5〕

　　以上六種說法，多少都有一些依據，那一說比較可信呢？ 茲分析如下:

　　（一）或釋為从二从丩

　　李氏此說從《說文解字》的本義出發，從小篆的字形來看似乎也還有道理，但是缺少其他佐證，而且除了小篆外，沒有其他任何字體的「互」字是從「二」从「丩」的，所以李說只是望形為訓，不足為取。

　　（二）或以為「互」字之訛

　　康氏此說完全從俗體字形出發，沒有其他任何字形的佐證。甲骨文到楷書，「互」字字形的演變如下（部份取自偏旁）:

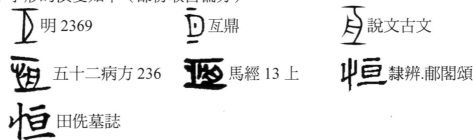

「互」字自《說文解字》至隸楷的字形演變如下（部份取自偏旁）:

　　互 說文

　　与 裴務齊正字本刊謬補缺切韻去聲十三〔註6〕

〔註 5〕《說文練習筆記》，載北京清華國學研究院編《國學論叢》二卷二期，1930 年，頁301。本文引自《王國維先生全集》續編第六冊《說文練習筆記》（臺北:大通書局，1976），頁 2509「牙」字條下。王氏知道《說文》竹部有从互之笠，卻說《說文》無「互」字，稍有語病。但他說「互」字為「牙」字之變，卻非常有見地。

〔註 6〕這本韻書的時代，周祖謨《唐五代韻書集存》以為是寫於唐中宗（705～710）以後（頁897），「本書作者沒有看到《唐韻》，是可以肯定的」（頁905），據孫愐序，《唐韻》大約作於唐開元二十年（732），那麼這本韻書的時代大約在西元 711 至 732 年。

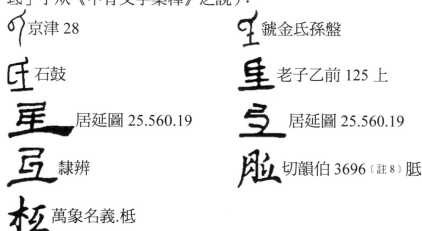

由上表可以看出，「互」字從二從月，只有《說文解字》古文訛從舟，隸楷或訛從日，除了晚近的俗體外，幾乎在任何一個時代的「互」字和「互」字的寫法都不同。「互」字的上古音在見紐蒸部開口一等，「互」字的上古音在匣紐魚部開口一等，二者的聲音相去較遠，文獻上也沒有互相通轉的例子，因此康說也不可信。

（三）或可能為「氐」字之訛

「氐」字和「互」字在隸楷時期部份寫法非常接近，因此造成文獻上某些「氐」、「互」相通的例子，但那是後代字形訛變的結果。「氐」和「互」在早期的字形是截然不同的。「氐」字由甲骨文到隸楷字形的演變如下（部份取自偏旁，甲骨文「氐」字從《甲骨文字集釋》之說）：

由上表可以看出，「氐」字除了隸楷時期的部份訛體和「互」字稍近外，其餘字形都不相同，而且相近的訛體也是逐漸形成的，其形成的軌跡歷歷可尋。「氐」字的上古音在脂部開口四等，擬音為*ter，和「互」字相去絕遠，因此「互」字不可能是由「氐」字分化出來的。

（四）或可能為「五」字之訛

〔註 7〕這本韻書的時代，周祖謨《唐五代韻書集存》以為是寫於唐代宗（763～779）時期：「書中……代宗以後帝名都不避諱，據此推測此書可能寫於代宗之世。」（頁 912）

〔註 8〕這本韻書的時代，周祖謨《唐五代韻書集存》推測為陸法言《切韻》的傳寫本。（頁 49）

（五）或以為可與「巨」字相假

「五」、「巨」二字和「互」的上古音非常接近，「五」字上古音在魚部開口一等，擬音為*ngar，「巨」字的上古音在魚部開口三等，擬音為*gja，於音理三字可以相通。三者的字形在某個時期也還相近，「五」字自甲骨文至隸書的字形演變如下：

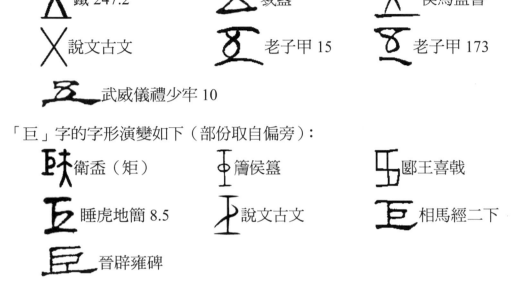

「巨」字的字形演變如下（部份取自偏旁）：

由上列二表可以看出，「五」、「巨」二字和「互」字字形的相似只不過是秦漢時期篆隸字形的短暫現象罷了，除此之外幾乎沒有其他佐證。因此，「互」字也不太可能是由「五」或「巨」分化出來的。（2021 年 1 月 11 日季案：西漢張家山《算數書》用「巨」為「互」。方稚松以為甲骨文「互」字作「𢀓」又作「𢀓」，與「五」同形。是「互」字來源頗為多元。〔註9〕）

（六）疑為「牙」字之分化

以上五說既然都不可信，那麼「互」為「牙」字之分化是否比較可信呢？的確！「互」和「牙」字的上古音非常接近，它們的字形又在很長的一段時間內非常相似，文獻中也有大量「互」和「牙」字互用的例證。這些現象說明了「互」字和「牙」字的確有可能是由同一個字分化出來的。「互」字的上古音已如前所引，「牙」字的上古音在魚部開口二等，擬音為*ngrar，二者的上古音非常接近。在字形方面，「牙」字首見於金文《魯邊父簋》等器（參四訂《金文編》

〔註 9〕方稚松〈釋甲骨文中的「互」及相關問題〉，《史語所集刊》第九十一本一分，民國109 年 3 月。

第○二九六號），其字形演變如下：

魯邊父簋 　　　　說文古文

古陶文徵字 　　　古璽文編 2.14

漢印徵 　　　　　銀雀山孫子 128

後魏張元墓志.楷法溯源 　　隋姚辯墓志.楷法溯源

與「互」字的字形表對照，「互」、「牙」二字的字形的確非常相近，如：《說文解字》中「牙」字的古文作〔註10〕，字從齒從，字字形和《說文解字》的「互」字簡直一模一樣。段玉裁因為不認為「牙」、「互」本為一字，所以在字底下只能能含含混混地注道：「從齒而象其形。、古文齒。」而不敢逕說（互）就是「牙」字。此外，《古陶文字徵》所收的秦陶文「牙」字和《裴務齊正字本刊謬補缺切韻》的「互」字字形完全相同〔註11〕，《敦煌俗字譜》所收「互」字的寫法也和楷書「牙」字正體毫無不同，《楷法溯源》中所收、由歐陽詢所書寫的《姚辯墓志》的「牙」字又寫成「」，和唐人手寫體的「互」並無二致，這些糾纏繚繞的雷同現象，如果只用訛體來解釋，似乎嫌簡單化了些。

典籍「互牙」互用的例子很多，由於不明白「互牙」本同字，所以前人多以訛字看待，如：

一、《易・大畜》：「豶豕之牙。」《釋文》：「徐五加反，鄭讀為互。」（據漢京版《通志堂經解》第四十本第二二六五頁）

二、《周禮・牛人》：「凡祭祀共其牛牲之互。」《釋文》：「互、劉音護；徐音牙。」

三、《詩經・楚茨》：「或剝或享、或肆或將。」《毛傳》：「享、飪之也。肆、

〔註10〕《說文解字》古文「牙」字有二種寫法，紐樹玉《說文解字校錄》說：「宋本作，《繫傳》作是也。」旭昇案：宋本所從近於「互」，《繫傳》則從「牙」，二者都對。

〔註11〕根據《文物》一九八二年三月號〈秦始皇陵西側趙背戶村秦刑徒墓〉一文所附拓片，此字作，《古陶文彙編》五・三六五所收影拓即是。《古陶文字徵》所摹不知是否另有所本。

陳。將、齊也。或陳于牙、或齊于肉。」《阮元校勘記》:「『或陳于牙』,小字本、相臺本同,閩本、明監本、毛本亦同。案、牙當作㸦,㸦即互之別體,碑刻中每見之。《周禮·釋文》云:『互、徐音㸦。』」〔註12〕

四、《漢書·劉向傳》:「宗族盤互。」顏師古注:「盤結而交互也。字或作牙,謂若犬牙相交入之義也。」

五、《漢書·谷永傳》:「百官盤互,親疏相錯。」顏師古注:「盤互、盤結而交互也。錯、間雜也。互字或作牙,言如豕牙之盤曲、犬牙之相入也。」

六、《說文》卷二下:「迦、迦互,令不得行也。」徐鍇《說文繫傳》:「迦互、猶犬牙左右相制也。」桂馥《說文義證》云:「迦互令不得行也者、互當為牙。劉貢父云:『唐人書互作㸦,故㸦牙易誤。』《玉篇》、徐鍇《韻譜》並作牙,迦牙疊韻也。鍇《繫傳》云『猶犬牙左右相制』是也。《集韻》迦枒木相拒。」

七、《玉篇》「洈」字(篇中水部頁七十六左),《萬象名義》同一字作「冴」(卷第五之三水部頁一〇〇四)。

八、隋大業七年《姚辯墓誌》:「職居爪牙。」「牙」字寫作「㸦(互)」。(參《金石萃編》卷四十·隋三·葉二十四,《楷法溯源》卷二·牙部·頁五十八下)

九、《裴務齊正字本刊謬補缺切韻》:「㸦(互)、差。㸦(互)、俗牙。」(《唐五代韻書集存》五九八頁)

十、《舊唐書·列傳第一百五十》:「安祿山……及長,解六蕃語,為互市牙郎。……史思明……解六蕃語,與祿山同為互市郎。」清王玉樹《說文拈字》:「劉道原云:本俻互郎,主互市。唐人書『互』為『㸦』,『㸦』似『牙』字,因訛為牙耳。《舊唐書·史思明傳》『互市郎』、《安祿山傳》『互市牙郎』,蓋為後人沾一『牙』字。今《通鑑》亦作『互市牙郎』。《漢書·劉向傳》:『宗族盤互。』師古曰:『字或作牙,謂若犬牙相交入之意也。』《谷永傳》:『百官盤互。』注同。是昔人以『㸦』為『互』字,後轉而作『牙』,師古乃曲為之

〔註12〕《阮元校勘記》說:「《周禮·釋文》云:『互、徐音㸦。』」此處的「㸦」字恐怕仍以作「牙」字為是。同樣是阮元校的《周禮·牛人·釋文》便作「牙」字。以音理而言,《釋文》此處既已說了「互、劉音護」,就不應再說「徐音㸦(互)」,否則就如同說「A、甲音B,乙音B」一樣毫無意義。

說耳。夊史書中以『牙』作『互』字用非一,《唐韻正》深辨其非,并引古碑碣中之書『互』為『牙』者甚詳,皆歷歷可據,應从之。蓋『牙』有相錯義,故『互』字俗借作『牙』,若竟書『互』為『牙』,并讀如『牙』字之音,誤矣!」

以上這些「互」、「牙」二字互用的現象,其時代自漢朝一直延續到唐以後,足見不是短時字字形的訛變混同。其中第三、六、七、八、九、十條,或許還可以用訛字來說明,但是其餘各條就不好這麼講了。如第一條《易・大畜》:「豶豕之牙。」《釋文》:「徐五加反,鄭讀為互。」《釋文》一定認為徐鄭讀字不同。第五條顏師古以豕牙、犬牙來說明盤牙,當然是在說牙字。而同一個字,為什麼有人從「牙」來解釋、有人從「互」來解釋? 更妙的是,兩說往往都可以說得通,為什麼?如果只從訛字來解釋,當然無法講得很圓融。但是改從分化字來談,那就渙如冰釋,毫無問題了。「互」、「牙」本是一字一義,後來意義逐漸分化,字形、讀音上也開始稍加區別,於是漸漸地就變成兩個字了。但是,在某些地方這兩個字的區別又不是很明顯(兩牙交錯,與交互意義相近),所以二者常常可以互用。

四、結　語

文字產生的方式很多,抽象意義的字比較不好造,起初多半是借用其他字的字形。借用既久,有些鵲巢鳩佔,久假不歸,如{不}借「柎」字、{也}借「蛇」字、{來}借「麥」字等,最後都是借義佔用了本字,而本義則另造新字。有些借字和本字之間的關係比較親密,二義共用一形,後來逐漸分化、各立門戶,但仍常有來往,互相借用,如「疋」、「足」本同字,「月」、「夕」本同字,後來字形略加區別,才逐漸變成兩個字,但在一定時間內,兩個字之間仍然可以互用,不好區分〔註13〕。「互」和「牙」的關係應該屬於後面這一種。先秦典籍中用到「互」字的有以下數例:

一、《周禮・天官,鼈人》:「掌取互物。」

二、《周禮・天官・司會》:「司會以參互考日成。」

〔註13〕「疋」與「足」的關係很密切,《說文解字》:「疋、足也。上象腓腸,下从止。《弟子職》曰:『問疋何止。』(段注:『謂問尊長之臥,足當在何方也。』)古文吕為詩大雅字、亦吕為足字、或曰胥字、一曰:疋、記也。」「月」和「夕」的關係則是大家所熟知的。

三、《周禮・地官・牛人》：「凡祭祀共其牛牲之互。」

四、《周禮・秋官・脩閭氏》：「掌比國中宿互橾者。」

五、《論語・述而》：「互鄉難與言，童子見，門人惑。」

六、《莊子・人間世》：「挫鍼治繲，足以糊口。」《釋文》：「糊、一作互。」

七、《尉繚子・兵教上》：「伍內互揭之，免其罪。」

八、《韓非子・外儲說・右下第三十五》：「是使民有功與無功互爭取也。」

由於資料不足，我們很難知道在先秦時候這些「互」字是借用「牙」的字形、還是已經分化出「互」字了。這個問題要等到更早的「互」字字形出土才有可能解決。另外張家山漢簡假「巨」為互；方稚松以為甲骨文「互」字作「Ⅹ」又作「Ⅹ」，與「五」同形，我們以為極有可能甲骨文本來用「Ⅹ」為「互」，後來為了與「五」區別，於是加豎筆作「Ⅹ」。

參考書目

1. 《說文練習筆記》，王國維講授，劉盼遂筆記，大通書局印《王國維先生全集》續編第六冊，1976 年。

2. 《說文解字詁林正補合編》，楊家駱主編，臺北：鼎文書局，1994 年。

3. 《小斅答問》，章太炎（臺北：廣文書局，1970 年）。

4. 《楷法溯源》，楊守敬，成都古籍書店據清光緒三年楊守敬刻本影印，1989 年。

5. 《增訂殷虛書契考釋》，羅振玉，臺北：藝文印書館，1969 年。

6. 《漢字形體學》，蔣善國，北京：文字改革出版社，1959 年。

7. 《敦煌俗字譜》，潘重規主編，台北：石門圖書公司，1980 年。

8. 《甲骨文字根研究》，季旭昇，台灣師大博士論文，1990 年。

9. 《文字流源淺說（增訂本）》，康殷，國際文化出版社。

10. 古文字構形研究，劉釗，博士論文。

11. 大廣益會玉篇，梁顧野王，北京中華書局。

12. 篆隸萬象名義，日釋空海，台聯國風出版社。

13. 唐五代韻書集存，周祖謨，北京中華書局。

14. 十韻彙編，劉復等，臺灣學生書局。

15. 一切經音義，慧琳，大通書局。

16. 周法高上古音韻表，張日昇、林潔明，三民書局總經銷。

17. 經典釋文，唐陸德明，據漢京文化事業公司印《通志堂經解》第四十本。

18. 越縵堂日記，李慈銘，文海。

19. 秦漢魏晉篆隸字形表，徐中舒，四川辭書出版社。

20. 木簡字典，日・佐野光一，日本雄山閣出版刊行。

原發表於中壢：中央大學中文系主辦，第四屆中國文字學會國際學術研討會，2019 年 3 月 19～20 日。

談戰國楚簡中的「殹」字

提　要

　　秦漢簡牘中作為語助詞的「殹」字，早期學者多以為是秦方言的特殊用法。隨著楚簡大量出現，學者指出楚簡中的「殹」字多應讀為「抑」，屬轉折連詞。《清華簡》問世之後，「殹」字的用法更多元了，本文經過全面的分析，指出楚簡中的「殹」字可以有以下七種用法：（一）人名；（二）假借為「嫛」，嬰兒；（三）選擇連詞；（四）轉折連詞；（五）判斷副詞；（六）語氣詞無意義（或順接連詞）；（七）句末語氣詞，相當於「兮」。

　　關鍵詞：殹，緊，抑，選擇連詞，轉折連詞，判斷副詞，語助詞，句末語氣詞

　　「殹」是一個罕用字，它的虛詞義很難掌握。此字最早見於西周中期的倗生簋「敔（同「殹」）妊」[註1]，應該是個人名。其後此字大部分出現於秦文字，義同「也」，學者都以為這是秦方言特有的用法。《說文解字·殳部》：「擊中聲也。從殳医聲。」段注已明白指出此字「秦人借為語詞」：

　　　　秦人借為語詞。《詛楚文》「禮使介老將之以自救殹」，薛尚功所

　　　見秦權銘「其於久遠殹」、《石鼓文》「汧殹沔沔」，權銘殹字、琅邪

〔註 1〕舊稱格伯簋。見《殷周金文集成》4262 號。

臺刻石及他秦權秦斤皆作ㄓ。然則周秦人以「殹」為「也」可信。

《詩》之「兮」字、偁詩者或用「也」為之。三字通用也。〔註2〕

不過，他的解釋都僅限於句末或句中語氣詞，相當於「也」。直到 20 世紀結束，出土材料中所看到的「殹」字，也絕大部分都出現在秦文字中，所以學者們幾乎一致主張「殹」是秦文字的特殊用法，李學勤先生在 1981 年〈秦簡的文字學考察〉中指出：「秦文還有一些有時代性的字。一個是語末助詞殹，習見於秦文字。秦簡用殹而不用也。」〔註3〕。

隨著戰國文字材料出土越來越多，楚文字中也出現了不少「殹」字，使得我們對「殹」字的看法也不得不跟著改變。楚文字中出現「殹」字的材料，時代最早的是王子午鼎「命尹子庚殹民之所亟」（《殷周金文集成》2811），因為不是楚簡材料，所以在下列簡文中姑不列入。屬於楚簡的材料有：

01. 鄝莫囂步、左司馬殹（《包山》105），人名。即簡 116 之旅殹

02. 鄝莫囂卲步、左司馬旅殹（《包山》116），人名。即簡 105 之殹

03. 一王母保三殹兒（《郭店・語叢四》26-27）

04. 子羔問於孔子曰：「參王者之作也，皆人子也，而其父賤而不足偁也歟？殹亦誠天子也歟？」（《上博二・子羔》簡9）

05. 子貢曰：「否，戔吾子乃重命其歟？」（《上博二・魯邦大旱》簡3）

06. 公豈不飽粱食肉哉！戔無如庶民何？（《上博二・魯邦大旱》簡6）

07. 吳殹無受一赤，又豹，又弇至🔺，又鳶（雁）首；吳憙受一臿，二赤，弇……（《新蔡》甲三 203）

08. 🔺不弄（奉）🔺，不旹（味）酉（酒）肉，【26】不飤（食）五穀（穀），罜（？擇？）尻（處）舌（重）杆（岸），剴（豈）不難啠（乎）？戔（殹—抑）异（與—邪）民之行也，孚（好）刌（段）兜（嬊／美）㠯（以）爲峀[口]，【14】此与（與）息（仁）人試（弎／貳／二）者也。（《上博（六）・孔子見季桓子》簡14）

09. 載之專（？）車以上乎？敃（殹）四骲（？）以逾乎？（《上博（六）・莊王既成、申公問靈王》簡3～4）

〔註2〕段玉裁《說文解字注》（臺北：藝文印書館，1970 年），頁 120。

〔註3〕李學勤〈秦簡的文字學考察〉，《雲夢秦簡研究》（北京：中華書局，1981 年），頁 338。

10. 吾安爾而設爾，爾無以慮（？）匡正我，毆忌諱讒（？）以 ▓惡吾。（《上博八·志書乃言》簡 3）

11. 作士奮刃，毆（繄）民之秀。（《清華一·耆夜》簡 5）

12. 王問執事人，曰：「信。敂（毆）公命我勿敢言。」（《清華一·金縢》簡 10-11）

13. 畟（魏）繫（擊）衕（率）𠂤（師）與戉（越）公毆（翳）伐齊（《清華貳·繫年》簡 119-120）

14. 貞邦無咎，毆（繄）牺（將）又（有）迓（役）（《上博九·卜書》簡 6）

15. 帝毆爾以畀余，毆（抑）非？（《清華三·說命上》簡 3）

16. 非天誩（矜）悳（德），毆（繄）莫肎（肯）曹（造）之（《清華三·周公之琴舞》簡 6）

17. 民不日幸，尚憂思毆（兮），先人有言，則畏虐之。（《清華三·芮良夫毖》簡 9-10）

以下我們來看看這些「毆」字的解釋。

01. 左司馬毆、02. 左司馬旅毆（《包山》105,116）。

學者都同意 01.的左司馬毆即 02.的左司馬旅毆。人名。不必討論。

03. 一王母保三毆兒（《郭店.語叢四》26-27）。

《郭店楚墓竹簡》未作解釋。林素清女士〈郭店竹簡《語叢四》箋釋〉[註4]、劉釗先生《郭店楚墓竹簡校釋》[註5]都讀為「嬰」，毆兒就是嬰兒。本條與本文要探究的主題無關，也可以不多討論。

04. 子羔問於孔子曰：「參王者之作也，皆人子也，而其父賤而不足偁也歟？毆亦誠天子也歟？」（《上博二·子羔》簡 9）

05. 出遇子貢，曰：「賜，而聞巷路之言，毋乃謂丘之答非歟？」子貢曰：「否，毆吾子乃重命其歟？」（《上博二·魯邦大旱》簡 3）

06. 公豈不飽粱食肉哉！毆無如庶民何？（《上博二·魯邦大旱》簡 6）

這三條的「毆」字，學者的討論較多。04.《上博二·子羔》「毆」字，原考

[註 4] 《郭店楚簡國際學術研討會論文集》（湖北人民出版社，2000 年 5 月），頁 389～397。

[註 5] 劉釗《郭店楚墓竹簡校釋》（福州：福建人民出版社，2005 年），頁 234。

釋未釋。陳劍先生〈上博簡〈子羔〉、〈從政〉篇的竹簡拼合與編連問題小議〉括號讀為「抑」。〔註6〕

05.、06.《上博二・魯邦大旱》的兩個「戠」字，原考釋都連上讀，括號注為「也」字，顯然是當作句末語氣詞。這是違反已往學者認知的「殹作為句末語句詞，是秦方言特有的現象」，因此何琳儀先生說：

> 原篆左從「医」右從「戈」。《考釋》屬上讀為「否戠（也）」，恐不確。從現有資料看，只有秦文字以「戠」為「也」，楚文字則無其例。按，戠當屬下讀為「戠（繄）吾子若重名其歟？」其中「繄」為語首助詞。《左傳・隱公元年》「爾有母遺，繄我獨無。」〔註7〕

俞志慧先生同意何文讀為「繄」，但以為當釋為「抑」：

> 「否」下之字當依何琳儀先生釋為「繄」，屬下讀，為語首助詞。
> [3]「繄」字在前後二個問句之間，當讀如同樣為語首助詞的「抑」，意義相當於「或者」，這樣就能使文氣貫通起來。〔註8〕

裘錫圭先生對這一個字的解釋有比較詳細的討論：

> 「『抑』在古漢語中往往用作轉接連詞，如《論語・述而》「若聖與仁，則吾豈敢。抑為之不厭，誨人不倦，則可謂云爾已矣。」孔子問子貢，有沒有聽到人們說他回答魯哀公的話不正確。子貢回答說「否」，意即沒有。但是子貢自己卻對孔子的回答有意見，所以用轉折連詞「抑」引出自己的意見。這是很合理的。如將「殹」讀為「也」，屬上讀，語氣就嫌生硬了。6 號簡的「殹」讀為轉接連詞「抑」，也是完全可以的。……「抑吾子其重命也歟？」可以勉強語譯為：「然而夫子您是不是把話說得有點疊牀架屋了呢？」或「然而夫子的囑咐是不是有點疊牀架屋呢？」〔註9〕

〔註6〕陳劍《上博簡〈子羔〉、〈從政〉篇的竹簡拼合與編連問題小議》，簡帛研究網（http://www.bamboosilk.org/Wssf/2003/chenjian01.htm），2003 年 1 月 8 日；又《文物》2003 年第 5 期。

〔註7〕何琳儀〈滬簡二冊選釋〉，簡帛研究網，2003 年 1 月 14 日。

〔註8〕俞志慧《〈魯邦大旱〉句讀獻疑》，簡帛研究網，2003 年 1 月 27 日。

〔註9〕裘錫圭〈說《魯邦大旱》「抑吾子如重命丌歟」句〉，《華學》第九、十輯（上海世紀出版有限公司・上海古籍出版社出版，2008 年 8 月），頁 285～287。又收入《裘錫圭學術文集》第二冊，頁 532，534。

裘先生的分析非常精細。不過,「轉折連詞」似乎還可以再分成兩類,一類是轉折程度較輕的,相當於現在的「或」、「或者」;一類是轉折程度較重的,相當於現在的「但是」。《上博二·子羔》「其父賤而不足偁也歟?殹亦誠天子也歟?」中的「殹」語譯為「或」,可從。《上博二·魯邦大旱》簡3的「否,戝吾子乃重命其歟?」句中的「抑」就不能語譯為「或」,裘先生語譯為「然而」,就是相當於「但是」。同樣的,裘先生說「6 號簡的『殹』讀為轉接連詞『抑』,也是完全可以的」,其意應該也是語譯為「但是」,全句的意思是:「公您難道不是飽食粱肉嗎?然而對(飯都吃不飽的)庶民您又能怎麼樣呢?」

　　對於前一種轉折程度較輕,可以語譯為「或者」的「殹」,張玉金先生稱做「選擇連詞」:

> 這個選擇連詞,在出土戰國文獻中共出現 6 次,都出現在楚簡之中。這個詞在出土戰國文獻中有「殹」、「伊」、「罷」、「意」四種寫法。〔註10〕

他所舉的六個例子是:

　　(a)肥從又(有)司之迻(後),罷(抑)不智(知)民矛(務)之安(焉)才(在)?(《上博楚簡五·季庚子問於孔子》)

　　(b)公劓(豈)不餃(飽)杓(粱)飤肉才(哉)?殹(抑)亡女(如)庶民可(何)?(《上博楚簡二·魯邦大旱》)

　　(c)女(如)四與五之閒(間),載(載)之埤(傳)車己(以)迲(上)虖(乎)?殹(抑)四骬(舸)已逾虖(乎)?(《上博楚簡六·莊王既成》)

　　(d)堯之得舜也,舜之德則誠善嬰(與)?伊(抑)堯之惪(德)則甚明嬰(與)?(《上博楚簡二·子羔》)

　　(e)丌(其)父戔(賤)而不足偁也與?殹(抑)亦城(誠)天子也與?(《上博楚簡二·子羔》)

　　(f)亓(其)力能至安(焉)而弗為唬(乎)?虗(吾)弗智(知)也。意(抑)亓力古不能至安(焉)唬(乎)?(《上博楚簡五·鬼神之明》)

〔註10〕張玉金《出土戰國文獻虛詞研究》(北京:人民出版社,2011 年),頁 420。

在這六個例子中，後四個的確是二選一的選擇連詞；但是前兩個例子可能不是那麼適當。例（b）屬於可以語譯為「但是」的轉折連詞，前面已談過了。例（a）「肥從又（有）司之遂（後），罷（抑）不智（知）民矛（務）之安（焉）才（在）」，原考釋讀「罷」為「抑」，謂表轉折。如依此解，則應釋為轉折連詞。拙作〈上博五芻議（上）〉以為此字當讀為「一」，意思是「全」。「罷（一）不知民務之焉在」，意思是：完全不知道民務何在。語氣更為謙虛。〔註11〕

07. 吳毆無（《新蔡》甲三 203）

從辭例對比就可以確知為人名〔註12〕。不必討論。

08. 🀄不弄（奉）🀄，不杳（味）酉（酒）肉，【26】不飤（食）五穀（穀），罜（？擇？）尻（處）圭（重）杆（岸），剴（豈）不難啚（乎）？戔（毆—抑）异（與—邪）民之行也，孚（好）刵（叚）兂（嫩／美）㠯（以）爲岂[□]，【14】此与（與）悬（仁）人弍（弍／貳／二）者也。（《上博（六）·孔子見季桓子》簡 14）

「戔（毆—抑）异（與—邪）民之行也」，原考釋隸作「戔（厠）异（與）民之行也」。陳劍先生〈《上博（六）·孔子見季桓子》重編新釋〉對〈孔子見季桓子〉一篇做了很好的考釋，改釋「戔」為「戔」，讀為「抑」，以為是「轉折連詞」。並說：「『豈不難乎』覆上文『仁人之道』而言。『抑……』則表轉接引出下文」，意思是「豈不難乎」以上的「仁人之道」是很難做到的；可是「邪民之行」的表現卻能討好大眾，迷惑眾人。〔註13〕「抑」字語譯可做「可是」。

09. 載之專（？）車以上乎？毆（毆）四胯（？）以逾乎？（《上博（六）·莊王既成、申公問靈王》簡 3～4）

10. 吾安爾而設爾，爾無以慮（？）匡正我，毆忌諱讒（？）以🀄惡吾。（《上博八·志書乃言》簡 3）

本條顯然是在兩個選項中挑一個，「毆」字當是選擇連詞。

本條的不確定字稍多，全句不容易說得很明白，但文意大致可以理解，復

〔註11〕季旭昇〈上博五芻議（上）〉，武大簡帛網（http://www.bsm.org.cn/show_article.php?id=195），2006 年 2 月 18 日。

〔註12〕參陳偉等著《楚地出土戰國簡冊〔十四種〕》（北京：經濟科學出版社，2009 年 9 月），頁 446 釋文及其後的注解。從辭例也可以判斷它就是人名。

〔註13〕陳劍〈《上博（六）·孔子見季桓子》重編新釋〉，《出土文獻與古文字研究（第二輯）》（上海：復旦大學出版社，2008 年 8 月），頁 167。

旦吉大古文字專業研究生聯合讀書〈上博八《王居》、《志書乃言》校讀〉採用陳劍先生說讀「殹」字為「抑」，可從。應該屬於選擇連詞。

以上是《上博八》以前的楚簡材料，「殹」的用法還相對單純。隨著新材料《清華大學藏戰國竹簡》的發表，「殹」字也出現了不同的用法，而不是只做轉折連詞或選擇連詞之用，如：

11. 作士奮刃，殹（繄）民之秀。(《清華一‧耆夜》簡5)

本條句意極為明顯，武王戰勝歸來，與大家共同歡喜慶功。在慶功宴上，武王夜爵酬周公而作此歌，贊美軍士們「是人民中的豪傑」。原考釋云：

> 殹通「繄」，句首助詞，相當於「惟（維）」，《左傳》隱公元年：
> 「爾有母遺，繄我獨無。」〔註14〕

《清華壹》原考釋把這類「殹」解釋為語詞，是比較傳統的說法，阮元《經籍纂詁》謂之「發聲」、「語助」；劉淇《助字辨略》謂之「發語辭」〔註15〕；韓崢嶸先生《古漢語虛詞手冊》說：

> 繄 語氣詞，通「伊」（同紐），表示語氣的加強，用在句首或句
> 中，可順著文意靈活地翻譯，也可不譯。例如：
> 爾有母遺，繄我獨無。（左傳‧隱公元年）──你有母親可給，
> 我偏偏沒有〔母親〕。〔註16〕

這樣解釋，其實都嫌籠統，很難表達出原文中精細的語意。何樂士先生《古代漢語虛詞詞典》對這一類的「繄」字有比較精細的分析。他把這一類的「繄」字區分為「範圍副詞」和「判斷副詞」兩類：

一、範圍副詞

（一）多用在句首作狀語，表示對主語範圍的限制，並有加強語氣的作用。可譯為「唯」、「唯有」、「只有」等。如：

> （1）爾有母遺，繄我獨無。(《左傳‧隱公元年》)──你有母親
> （可以把肉）送給（她），唯獨我沒有（母親）。

〔註14〕李學勤主編《清華大學藏戰國竹簡（壹）》（上海：中西書局，2010年12月），頁153。

〔註15〕參謝紀鋒、俞敏《虛詞詁林》（哈爾濱：黑龍江人民出版社，1992年），頁563。

〔註16〕韓崢嶸《古漢語虛詞手冊》（長春：吉林人民出版社，1984年），頁464～467。

此例中「繄」與「獨」同為範圍副詞，互相配合呼應。……

（二）有時用在賓語與動詞的倒裝句前，有助詞「是」位於賓與動詞之間，形成〔繄‧賓‧是‧動〕句式。如：

（1）王室之不壞，繄伯舅是賴。（《左傳‧襄公十四年》）——王室不傾壞，依靠的只有伯舅。

例句中助詞「是」是倒裝句標志，賓語借助它而前置，沒有實際含義。……

二、判斷副詞

用於謂語前作狀語，表示對事實的判斷和強調。可根據文義譯為「才（是）」、「就（是）」等。如：

（1）民不易物，惟德繄物。（《左傳‧僖公五年》）——百姓不能變更祭祝的物品，只有德行才可充當祭祀的物品。

此例中「惟」與「繄」配合，形成〔惟……繄……〕句式，「惟」作為範圍副詞表示對主語的限制和強調。「繄」作為判斷副詞，表示對謂語的判斷和強調。〔註17〕

第二類的「繄」字，楊伯峻、何樂士先生《古漢語語法及其發展（修訂本）》說明它用在名詞謂語前，兼有繫詞功能。〔註18〕據楊、何二先生的分析，我們可以認定古籍中的這一類「繄」字，尤其是在句首，已往被釋為發語詞無意義的，其實都具有繫詞的功能。只是它已經弱化為副詞，因此實際的語譯要看上下文來決定，但不宜釋為「語詞，無意義」。

根據以上的分析，《清華一‧耆夜》簡5「作士奮刃，殹（繄）民之秀」的「殹」字應該屬於判斷副詞，兼有繫詞的功能。可以語譯為：「（讓軍士）奮起揮著利刃殺敵——（這些軍士）真是人民中的豪傑」。

同樣的，文章一開頭提到春秋晚期王子午鼎的「命尹子庚殹民之所亟」（《殷周金文集成》2811），馬承源先生《殷周青銅器銘文選（肆）》謂「通作繄，語辭，作唯解」〔註19〕。馬釋稍嫌籠統，依上文分析，應該釋為判斷副詞，全句可以語譯為「令尹子庚是人民的模範」。

〔註17〕何樂士《古代漢語虛詞詞典》（北京：語文出版社，2006年2月），頁487。
〔註18〕楊伯峻、何樂士《古漢語語法及其發展（修訂本）》（北京：語文出版社，2001年），頁349～350。
〔註19〕馬承源《殷周青銅器銘文選（肆）》（北京：文物出版社，1988年），頁424。

12. 王問執事人，曰：「信。殹（繄）公命我勿敢言。」（《清華一‧金縢》
　　簡 10-11）

周公願代武王以死，祝禱完後，把祝禱之辭以金縢封緘，不讓人知道。其後天
大雷雨，成王知道了這件事。成王問執事人員是否有這件事，執事人員說：「是
的。但是周公命令我們不可以講」。句中的「殹」是轉折連詞。

13. 叟（魏）繄（擊）衒（率）自（師）與戌（越）公殹（翳）伐齊（《清
　　華貳‧繄年》簡 119-120）

人名。

14. 貞邦無咎，殹（繄）牕（將）又（有）迻（役）（《上博九‧卜書》簡 6）
　　〔註 20〕

原考釋謂：「讀『繄將有役』。『繄』，語詞，訓是或惟。『役』，興作圖役。古
代凡屬國家對人力的徵發，都可叫役。這兩句話的意思是，卜問國家如何，答
案是無咎，只不過將有徒役徵發。」〔註 21〕所釋文意大體可從。但是把「殹」字
釋為語詞，則不妥。原考釋的語譯，本條的「殹」應是轉折連詞，全句應該語
譯為「卜問國家如何，答案是無咎，但是將有徒役徵發」。

15. 帝殹爾以畀余，殹（抑）非？（《清華三‧說命上》簡 3）

本句有兩個「殹」字，解釋起來較為棘手。原考釋解前一「殹」為「枉也」、
「冤也」，解後一「殹」字為選擇連詞。〔註 22〕廖名春先生〈清華簡（參）：〈説
命〉（上）集釋〉則以為前一個「殹」字應該解為「是」：

　　「帝殹爾以畀余，殹非」，原注十三：「殹，影母脂部，讀為影
　　母質部的『抑』，對轉。抑，《國語晉語九》：『枉也。』《玉篇》：『冤
　　也。』」原注十四：「『抑』在此為選擇連詞，參看楊樹達《詞詮》
　　第三六八頁。」〔註 23〕李銳：「疑第一個『殹』當讀為『益』或『委』。」
　　子居曰：「其說讀為『抑』，近是，但《說命》此處依照春秋時期的

〔註 20〕見《上海博物館藏戰國楚竹書（九）‧卜書》（上海：上海古籍出版社，2012 年 12
　　　　月），頁 298。
〔註 21〕見《上海博物館藏戰國楚竹書（九）‧卜書》（上海：上海古籍出版社，2012 年 12
　　　　月），頁 298。
〔註 22〕見《清華大學藏戰國竹簡（叄）》（上海：中西書局，2102 年 12 月），頁 123。
〔註 23〕清華大學出土文獻研究與保護中心編、李學勤主編：《清華大學藏戰國竹簡（叄）》，
　　　　第 123 頁。

用字習慣，恐以釋『繄』為更確切。」案：原注十四將「殹」讀為「抑」，以為是選擇連詞可從，但原注十三的意見則很值得商榷。「帝殹爾以畀余」之「殹」當讀為「繄」，是肯定的意思，相當於「是」。《左傳‧僖公五年》：「民不易物，唯德繄物。」杜預注：「繄，是也。」〔註24〕《國語‧吳語》：「君王（吳王夫差）之於越也，繄起死人而肉白骨也。」韋昭注：「繄，是也。」〔註25〕「帝繄爾以畀余，抑非」是一選擇問句。在這一選擇問句中，前一分句「帝繄爾以畀余」是表肯定，後一分句「抑非」是表否定。前一分句的「繄」與後一分句的「非」相對，所以相當於「是」。「帝繄爾以畀余」句的謂語是「畀」，主語是「帝」，「爾以畀余」即「以爾畀余」。「繄」，相當於「果真是」、「真的是」。如果將「殹」讀為「益」或「委」，就與下文的「畀」重複了，至於將「殹」讀為「抑」訓為「枉」或「冤」，就更不好懂了。〔註26〕

原考釋不把第一個「殹」字釋為判斷副詞，可能是「爾以畀余」不好解釋。其實，廖文謂「爾以畀余」就是「以爾畀余」，這應該是可以說得通的。一般說來，介詞「以」、「用」的賓語往往可以前置，張玉金先生在《出土戰國文獻虛詞研究》中說：

> 當「以」……虛化為介詞後，「以＋O」就受其它介賓結構的影響，不但可以出現在「VP」前，也可以出現在「VP」之後，而所表示的語義關係基本相同。〔註27〕

如《論語‧先進》「以吾一日長乎爾？毋吾以也」，何晏注：「孔曰言我問女，女無以我長故難對。」很明顯地「毋吾以也」就是「毋以吾也」的倒裝。〔註28〕《論語‧公冶長》「怨是用希」就是「怨用是希」的倒裝。〔註29〕由此看來，原

〔註24〕文淵閣《四庫全書》經部春秋類《春秋左傳注疏》卷十一。

〔註25〕文淵閣《四庫全書》史部雜史類《國語》卷十九。

〔註26〕廖名春：〈清華簡《說命（上）》初探〉，中國訓詁學會主辦「經典與訓詁——第十一屆中國訓詁學國際學術研討會」，臺南：嘉南藥理科技大學，2013 年 5 月 17 日～18 日

〔註27〕張玉金《出土戰國文獻虛詞研究》，頁 142。

〔註28〕中央研究院「漢籍電子文獻資料庫」《論語》，頁 100。

〔註29〕中央研究院「漢籍電子文獻資料庫」《論語》，頁 45。

考釋與廖名春先生的解釋，兩說都可通。無論用那一家的解釋，本條的第二個「殴」字都該是個選擇連詞。

16. 非天諡（矜）惪（德），殴（繄）莫肎（肯）曹（造）之（《清華三‧周公之琴舞》簡6）

原考釋在注38、39中說：

> 諡，讀為「廞」，《爾雅‧釋詁》：「興也。」殴，讀為「繄」。《左傳》隱公元年「爾有母遺，繄我獨無」，杜預注：「繄，語助。」肎，字見《說文》，今作「肯」。曹，讀為「造」，成也。〔註30〕

李守奎先生（即本篇的原考釋者）其後在〈《周公之琴舞》補釋〉中改釋「諡」為「歆」，改讀「曹」為造、至，義同來格。全句謂「不是天所欣喜之德，天就不肯造臨保佑成就他」。〔註31〕黃傑先生〈再讀清華簡（叁）《周公之琴舞》筆記〉讀「諡」為「禁」，全句謂「不是天禁止德行，但是沒有人肯成就（德行）。」〔註32〕語譯中的「但是」表明他視「殴」為轉折連詞。吳雪飛女士〈清華簡（三）《周公之琴舞》補釋〉讀「諡」為「含」，謂「含德」即「藏德」、「懷德」，全句讀為「非天含德，繄莫肯造之。」〔註33〕

鄧佩玲女士也讀「諡」為「含」，釋「非天諡惪」為「彼天含德」；釋「殴」為轉折連詞：

> 今清華簡云「非天諡惪（德）」，簡文句義既與儀節無關，似難以「興」、「陳」作解，整理者將「諡」讀為「廞」實可商榷。「諡」字從「金」，「金」於上古屬侵部，「金」、「含」時有通假之例，故疑「諡」或當讀「含」。……「含德」一詞既見於不同之出土文獻與傳世古書，應該是先秦時期習見之用語。至於清華簡〈周公之琴舞〉簡6云：「非天諡（含）惪（德）」，該篇性質不僅與《詩‧周頌》相近，其形制、字跡更與清華簡〈芮良夫毖〉相同，後者首簡背面有曾被刮削

〔註30〕《清華大學藏戰國竹簡（叁）‧周公之琴舞》（上海：中西書局，2012年12月），頁138。

〔註31〕李守奎〈《周公之琴舞》補釋〉，《出土文獻研究》第十一輯，頁14～15。

〔註32〕黃傑〈再讀清華簡（叁）《周公之琴舞》筆記〉，武漢大學簡帛網（http://www.bsm.org.cn/show_article.php?id=1809）2013年1月14日首發。

〔註33〕吳雪飛〈清華簡（三）《周公之琴舞》補釋〉，武漢大學簡帛網（http://www.bsm.org.cn/show_article.php?id=1820）2013年1月17日首發

之篇題「周公之頌志（詩）」，整理者遂認為此乃書手或書籍管理者據〈周公之琴舞〉之內容概括為題，卻誤寫於〈芮良夫毖〉簡背。

《詩・大序》嘗言：「頌者，美盛德之形容，以其成功，告於神明者也。」〈周頌〉為廟堂祭祀之樂歌，內容以頌揚功德及告誡為主，故倘若將「非天詮（含）悳（德）」解釋為「天下懷藏德行」，其語義又似與〈周頌〉本義相悖。「非」於古籍中除可讀如自外，「彼」、「非」二字相通假之例亦甚為常見，……因此，清華簡「非天詮悳」疑當讀為「彼天含德」……，「非（彼）天詮（含）悳（德），殹（繄）莫肎（肯）曹（造）之」或可理解為誡勉之辭……，整句可語譯為：「上天本懷藏德行，只是你不肯有所成就。」〔註34〕

詩無達詁，以上諸說都可以講得通。但是，我們注意到簡文這四句其實對比得很整齊：

天：非天詮（矜）悳（德），殹（繄）莫肎（肯）曹（造）之

人：佰（夙）夜不解（懈），惹（懋）尃（敷）亓（其）又（有）敓

上句說：「天不是捨不得施給德惠、不肯成就我國家」，下句說：「我們自己要夙夜不懈，努力施政布德，才能解決（「上天捨不得成就我們」這個困難）。」「敓」字讀為「脫」，意為「解脫」，所要解脫的困境，正是「天莫肯造之」。本篇是成王自毖，對上天只有完全的恭敬，所有的責任只有自我承擔。依這個解釋，前兩句的主語為「天」，可以直接說「非天詮（矜）悳（德），莫肎（肯）曹（造）之」，如依此解，本條的「殹」字看成無實義的語助詞。類似的用法典籍常見，「繄」也可寫作「伊」、「一」、「抑」〔註35〕，如《詩・周頌・我將》「伊嘏文王」，《古書虛字集釋》以為「語助」；《詩・豳風・東山》「有皇上帝，伊誰云憎」，楊樹達《詮詮》以為「語首助詞，無義」；《戰國策・燕策》「此一何慶弔相隨之速也」，王引之《經傳釋詞》以為「語助」；《左傳・昭公二十年》「君一過多矣！何信于讒？」楊樹達《詞詮》以為「語助」；《詩・十月之交》「抑此皇

〔註34〕鄧佩玲：〈《清華簡三・周公之琴舞》「非天詮悳」與《詩・周頌》所見誡勉之辭〉，「紀念何琳儀先生誕生七十週年暨古文字學國際學術研討會」會議論文（合肥：安徽大學漢字發展與應用研究中心，2013 年 8 月 1 日～3 日），頁 175～185。

〔註35〕很多學者指出：繄，烏奚切，影紐脂部；伊，於脂切，影紐脂部；一，於悉切，影紐質部；抑，於力切，影紐職部，四字聲韻俱近，因此作為虛詞的「繄」、「伊」、「一」、「抑」往往可以通用。

父」，王引之《經傳釋詞》以為「語助」；《詩・大叔于田》「叔善射忌，又良御忌，抑磬控忌，抑縱送忌」，馬建忠《馬氏文通》以為「語助」。〔註36〕

當然，虛詞的解釋很多元，我們也可以把本條的「這種「毆」字看成順接連詞，沒有轉折意義，可以語譯為「而」，《古書虛字集釋》卷三頁210有「『抑』猶『而』也」一條〔註37〕，可為佐證。

17. 民不日幸，尚憂思毆（兮），先人有言，則畏虐之。（《清華三・芮良夫毖》簡9-10）

原考釋把「毆」字屬下讀，隸作「民不日幸，尚惪（憂）思。敺（繄）先人又（有）言，則畏（威）盧（虐）之」。馬楠女士〈《芮良夫毖》與文獻相類文句分析及補釋〉把「毆」字屬上讀，讀為「醫」，但是沒有明白說出在簡文中如何解釋〔註38〕。王瑜楨女士〈《清華大學藏戰國竹簡（參）・芮良夫毖》釋譯〉贊成馬楠把此字屬上讀，以為當釋為句末語氣詞，相當於『也』、『矣』。」〔註39〕 後來在〈《清華大學藏戰國竹簡（叁）・芮良夫毖》釋讀〉中改讀「民不日幸，尚憂思。毆（繄）先人有言，則畏虐之」。

原考釋讀為「民不日幸，尚惪（憂）思。敺（繄）先人又（有）言，則畏（威）盧（虐）之」，注釋36-38也極為簡略，難以理解其實際意含。從句法來看，此處讀成四個四字句，最符合詩的格式；不過，從現有材料來看，把「毆」字當句末語氣詞，釋為「也」，確實只見於秦系文字，不見於楚系文字。因此釋為句末語氣詞「也」、「矣」，也難以說服人。從上下文來看，這幾句話是芮良夫對朝廷大臣們訓勉的話，為了方便讀者體會前後文意，我大體依照王文的讀法，加上我的意見，把本段全文及語譯列表如下：〔註40〕

| 心之憂矣，靡所告懷，
兄弟鬩矣，恐不和順，
屯圓滿溢，曰余未均。
凡百君子，及爾蓋臣， | 我的心中很憂慮，但卻沒有人可以傾訴，
兄弟（重臣們）互相爭鬥，互相恫赫而不和睦，
財富已經豐厚盈滿，還說分配得不夠平均。
所有的君子們，和你們這些為國効勞的大臣們， |

〔註36〕 參謝紀鋒・俞敏《虛詞詁林》（哈爾濱：黑龍江人民出版社，1992年），頁1～3（一）、216～217（伊）、253～255（抑）。

〔註37〕 裴學海《古書虛字集釋》（上海：上海書店，2013年11月）卷三，頁210。

〔註38〕 馬楠《芮良夫毖》與文獻相類文句分析及補釋〉，《深圳大學學報》2013年01期。

〔註39〕 王瑜楨〈《清華大學藏戰國竹簡（參）・芮良夫毖》釋譯〉，中研院歷史語言研究所主辦「古文字學青年論壇」，2013年11月25～26日。

〔註40〕 參前引王瑜楨〈《清華大學藏戰國竹簡（參）・芮良夫毖》釋譯〉。

| 胥糾胥由；胥穀胥順，
民不日幸，尚憂思殹。
先人有言：則〔註41〕威虐之，
或因斬柯，不遠其則，
毋害天常，各當爾德。
寇戎方晉，謀猷惟戒，
和專同心，毋有相飾。
詢求有材，聖智勇力，
必探其度，以貌其狀，
身與之語，以求其上。 | 要互相糾正、互相引導、互相勸善、相互和順，
人民沒有一天過著好日子，你們要憂慮人民啊！
先人說過這樣的話：你們如果威虐人民，
就像伐木作斧柄，斧柄的製作原則就在不遠處，
不要破壞天的常規，你們的品德都要符合天的常規。
賊寇戎敵大舉入侵，謀略一定要謹慎，
一定要齊心協力，不要彼此背叛。
要詢求有才能的人，具備聖、智、勇、力的人，
務必探知他的器度才能，要親自看看他的樣貌，
親自和他對談，要求找到的人才必需是最好的。 |

目前看到楚簡中「殹」字的用法，不外是前述學者說的轉折連詞、選擇連詞、範圍副詞、判斷副詞等幾種用法。本句的「殹」字無論釋為轉折連詞、選擇連詞、範圍副詞、判斷副詞等，都不是很恰當。所以大部分學者都把它看成發語詞，無意義。

我個人有個比較特別的想法，我認為從句法來看，本條的「殹」字還是以釋為句末語氣詞最好，但不讀「也」、不讀「矣」，我以為應該讀為「兮」。「兮」字是《詩經》、《楚辭》中很常見的一個句末語氣詞。《楚辭》中一共出現 2321 次，可是我們在戰國楚簡中卻一個「兮」字也看不到。《郭店・五行》簡16：「淑人君子，其儀一也（兮）」原在《詩經》用「兮」字的地方，楚簡用「也」字。《上博一・孔子詩論》簡22：「〈鳲鳩〉曰：『其儀一氏（兮），心如結也。』」原在《詩經》用「兮」字的地方，楚簡用「氏」字。《上博八・桐頌（李頌）》、〈蘭賦〉、〈有皇將起〉、〈鶹鷅〉，相當於傳世文獻用「兮」的地方，楚簡都作「可」。這可能說明了楚地的「兮」字這時還在用字不穩定的狀態。該用「兮」字的地方，有人用「也」字、有人用「氏」字、有人用「可」字，那麼，是否也可以用「殹」字呢？「殹」，於計切，影母。其韻部，董同龢、李方桂先生歸入「佳」部；周法高先生歸入「支」部〔註42〕。「兮」，胡雞切，匣母，支佳部〔註43〕。二字聲近韻同，當可通假。《詩經・大雅》尟見「兮」字，只有〈桑柔〉「不殄心

〔註41〕「則」，訓為若、如果。參宗邦福等主編《故訓匯纂》（北京：商務印書館，2003年7月），頁231，第63條。本句文義與下句相連。

〔註42〕參黃沛榮、楊秀芳、何大安主持的「漢字古今音資料庫」（網址：http://xiaoxue.iis. sinica.edu.tw/ccr/#），佳部與支部同，只是命部用字不同。這個字「東方語言學網」（網址：http://www.eastling.org/oc/oldage.aspx）都列在脂部。這些聲韻學家列部的不同，在此不多討論。

〔註43〕同上「漢字古今音資料庫」。「東方語言學網」也列在支佳部。

憂、倉兄填兮」一見。《毛詩序》：「桑柔芮伯刺厲王也。」鄭玄箋：「芮伯，畿內諸侯，王卿士也。字良夫。」〔註44〕其作者、時代背景、作詩動機與〈芮良夫毖〉完全相同，因此〈芮良夫毖〉中出現句末語氣詞「叚」讀為「兮」，並不是不可能。彭占清〈說「繄」兼論通用字的訓釋問題〉舉了一個句中語助詞「叚（繄）」與「兮」同樣功能的例子：

> 《漢書・敘傳下》⋯⋯「豐繄好剛，輔亦慕直」，「繄」字附著在主語之後，⋯⋯跟同篇上文說劉邦的兩個哥哥「伯兮早夭，仲氏王代」的「兮」字相當，顯然是個語氣助詞。〔註45〕

這是「叚（繄）」可以讀為「兮」的一個旁證。依此解釋，本篇此數句可讀為「民不日幸，尚憂思叚（兮）。先人有言：則威虐之，或因斬柯，不遠其則，毋害天常，各當爾德。」意思是：人民沒有一天過著好日子，希望你們要好好地憂慮人民啊！先人說過：如果你們威虐人民，就會像斬柯枝一樣，結果就在你們手上的斧柄（意思是：你們虐害人民，人民的下場就是你們的下場）。不要破壞天的常規，你們的品德都要符合天的常規。

　　已往學者多半以為「叚」為秦系方言字，但是我們在楚簡中看到越來越多的「叚」字，這說明了「叚」字不是秦人專用，楚人也在用，本條用為《詩》類句子中的句末語氣詞，如果能成立，則可以為楚簡「叚」字的用法增添一個新例子。

　　以上對楚簡「叚」字只做了較初步的分析，對於學者指出可以通讀為「叚」的「抑」、「伊」、「一」並沒有進行討論。從以上的分析中，我們可以把楚簡「叚」字的用法分為七類：

一、人　名

01. 鄝莫囂步、左司馬叚（《包山》105）

02. 鄝莫囂卲步、左司馬旅叚（《包山》116）

07. 吳叚無受一赤，又豹，又畀🐾，又鷹（雁）首；吳憙受一臣，二赤，

〔註44〕中研院史語所「漢籍電子文獻資料庫」（網址：http://hanchi.ihp.sinica.edu.tw/ihpc/hanjiquery?@87^288077577^807^^^80101001000300060003000300001^1@@271077525）《毛詩・大雅・桑柔》頁653。

〔註45〕彭占清〈說「繄」兼論通用字的訓釋問題〉，《吉林大學社會科學學報》，1991年01期，頁78。

弇……（《新蔡》甲三 203）

13. 叴（魏）繫（擊）衛（率）自（師）與戉（越）公殹（翳）伐齊（《清華貳·繫年》簡 119-120）

二、假借為「嬰」，指嬰兒

03. 一王母保三殹兒（《郭店.語叢四》26-27）。

三、選擇連詞

04. 子羔問於孔子曰：「參王者之作也，皆人子也，而其父賤而不足偁也歟？殹亦誠天子也歟？」（《上博二·子羔》簡 9）

09. 載之專（？）車以上乎？殹（殹）四騎（？）以逾乎？（《上博（六）·莊王既成、申公問靈王》簡 3～4）

10. 吾安爾而設爾，爾無以慮（？）匡正我，殹忌諱讒（？）以[於]惡吾。（《上博八·志書乃言》簡 3）

15. 帝殹爾以畀余，殹（抑）非？（《清華三·說命上》簡 3）

四、轉折連詞

05. 子貢曰：「否，殴吾子乃重命其歟？」（《上博二·魯邦大旱》簡 3）

06. 公豈不飽粱食肉哉！殴無如庶民何？（《上博二·魯邦大旱》簡 6）

08. 殴（殹—抑）舁（與—邪）民之行也……（《上博（六）·孔子見季桓子》簡 14）

12. 王問執事人，曰：「信。殴（殹）公命我勿敢言。」（《清華一·金縢》簡 10-11）

14. 貞邦無咎，殹（繫）牁（將）又（有）迓（役）（《上博九·卜書》簡 6）

五、判斷副詞

11. 作士奮刃，殹（繫）民之秀。（《清華一·耆夜》簡 5）

六、語助詞無意義（或順接連詞）

16. 非天諐（矜）惪（德），殹（繫）莫肎（肯）曹（造）之（《清華三·周公之琴舞》簡 6）

七、句末語氣詞，讀為「兮」

17. 民不日幸，尚憂思毆（兮）。先人有言，則畏虐之。（《清華三‧芮良夫毖》簡 9-10）

出土文獻與先秦經史國際學術研討會，香港大學中文學院主辦、香港中文大學中國歷史研究中心協辦，2015 年 10 月 16〜17 日。

說「頗」與「略」

提　要

　　「頗」的本義是「頭偏」，引申為「偏」。同為「偏」，或偏「多」、或偏「少」，因而在漢代「頗」字可以「多」、「少」二義並見。「略」的本義是「經略」，經略只能注重「大體、大略」，因此引申有「多」的意思；「大體、大略」則易「疏略、簡略」，因而引申有「少」的意思。在秦漢至唐以前，「頗／略」都同時具有「多」、「少」二義，閱讀這一個時期的文本，必需非常謹慎。唐以後「頗」字向「多」義發展，而「略」則向「少」義發展，似乎顯示著語義的發展有其自由性與偶然性。

　　關鍵詞：頗，略，多，少，反訓

一、前　言

　　「頗」與「略」是兩個很有意思的詞。它們的本義都不是「多」或「少」，但是由於引申的關係，在漢代，它們都同時具有「多」義與「少」義，頗合傳統訓詁學所稱的「反訓」。有些文本中的「頗／略」，究竟該釋為「多」義或「少」義，有時甚難判斷，要根據整體文義、或類似敘述來判斷。到了唐宋以後，「頗」字漸漸多用為「多」義，而「略」字則多用為「少」義。以下，我們分別對此二字進行探討。

二、說「頗」

有一首大家很熟悉的樂府詩〈陌上桑〉：

> 日出東南隅，照我秦氏樓。秦氏有好女，自名為羅敷。羅敷善
> 蠶桑，採桑城南隅。青絲為籠係，桂枝為籠鉤。頭上倭墮髻，耳中
> 明月珠。緗綺為下裙，紫綺為上襦。行者見羅敷，下擔捋髭鬚；少
> 年見羅敷，脫帽著帩頭。耕者忘其犁，鋤者忘其鋤。來歸相怨怒，
> 但坐觀羅敷。
>
> 使君從南來，五馬立踟躕。使君遣吏往，問是誰家姝？秦氏有好
> 女，自名為羅敷。羅敷年幾何？二十尚不足，十五頗有餘。使君謝羅
> 敷：「寧可共載不？」羅敷前置辭：「使君一何愚！使君自有婦，羅敷
> 自有夫。東方千餘騎，夫婿居上頭。何用識夫婿，白馬從驪駒。青
> 絲繫馬尾，黃金絡馬頭。腰中鹿盧劍，可直千萬餘。十五府小史，
> 二十朝大夫。三十侍中郎，四十專城居。為人潔白皙，鬑鬑頗有鬚。
> 盈盈公府步，冉冉府中趨。坐中數千人，皆言夫婿殊。」〔註1〕

俏皮的羅敷在自述年齡的時候，說：「二十尚不足，十五頗有餘。」上限不
到二十，下限超過十五，因此是在十六至十九歲，也不過四年的出入，但是羅
敷居然說「十五頗有餘」，以現在的語感來解釋，「頗有餘」就是「超過很多」，
這當然是不可能的！〔註2〕

同樣的，羅敷在介紹她的丈夫時，說：「為人潔白皙，鬑鬑頗有鬚。」如果
依現在的語感來解釋，羅敷的老公是「長得白白淨淨，臉上有相當多的鬍子」，
這顯然是不合理的。

除了較少數人會堅持以現代義來解釋上述的句子，絕大部的解釋都會告訴
我們：本詩「頗」的意思是「稍微」、「略為」、「一點點」。「十五頗有餘」就是
「十五歲多一點點」，「鬑鬑頗有鬚」就是「臉上稍稍有點鬍鬚」，這樣解釋是對
的。但是，古代有「少」義的「頗」，為什麼到後代卻變成「多」義呢？

我們先看看現在蒐羅古代訓釋義項最多的《故訓匯纂》怎麼說吧！在《故

〔註1〕或名〈日出東南隅行〉、〈豔歌羅敷行〉。見郭茂倩《樂府詩集・卷第二十八・相和
　　　歌辭三・相和曲下》（臺北：臺灣中華書局，1981年），頁411。
〔註2〕教育部《國語辭典簡編本（網路版）》對「頗」字的解釋是：甚、很、非常。【例】
　　　頗感心慌、頗為可觀。

訓匯纂》中，「頗」字有 37 個義項，我們把意義接近的義項省略一些，和本文所要討論無關的義項也省略，其餘有關的義項抄列於下：〔註3〕

01. 頗，頭偏也。（《說文解字》）

02. 頗見于經者皆偏也，未有涉及頭者。（《說文・頁部》王筠句讀）

03. 頗，偏也。（《左傳・昭公十二年》「書辭無頗」杜注）

10. 頗，頭偏也。頭偏則不能全見其面，故謂事之略然者曰頗。（《說文・旦部》「日頗見也」段注）

11. 頗，少也。（《廣雅・釋詁三》）

12. 頗者，略之少也。（《廣雅・釋詁三》「頗，少也」王念孫疏證）

13. 頗，略也，少也。（《助字辨略・卷三》：「頗，略也，少也。《史記・三代史表》〔註4〕：『自殷以前諸侯，不可得而譜，周以來乃頗可著。』」）

14. 頗，即稍也。（《助字辨略・卷三》：「《漢書王莽傳》：『今阤會已度，府帑雖未能充，略頗稍給。』略即頗也，頗即稍也。此以三字為重言者也。」）

15. 頗，猶云遂也。（《助字辨略・卷三》：「《漢書・陳湯傳》：『騎引卻，頗引吏士射城門騎步兵。』此頗字，猶云遂也。」）

16. 頗，猶云皆也。（《助字辨略・卷三》：「《漢書・田竇傳》：『於是上使御史簿責嬰所言灌夫頗不讎，劾繫都司空。』此頗字，猶云皆也。」）

17. 頗是盡悉之辭。（《助字辨略・卷三》：「〈趙充國傳〉：『將軍獨不計虜聞兵頗罷。』〈李廣傳〉：『頗賣得四十餘萬。』此頗字，竝是盡悉之辭。」）

18. 頗乃既已之辭。（《助字辨略・卷三》：「《漢書・賈誼傳》：『諸侯之地，其削頗入漢者。』愚案：其削頗入漢之頗，乃既已之辭，不得訓為皆也。」）

19. 頗者，猶云甚也。（《助字辨略・卷三》：「《後漢書・五行志》引《風俗通》云：『龍從兄陽求臘錢，龍假取繁數，頗厭患之。』此頗字，猶云

〔註3〕宗福邦、陳世鐃、蕭海波主編《故訓匯纂》（北京：商務印書館，2004 年 3 月第二次印刷），頁 2497。

〔註4〕案：「史表」當為「世表」之誤。

甚也。」)

20. 頗，猶可也。(《慧琳音義》卷一「頗能」注引《文字集略》)

21. 頗，不可也。(《慧琳音義》卷一「頗能」注引《考聲》)

22. 頗，疑辭。(《集韻·過韻》)

23. 頗，語辭也，叵也。(《慧琳音義》卷十「頗有」注)

25. 陂、詖、頗、伮並字異義同。(《方言》卷六「頗，衺也」錢繹箋疏)

29. 頗，或作叵。(《慧琳音義》卷一「頗能」注)

31. 俗語曰頗多、頗久、頗有，猶言偏多、偏久、偏有也。(《說文·頁部》
    段玉裁注)

37. 或頗有者，猶云閒或有之也。(《助字辨略·卷三》：「《史記·三代世表》：
    『至於序《尚書》，則略無年月，或頗有，然多闕。』或頗有者，猶云
    閒或有之也。」)

較早的文獻中用到「頗」字，多半是「偏頗」、「傾邪」等類的意思，如《尚
書》、《左傳》、諸子等，其例多見。由「偏」則可以引申有「少」的意思，因此，
《史記·三代世表》「自殷以前諸侯，不可得而譜，周以來乃頗可著」，開始見
到有「少」的意義。除了這個例子外，我們還可以補充以下的例子：

> 至秦有天下，悉內六國禮儀，采擇其善，雖不合聖制，其尊君
> 抑臣，朝廷濟濟，依古以來。至于高祖，光有四海，<u>叔孫通頗有所
> 增益減損</u>，大抵皆襲秦故。自天子稱號下至佐僚及宮室官名，少所
> 變改。〔註5〕

既云「大抵皆襲秦故。自天子稱號下至佐僚及宮室官名，少所變改」，則
「叔孫通頗有所增益減損」自是「稍稍有所增益減損」，其為「少」義可知。
又如：

> 孔子以詩書禮樂教，弟子蓋三千焉，身通六藝者七十有二人．
> 如顏濁鄒之徒，<u>頗受業者甚眾</u>。〔註6〕

<hr>

〔註5〕司馬遷《史記·書·卷二十三·禮書第一》(臺北：鼎文書局，1979 年)，頁 1159
    ～1160。

〔註6〕司馬遷《史記·世家·卷四十七·孔子世家第十七》(臺北：鼎文書局，1979 年)，
    頁 1938。林語堂把這一段語譯為：「孔子用《詩》、《書》、《禮》、《樂》的內容作為
    教材，就學的弟子大約有三千人，能兼通六藝的弟子有七十二人，像顏濁鄒之類的

　　孔子弟子三千，身通六藝者七十又二人，這七十二人肯定是「受業多」的
追隨者。至於顏濁鄒，雖然貴為衛國大夫，又是子路妻兄，但孔子與他的接
觸並不多，據《史記・孔子世家》，孔子到衛國，住在他家。此外未聞有什麼
來往，因此同篇的「如顏濁鄒之徒，頗受業者甚眾」句中的「頗」字，應該也
是「少」的意思。

　　但是，同樣見於《史記》中的「頗」字，卻有完全相反的意義，即「頗」字
應當釋為「多」義，如：

> 　　孟嘗君時相齊，封萬戶於薛，其食客三千人，邑入不足以奉客，
> 使人出錢於薛，歲餘不入，<u>貸錢者多不能與其息</u>，客奉將不給。孟
> 嘗君憂之，問左右：「何人可使收債於薛者？」傳舍長曰：「代舍客
> 馮公形容狀貌甚辯，長者，無他伎能，宜可令收債。」孟嘗君乃進
> 馮驩而請之曰：「賓客不知文不肖，幸臨文者三千餘人，邑入不足以
> 奉賓客，故出息錢於薛。薛歲不入，<u>民頗不與其息</u>。今客食恐不給，
> 願先生責之。」〔註7〕

本條先說「貸錢者多不能與其息」，後說「民頗不與其息」，則「頗」義即「多」
可知。又如：

> 　　賈生名誼，雒陽人也。年十八，<u>以能誦詩屬書聞於郡中</u>。吳廷
> 尉為河南守，聞其秀才，召置門下，甚幸愛。孝文皇帝初立，聞河
> 南守吳公治平為天下第一，故與李斯同邑而常學事焉，乃徵為廷尉。
> 廷尉乃言賈生年少，<u>頗通諸子百家之書</u>。文帝召以為博士。〔註8〕

　　本條前云「以能誦詩屬書聞於郡中」，後云「頗通諸子百家之書」，則「頗」
字釋為「多」，當無可疑。

門徒，多方面受到孔子的教誨卻不在七十二人之列的弟子就更多了。」見《孔子的
智慧》（正中集團，2009 年 2 月），頁 286。這樣的解釋，恐怕是有問題的。《呂氏
春秋・尊師篇》：「顏涿聚，梁父之大盜也，學於孔子。」（又見《韓非子・十過》）
《淮南子・氾論》：「顏喙聚，梁父之大盜也，而為齊忠臣。」或以為顏涿聚（顏喙
聚）即顏濁聚，當非。顏濁聚為衛大夫，顏涿聚（顏喙聚）為齊忠臣，二者不同人，
前輩學者早有辨析。

〔註 7〕司馬遷《史記・列傳・卷七十五・孟嘗君列傳第十五》（臺北：鼎文書局，1979 年），
頁 2359～2360。

〔註 8〕司馬遷《史記・列傳・卷八十四　屈原賈生列傳第二十四／賈生》（臺北：鼎文書局，1979
年），頁 2491。

　　由於同屬司馬遷所寫的史記，書中的「頗」字既可釋「少」，也可釋「多」，所以不少篇章，其實很難判斷它究竟是「少」還是「多」？如：

　　　　李園既入其女弟，立為王后，子為太子，恐春申君語泄而益驕，

　　陰養死士，欲殺春申君以滅口，而國人頗有知之者。〔註9〕

　　這麼祕密的事，一開始不可能很多人知道；但是，流言的傳播非常快，不脛而走，無足而至，只要有人知道，很快的就會傳播開來。所以「國人頗有知之者」句中的「頗」字應釋為「多」或「少」，其實很難判斷。

　　「頗」字在漢代就能或釋為「多」、或釋為「少」，反義同辭，應該和它的本義有關。《說文》卷九上：

　　　　頗，頭偏也。从頁，皮聲。〔註10〕

段注：

　　　　引伸為凡偏之稱。〈洪範〉曰：「無偏無頗，遵王之義。」〈人部〉

　　曰：「偏者，頗也。」以「頗」引伸之義釋「偏」也。俗語曰「頗多」、

　　「頗久」、「頗有」，猶言「偏多」、「偏久」、「偏有」也。〔註11〕

　　由於先秦出土文字材料中還看不到「頗」字，所以我們無從判斷許慎《說文解字》的對錯。從形義相符這一點來看，許慎《說文解字》對「頗」字的形義分析，基本上應該沒有什麼問題。「頗」本義為「頭偏」，引伸為「偏」，則與「偏」同義，因此段注以為「俗語曰『頗多』、『頗久』、『頗有』，猶言『偏多』、『偏久』、『偏有』」，有一定的道理。不過，在實際語言中所呈顯的，應該可以分析得再具體一點。

　　「頗」本義為「頭偏」，引伸為「偏」。但是，在實際語言中所呈顯的意義，往往是「偏多」或「偏少」。一個「整體」分為兩半而有所偏頗，則其一分「頗少」、一分「頗多」，因此，做為程度副詞時，「頗」字兼有「多」、「少」二義，合於傳統所謂的反訓。

　　明乎「頗」字兼有「多」、「少」二義，我們在閱讀古籍時就要特別注意文本中的「頗」究為「多」義或「少」義（尤其「少」義，與今語義相反，更要

〔註 9〕司馬遷《史記‧列傳‧卷十七八‧春申君列傳第十八》（臺北：鼎文書局，1979 年），頁 2397。
〔註10〕段玉裁《說文解字注》（上海：上海古籍出版社，1981 年），頁 421。
〔註11〕段玉裁《說文解字注》（上海：上海古籍出版社，1981 年），頁 421。

留意）。如許慎《說文解字・敘》：

> 秦始皇帝初兼天下，丞相李斯乃奏同之，罷其不與秦文合者。
> 斯作《倉頡篇》、中車府令趙高作《爰歷篇》、太史令胡毋敬作《博
> 學篇》，皆取史籀大篆，<u>或頗省改</u>，所謂小篆者也。〔註12〕……

既稱「皆取史籀大篆」，那麼「或頗省改」當然是「其中一部分稍稍簡省改動」，「頗」字當取「少」義，如果依後世通行義，理解為「很有省改」，那就不符合文字歷史了。段玉裁《說文解字注》在「一」字古文「弌」下云：

> 小篆之於古籀，或仍之，或省改之。仍者十之八九，改者十之
> 一二而已。仍，則小篆皆古籀也，故不更出古籀；省改，則古籀非
> 小篆，故更出之。〔註13〕

這段話大體是對的。只是文中的「古」文，段玉裁的認定是錯的。另外，從出土秦文字材料來看，小篆多半是取當時流行的寫法整齊之而已，未必省改到「十之一二」這麼多。因此「或頗省改」當然是「其中一部分稍稍簡省改動」啦。又如：

> 及亡新居攝，使大司空甄豐等校文書之部，自以為應制作，<u>頗
> 改定古文</u>。〔註14〕

段注：

> 頗者閒見之詞，於古文閒有改定，如「疊」字下「亡新以為疊從
> 三日大盛，改為三田」，是其一也。〔註15〕

段注所謂「閒見」，其實就是偶見、取其「少」義。這是對的。又如陶潛的名作〈讀山海經之一〉云：

> 孟夏草木長，遶屋樹扶疏，眾鳥欣有託，吾亦愛吾廬。既耕亦
> 已種，時還讀我書，窮巷隔深轍，<u>頗迴故人車</u>。歡然酌春酒，摘我
> 園中蔬，微雨從東來，好風與之俱。汎覽周王傳，流觀山海圖，俯
> 仰終宇宙，不樂復何如？

〔註12〕段玉裁《說文解字注》（上海：上海古籍出版社，1981年），頁758。
〔註13〕段玉裁《說文解字注》（上海：上海古籍出版社，1981年），頁1。
〔註14〕段玉裁《說文解字注》（上海：上海古籍出版社，1981年），頁761。
〔註15〕段玉裁《說文解字注》（上海：上海古籍出版社，1981年），頁761。

「窮巷隔深轍，頗回故人車」二句，究竟應該如何解釋？陳橋生先生《中國古典詩詞精品賞讀——陶淵明》云：

> 關於這兩句，後世注家有兩種完全對立的理解。一種認為這兩句是一個意思，「居於僻巷，常使故人回車而去，意謂和世人少往來」（《魏晉南北朝文學史參資料》注）；另一種認為兩句各為一意，「車大轍深，此窮巷不來貴人，然頗回（召致）故人之駕，歡然酌酒而摘蔬以侑之」（清王士禎《古學千金譜》）。聯繫下文有待客的描寫，而且又有陶淵明的知交顏延之的詩句「林間時宴開，頗回故人車」參證，可見後一種說法比較符合陶淵明的實際生活情況。但無論持哪一種說法，都無害於讀者領會陶淵明詩中所表現出來的隱者情懷。〔註16〕

我個人是贊成前一個解釋的。我不認為〈讀山海經之一〉篇的「窮巷隔深轍」有「頗召致故人之駕」的可能；召來故人之後，全詩卻以陶淵明自顧自的「汎覽周王傳，流觀山海圖，俯仰終宇宙，不樂復何如」作結，亦極不合理。不過，這並不影響本文的討論，本文此處只是要說明，此處的「頗」字要做「多」義解。〔註17〕

比陶淵明晚一點的劉義慶撰的《世說新語》中，「頗」字解為「多」義的不少，但是像〈夙慧第十二〉中的這一則，應是取「少」義：

> 賓客詣陳太丘宿，太丘使元方、季方炊。客與太丘論議，二人進火，俱委而竊聽。炊忘著箅，飯落釜中。太丘問：「炊何不餾？」元方、季方長跪曰：「大人與客語，乃俱竊聽，炊忘著箅，飯今成糜。」太丘曰：「爾頗有所識不？」對曰：「仿佛記之。」

陳元方、陳季方兩兄弟的父親與客人論議，要兩兄弟炊飯。兩兄弟忘了箅箅，飯煮成了粥，父親責備他們，他們辯說是貪聽父親與客人論議。父親要測試他們是否說謊，因而說：「能稍稍記得一些嗎？」不可能說：「你們能全部記

〔註16〕陳橋生《中國古典詩詞精品賞讀——陶淵明》（北京：五洲傳播出版社，2006年），頁97。

〔註17〕陳橋生說「有陶淵明的知交顏延之的詩句『林間時宴開，頗回故人車』參證」，我查過逯欽立的《先秦漢魏晉南北朝詩集》（北京：中華書局，1983年），未見此句。不知是否我查得不夠仔細？

得嗎？」

　　到了唐代，「頗」字絕大部分都解為「多」義了。如岑參〈玉門關蓋將軍歌〉云：

　　　　蓋將軍，真丈夫。行年三十執金吾，<u>身長七尺頗有鬚</u>。玉門關
　　城迴且孤，黃沙萬里白草枯。

　　身為將軍，又身材高大，則「頗有鬚」應該是鬍鬚很多。又如杜甫詩〈戲簡鄭廣文虔兼呈蘇司業源明〉云：

　　　　廣文到官舍，繫馬堂階下。醉則騎馬歸，<u>頗遭官長罵</u>。

　　不用說，廣文先生「醉則騎馬歸」，當然是常常被官長罵囉！

　　自唐以後，「頗」字至今，大約都用在「多」義，少見「少」義。

　　古文字中未見「頗」字，只有睡虎地秦簡有「柀」字、《張家山漢簡》有「頗」字（學者或以為「柀」同「頗」），學者討論得「頗」為熱烈〔註18〕，陳偉先生〈《二年律令》「偏（頗）捕（告）」新詮〉以為《二年律令》中的「偏（頗）捕（告）」中的「偏」或「頗」是指「共犯（或連坐者）中的任何一方」；劉雲先生〈也說《二年律令》中的「頗」字——兼談睡虎地秦簡中的「柀」字〉則以為「『頗（果）告』、『頗（果）捕』、『頗（果）相捕』以及『頗（果）得之』中『頗（果）』字的意思用的都是『果』字的『最終』的意思」。秦漢簡牘中的這個字是法律用語，我個人還沒有什麼看法，這個字，只能暫時擱著。

三、說「略」

　　「略」的問題比「頗」簡單一點。《說文解字·卷十三下·田部》：

　　　　略，經略土地也。从田各聲。〔註19〕

〔註18〕除了原考釋外，有王子今〈張家山漢簡〈賊律〉「偏捕」試解〉、何有祖《張家山漢簡〈二年律令〉之〈賊律〉、〈盜律〉、〈告律〉、〈捕律〉、〈襍律〉、〈興律〉、〈徭律〉諸篇集釋》、周波《〈二年律令〉錢、田、口市、賜、金布、秩律諸篇集釋》，彭浩、工藤元男、陳偉共同主編《二年律令與奏讞書》、單育辰〈秦簡「柀」字釋義〉、劉釗〈說張家山漢簡〈二年律令〉中的「頗」〉、富谷至〈江陵張家山漢墓出土二年律令譯注稿（一）〉，以上資料詳參陳偉〈《二年律令》「偏（頗）捕（告）」新詮〉（2008年6月28～29日韓國成均館大學「東亞資料學可能性的探索——以出土資料爲中心」國際學術研討會發表論文；又2009年2月10日，武漢大學簡帛網）。其後劉雲發表〈也說《二年律令》中的「頗」字——兼談睡虎地秦簡中的「柀」字〉（2009.2.13武漢大學簡帛網）。

〔註19〕段玉裁《說文解字注》（上海：上海古籍出版社，1981年），頁697。

段注：

> 昭七年《左傳》：「芋尹無宇曰：『天子經略，諸侯正封，古之制也。』」杜注：「經營天下，略有四海，故曰經略。正封，封疆有定分也。」〈禹貢〉曰「嵎夷既略」，凡經界曰略，《左傳》曰「吾將略地」，又曰「略基阯」，引申之，規取其地亦曰略。凡舉其要而用功少皆曰略，略者，對詳而言。〔註20〕

〈詛楚文〉有「略我邊城」，為「侵略」義；〈嶧山碑〉有「群臣誦略」，為「經略」義，與《說文》、段注所釋大體相合。但是，由「侵略」、「經略」義如何引申而有「簡略」義，段注的解釋是：「凡舉其要而用功少皆曰略，略者，對詳而言。」這種解釋，可能還有商榷的餘地。從傳世文獻中看到「略」所以有「簡略」義，與段注的解釋似乎不同。在檢討文獻之前，我們先把《故訓匯纂》「略」字條下相關的注釋擇要列在下面〔註21〕：

01. 經略土地也。(《說文·田部》)

08. 總攝巡行之名。(《左傳·隱公五年》「吾將略地焉」杜預注)

25. 率也。總舉其疆理曰略，故得為大率之詞也。(《助字辨略》卷五)

26. 要也。(《逸周書·周祝》「為天下者用大略」朱右曾集訓校釋)

27. 約要也。(《墨子·小取》「焉摹略萬物之然」孫詒讓閒詁引淮南子高誘注云)

28. 粗也。(《荀子·儒效》「略法先王」楊倞注)

29. 龗也。(《孟子·萬章下》「嘗聞其略也」趙岐注)

30. 粗略也。(《文選·班彪〈王命論〉》「又可略聞也」李善注)

31. 野略。(《文選·王延壽〈魯靈光殿賦〉》「洪荒朴略」張載注)

32. 簡也。(《漢書·王莽傳上》「闊略思路」顏師古注)

33. 猶簡也。(《文選·潘岳〈笙賦〉》「余可得而略之也」李善注引賈逵《國語注》曰)

38. 謂舉其大綱。(《荀子·非相》「略則舉大」楊倞注)

〔註20〕段玉裁《說文解字注》(上海：上海古籍出版社，1981年)，頁697。芋尹，《新序·義勇篇》誤作芊尹。

〔註21〕宗福邦、陳世鐃、蕭海波主編《故訓匯纂》(北京：商務印書館，2004年3月第二次印刷)，1490頁。

39. 用功少曰略。(《書・禹貢》「嵎夷既略」孔安國傳)

41. 凡舉其要而用功少皆曰略，略者，對詳而言。(《說文・田部》段玉裁注)

56. 大也。(《淮南子・氾論》「總其略行」高誘注)

73. 凡言略地者，皆謂行而取之，用功力少。(《漢書・高帝紀上》「陳餘略趙地」顏師古注)

從上引諸例，再綜合歷代文獻，我們認為「略」字意義的演變應該是這樣的：由本義「經略土地」引申為一切「經略」；「經略」則只能舉其大要，所以引申為「大略、大體」；注重大略則不能精細，易致「疏略」，因而引申為「疏略、簡略」。由「大略、大體」引申可以有「多到幾乎全部」的意思；由「疏略、簡略」引申則可以有「少」的意思〔註22〕。這兩個幾乎完全相反的義項，在先秦文獻中就開始有同時並存的迹象，漢代則確實「多」、「少」二義並存。以下我們把先秦以來有關「略」的書證擇要引述如下：

《左傳・僖公十六年》：

> 十二月，會于淮，謀鄫，且東略也。〔註23〕

這是「經略土地」的本義用例。《孟子・滕文公上》：

> 方里而井，井九百畝，其中為公田，百家皆私百畝。同養公田，公事畢，然後敢治私事，所以別野人也。此其大略也。若夫潤澤之，則在君與子矣。〔註24〕

這是引申義「大略」、「大要」的用例。《公羊傳・隱公十年》：

> 《春秋》錄內而略外，於外大惡書，小惡不書，於內大惡諱，小惡書。〔註25〕

這是引申義「簡略」的用例。另外，《禮記》中也有兩個看起來像是釋為「簡略」

〔註22〕「略」有「少」的意思，前代學者都承《尚書》偽孔傳之說，應該是不合理的。《書・禹貢》「嵎夷既略」孔安國傳云：「用功少曰略。」顏師古注《漢書・高帝紀》「陳餘略趙地」云：「凡言略地者，皆謂行而取之，用功力少。」段玉裁《說文解字注》「略」字條下云：「凡舉其要而用功少皆曰略，略者，對詳而言。」都是承襲偽孔傳而來，其實是錯的。屈萬里《尚書釋義》贊成孫星衍《尚書今古文注疏》「略，治也」的說法(《尚書釋義》，臺北：華岡出版社，1972年增訂版，頁29)，應該是比較合理的。

〔註23〕左丘明《左傳・僖公十六年》(臺北：藝文印書館，1979年)，頁237。

〔註24〕《孟子・滕文公上》(臺北：藝文印書館，1979年)，頁92。

〔註25〕《春秋公羊傳》(臺北：藝文印書館，1979年)，頁41。

的用例，《禮記‧緇衣》「多志，質而親之；精知，略而行之」，《禮記‧孔子閒居》「三無既得略而聞之矣」，不過，在《上海博物館藏戰國楚竹書（一）‧緇衣》中，「精知，略而行之」作「精知，陞（格）而行之」；在《上海博物館藏戰國楚竹書（二）‧民之父母》中則沒有「三無既得略而聞之矣」這一句，所以這兩個書證不能算。〔註26〕

秦漢以後，「略」字表達「多」義與「少」義的用法幾乎同時出現，如《漢書‧外澤恩戚侯表》：

> 至乎孝武，<u>元功宿將略盡</u>。會上亦興文學，進拔幽隱，公孫弘
>
> 自海瀕而登宰相，於是寵以列侯之爵。〔註27〕

漢高祖時候的「元功宿將」，到孝武帝時「略盡」，當然是「幾乎全部死光了」，這個「略」，肯定是「多」義。《漢書‧楚元王傳》：

> 歆以為左丘明好惡與聖人同，親見夫子，而公羊、穀梁在七十
>
> 子後，傳聞之與親見之，<u>其詳略不同</u>。〔註28〕

明云「詳略不同」，這個「略」字當然是「簡略」的意思。

《漢書》的「略」字，多少二義並呈，《後漢書》的情形也完全一樣，如《後漢書‧桓譚馮衍傳上》：

> 臣前獻瞽言，未蒙詔報，不勝憤懣，冒死復陳。……陛下宜垂
>
> 明聽，發聖意，屏群小之曲說，述五經之正義，<u>略雷同之俗語</u>，詳
>
> 通人之雅謀。〔註29〕

「略雷同之俗語，詳通人之雅謀」二句，略詳對舉，「略」當然是「少」義。《後漢書‧董卓列傳》：

> 時河內太守王匡屯兵河陽津，將以圖卓。卓遣疑兵挑戰，而潛
>
> 使銳卒從小平津過津北，破之，<u>死者略盡</u>。……李催、郭汜既悔令
>
> 天子東，乃來救段煨，因欲劫帝而西，楊定為汜所遮，亡奔荊州。

〔註26〕 參季旭昇主編《上海博物館藏戰國楚竹書（一）讀本》（臺北：萬卷樓圖書公司，2004 年）、《上海博物館藏戰國楚竹書（二）讀本》（臺北：萬卷樓圖書公司，2003 年）。

〔註27〕 班固《新校本漢書》（台北：鼎文書局，1978 年），頁 677。

〔註28〕 班固《新校本漢書》（台北：鼎文書局，1978 年），頁 1967。

〔註29〕 范曄《新校本後漢書》（台北：鼎文書局，1978 年），頁 1967。

而張濟與楊奉、董承不相平，乃反合催、汜，共追乘輿，大戰於弘

農東澗。承、奉軍敗，百官士卒死者不可勝數，皆棄其婦女輜重，

御物符策典籍，<u>略無所遺</u>。〔註30〕

戰爭城被攻破，「死者略盡」的意思通常是「人幾乎死光了」；同樣的，打了敗

仗，「士卒死者不可勝數，皆棄其婦女輜重，御物符策典籍，略無所遺」，「略無

所遺」的意思是「幾乎沒有剩餘」〔註31〕。意思都是「多到幾乎全部」。這個用

法，其實是很常見的，如《世新語·文學》：

殷中軍問：「自然無心於稟受，何以正善人少，惡人多？」諸人

莫有言者。劉尹答曰：「譬如寫水著地，正自縱橫流漫，<u>略無正方圓</u>

<u>者</u>。」一時絕歎，以為名通。〔註32〕

水傾瀉於地，一定會縱橫漫流，「略無正方圓者」意思是：「幾乎全部都沒

有正方圓的」。〈賞譽〉篇又云：

王汝南既除生服，遂停墓所。兄子濟每來拜墓，<u>略不過叔</u>，叔

亦不候。濟脫時過，<u>止寒溫而已</u>。後聊試問近事，答對甚有音辭，

出濟意外，濟極惋愕；仍與語，轉造精微。濟先<u>略無子姪之敬</u>，既

聞其言，不覺懍然，心形俱肅。遂留共語，彌日累夜。濟雖俊爽，

自視缺然，乃喟然歎曰：「家有名士三十年而不知！」〔註33〕

「略不過叔」即「全不拜望叔」，「略無子姪之敬」即「全無子姪之敬」。

由於後世的「略」字都用為「少」義，所以我們對早期用為多義的「略」

往往會體會錯誤，例如早年高中課本有酈道元的《水經·江水注》，其中有「兩

〔註30〕 范曄《新校本後漢書》（台北：鼎文書局，1978年），頁2328～2329。

〔註31〕 「略無所遺」似乎也可以語譯為「一點都沒有剩餘」，這樣解釋，「略」字仍是「少」
義。不過，同樣敘述的「死者略盡」並不能語譯為「死者一點都光了」，它一定要
語譯為「死者全部都光了」。可見類似這樣句意的「略」字必需釋為「多」、「全部」。

〔註32〕 朱鑄禹《世說新語彙校集注》（上海：上海古籍出版社，2002年），頁205。

〔註33〕 朱鑄禹《世說新語彙校集注》（上海：上海古籍出版社，2002年），頁365。鄧粲《晉
紀》對這一件事有大致相同的記載，而文中有「頗」字，頗堪玩味，《晉紀》云：
「王湛字處沖，太原人。隱德，人莫之知，雖兄弟宗族，亦以為癡，唯父昶異焉。
昶喪，居墓次，兄子濟往省湛，見牀頭有周易，謂湛曰：『叔父用此何為？頗曾看
不？』湛笑曰：『體中佳時，脫復看爾。今日當與汝言。』因共談易。剖析入微，
妙言奇趣，濟所未聞，歎不能測。」（余嘉錫《世說新語箋疏》引，北京：中華書
局，1983）文中「頗曾看不」，當然是略帶輕蔑的語氣，白話語譯應作「可曾稍稍
讀它嗎」。「頗」字正用「少」義。

岸連山，略無盡處」，有人語譯為「兩岸山連山，略略沒有盡頭」（應譯為「兩岸山連山，幾乎沒有盡頭」）；又有「林木高茂，略盡冬春」，有人語譯為「林木長得高大茂密，到冬末春初才略微掉光葉子」（應該譯為「林木長得高大茂密，到冬末春初才幾乎全部掉光葉子」），其錯誤至為明顯。

最後，我們看看《說文解字・敘》中的兩段話：

> 孝宣皇帝時，召通《倉頡》讀者，張敞從受之。涼州刺史杜業、沛人爰禮、講學大夫秦近，亦能言之。孝平皇帝時，徵禮等百餘人，令說文字未央廷中，以禮為小學元士。黃門侍郎揚雄，采以作《訓纂篇》。凡《倉頡》以下十四篇，凡五千三百四十字，<u>群書所載，略存之矣</u>。……〔註34〕

> 壁中書者，魯恭王壞孔子宅，而得《禮記》、《尚書》、《春秋》、《論語》、《孝經》。又北平侯張蒼獻《春秋左氏傳》。郡國亦往往於山川得鼎彝，其銘即前代之古文，皆自相似。雖叵復見遠流，<u>其詳可得略說也</u>。〔註35〕

「群書所載，略存之矣」，絕不能釋為「群書所記載的用字，稍微收存了」；「雖叵復見遠流，其詳可得略說也」，也不可以釋為「雖然不能見到更早的源頭，但是文字的詳細情況可以稍微說說了」。這兩句話應該釋為：「群書所記載的用字，幾乎全部收存了」、「雖然不能見到更早的源頭，但是文字的詳細情況幾乎可以全部說說了」。

四、結　語

「頗」的本義是「頭偏」，引申為「偏」，同為「偏」，或偏「多」、或偏「少」，因而在漢代「頗」字可以「多」、「少」二義並見，合乎傳統訓詁學所說的反訓。

「略」的本義是「經略」，經略只能注重「大體、大略」，因此引申有「多」的意思；「大體、大略」則易「疏略、簡略」，因而引申有「少」的意思，這也合乎傳統訓詁學所說的反訓。

〔註34〕段玉裁《說文解字注》（上海：上海古籍出版社，1981年），頁760。
〔註35〕段玉裁《說文解字注》（上海：上海古籍出版社，1981年），頁762。

「頗」和「略」的本義不同，但在秦漢至唐以前，都同時具有「多」、「少」二義，閱讀這一個時期的文本，必需非常謹慎的判斷，否則便會得到完全相反的理解。

「頗」和「略」都同時具有「多」、「少」二義，但唐以後「頗」字向「多」義發展，而「略」則向「少」義發展，這似乎又顯示著語義的發展有其自由性與偶然性。

本文原發表於「語言文字與文學詮釋國際學術研討會」，臺中：東海大學中文系所主辦，2010 年 11 月 20、21 日。

「尘」字溯源

提　要

俗字是異體字的一種，其來源是相當複雜的。本文以「尘」為例，說明幾乎所有學者都以為「尘」是由「小」、「土」二字合成的會意字；但經過對文字材料的全面檢視後，可以認定「尘」其實是由「塵」的草書寫法進一步省略上部的鹿角與鹿頭，只剩下鹿足與「土」旁所形成的簡體俗字。由此可知俗字溯源之困難，應該由高水準的研究團隊進行更深入而全面的探討。

關鍵字：小土為尘，塵，俗字，異體字，草書

一、前　言

俗字〔註1〕是異體字的一種，其來源是相當複雜的。由於甲骨文的出土，我們可以看到，甲骨中就有不少異體字，這些異體字能否叫做「俗字」，當然會有仁智不同的看法，但也確有一些學者主張：「相對於較嚴整的金文，甲骨文中比較簡訛的字形可以看成俗字」，這當然也有一定的道理。

周代以下，文字守正與從俗兩條路線始終不斷地交叉進行，大體而言，承

〔註1〕「俗字」的定義很複雜，各家的看法也不盡相同。本文採用較寬的定義，凡不合歷代官方（或學界）所認定之正字，且（或「或」）不符合文字造字時取義之形構者稱之。當然，這樣的定義也有很多可以商榷之處，一個「且」或「或」就有很大的不同。因為文字演變現象極為複雜，需要一個字一個字地判定，很難有一個標準可以適用於所有的「俗字」。本文既採廣義，就不在這兒多做討論了。

平時代守正為主，戰亂時代從俗為多。但戰亂之後，錯訛的俗體有一部分被社會接受度較高的會留下來，變為新的正體。從戰國時代到魏晉南北朝、五代十國、宋元、清末以來，各時期都留下了不少俗字，這些俗字，有些很容易辨認解釋，有些不容易辨認解釋，有些則是長期被錯認錯釋。對於這些錯認錯釋的俗字，由於近世地下文字材料不斷出土，帶給我們更多的文字學新方法、新材料，也帶來更多的新成果。

但是，學者的努力雖然已經為我們解決不少問題。有些字，或由於資料不足、或由於演變較複雜，或由於舊說深入人心，學者的判斷也許還有討論的餘地。以下，本文想舉「尘」字為例，說明「俗字」的演變不是很容易查明的。俗字研究中類似的現象還有不少，亟需由高水準的研究團隊進行全面而深入的研究。使俗字的認定、分析更加精確，而俗字文本的解讀、研究、利用也才能夠得到最好的利基。

二、小土為尘？

「尘」字是「塵」的簡體俗字，也被大陸收錄為「塵」的規範簡化字。「塵」為什麼可以寫成「尘」？幾乎所有的材料都把「尘」字分析為「小土為尘」，認為「尘」是用會意法造的一個新字，1978 年版的《辭海》在「訓詁學」條下的「形訓」條說：

> 【形訓】用分析文字形體的方法來解釋字義。如「小土為尘」、
>
> 「日月為明」。〔註2〕

雖然沒有明白地說「尘」是用會意法所造成的字，但把「尘」字分析為「小土為尘」，已隱含有這樣的意思。依《辭海》的解釋，「小土為尘」和「日月為明」是同類的，在傳統六書分類中，所謂「日月為明」，是屬於「會意」。因此，「尘」應該也是個會意字，以「小」和「土」二字合在一起，表示「極小的土」，即「塵」。《辭海》在學術教育界是有一定地位的，這樣的解釋，當然會被各界所廣泛引用。

大陸教育部語言應用研究所資深研究員李樂毅先生在 1996 年出版的《簡化字

〔註 2〕辭海編輯委員會編《辭海（語言文字分冊）》（上海：上海辭書出版社，1978 年），頁 48。

源》一書中明白地說「尘」是個「會意字」，該書對這個字的說明如下：〔註3〕

尘〔塵〕　chén

　　这是一个会意字。「小土」就是尘埃，这比「塵」字（《说文》以字的上半部为三只鹿者为正体，解释为「尘行扬土也」，见①）不是更省事、更清楚吗？「正体」多达33画，而「尘」字只有6画！

　　「尘」字产生于什么时候？据现在能看到的文字材料，最晚不会迟于距今一千多年的唐代。因为在唐敦煌变文中就有这个字，有两种写法（见②③）。书于公元1037年的北宋丁度编纂的《集韵》在「尘」字下注：「俗作尘，非是」。

　　到了清代，吴任臣撰的《字汇补》，「尘」字已经与「塵」字平起平坐了。书中写道：「尘，同塵」。《康熙字典》还引此书说：「尘，古文塵字」，但是这种说法并没有得到证实

　　现行简化字「尘」字的首笔是竖，不带钩（见④）。

1995年至2000年編成的《教育部異體字典》「尘」字條下竺家寧先生考釋也明確地認定「尘」是個會意字，可以看成「塵」字的異體：

　　「尘」為「塵」之異體。《說文解字・麤部》：「麤，鹿行揚土也。從麤從土。直珍切。塵，籀文。」顧氏補刊本《集韻・卷二》：「塵，俗作尘，非是。」《四聲篇海・土部》：「尘，音塵。」《字彙補・土部》：「尘，同塵。」按「尘」為表示「塵」的另一個會意字。故定為「塵」之異體。〔註4〕

2004年出版的《新華大字典》也明確地認定「尘」字為會意字，該書的解釋是這樣的：

〔註3〕見李樂毅《簡化字源》（北京：華語教學出版社，1996年），頁35。為了忠於原書的論述，所以我沒有把簡字改為正字，也沒有換成楷體。

〔註4〕見教育部《異體字字典》網站，網址：http://dict.variants.moe.edu.tw/yitia/fra/fra00804.htm。

　　尘是会意字，由小和土两个字组合而成，表示微小的土，即尘
土。尘的小篆字形也是会意字，由麤和土两个字组合而成，意指鹿
群奔行时尘土飞扬的样子。后来三个鹿简化成一个鹿，写作塵，俗
体则写作尘。〔註5〕

　　網路上很容易看到一則據標出處為「北京大學出版社供稿」的「漢字溯源」，
對「尘」字是這麼講的：〔註6〕

　　古文字的「尘」字，从土从三鹿，表示群鹿奔腾，沙土飞扬的意
思。「尘」字的本义指飞扬的尘土，又泛指极细微的沙土，故小篆的
「尘」字从小从土，称小土为尘。（北京大學出版社供稿）

以上各家大體都主張「尘」字是個會意字〔註7〕，「小土為尘（塵）」。「尘」字這
樣解釋，各界都認為非常合理，如桂林市 2010 年中考語文試題選了一篇《千萬
別折騰漢字》，文中這麼說：

　　这两年，总有人拿汉字说事。一会儿说繁体字要进课堂，一会
儿又说用十年时间，放弃简化字、恢复繁体字。如果你像小沈阳那
样问一句「为什么呢？」他会说出一大串的理由：第一，现在已是
电脑时代，不存在书写困难的问题；第二，台湾至今还在用繁体字，
大陆恢复繁体字，有助于海峡两岸的统一；第三，简化字太粗糙，

〔註5〕見《新華大字典》（商務印書館國際有限公司，2004 年），頁98。
〔註6〕見 http://hi.baidu.com/%CE%DE%CE%AA%BE%AD%C9%E1/blog/category/%BA%
　　　BA%D7%D6%BC%AF%BD%E2，這個資料是否真由北京大學出版社供稿，很令人
　　　懷疑。因為錯得有點離譜，居然說「小篆的『尘』字从小从土」。因為本文是探討
　　　「俗字」，所以對網路上的「俗」材料也必需給予一定的關注。
〔註7〕應該還有很多人有類似的主張，我沒有全面去搜，只就手頭方便的略舉一些為例。

破坏了汉字的审美效果。一副振振有词的样子，真像是真理在握似
的。……

　　随便举个例子吧，比如「灰尘」的「尘」字。他在战国时候的写
法，是三个「鹿」字构成品字形，再在上面「鹿」的两旁各加一个
「土」字。这是一个会意字，意思是群鹿飞奔，尘土飞扬〔註8〕。就
造字来说，这个字是造得很形象的；可是一个字要写三十九笔，在
当时的书写条件下，简直是一场苦役。于是我们看到了一个逐步简
化的过程：先是去掉一个「土」字写成了「麤」，〔註9〕后来又去掉
两个「鹿」字写成了「塵」；即使简化到这种程度，人们还是不胜其
「繁」，民间又出现了俗体字「尘」。今天，这个字已经成为我们的
简化字。「小土为尘」，何等聪明！它凝聚着我们祖先创造的智慧，
也记录着汉字发展的轨迹。舍「尘」字不用而恢复到「塵」甚至是
三「鹿」两「土」的战国形象，这不是开历史的倒车吗？〔註10〕

以上這麼多說法，大概都同意「尘」字是用「會意」的方法製造出來的新字。
不過，我們仔細檢查相關的資料，看不到有任何證據證明「尘」字是用「會意」
的方法製造出來的新字。相反地，它純粹是一個草書楷化、簡化所造成的簡化
字。

二、「尘」字溯源

　　「塵」，據《說文解字》本當作「𡐳」：

　　　　🄰　塵行揚土也。从麤从土。🄱　籀文。

出土先秦古文字中未見「塵」字，所以《說文解字》以為「塵」字從「麤」，目

〔註 8〕該文所謂的「戰國文字」，其實只是《說文》的籀文。從現在嚴謹的古文字知識來
　　　看，籀文既不能叫做「戰國文字」，《說文解字》中所收的這個「籀文」，目前出土
　　　文字材料尚未見到，是否真的籀文有這種寫法，也很難證實。這篇文章充滿類似的
　　　錯誤，它似乎可以代表堅持使用簡化字的某一群人，更可怕的是桂林市的中考語文
　　　居然把它選為考題，藉著考試、教育，傳播給下一代錯誤而危險的認知。

〔註 9〕2021 年 6 月 14 日校稿補案：三個鹿的寫法只見於《金石文字辨異》引〈北齊馮翊
　　　王平等寺碑〉「遊麤積座」。後代字書沒有一本收錄這個字形，應該認為這是一個錯
　　　字，「麤」音「粗」，《說文》釋為「行超遠也」，不是「塵」的異體。

〔註 10〕見 http://www.12edu.cn/zhaokao/zk/lnzt/ywzt/201007/469788_2.shtml。這篇文章原來
　　　刊登於《咬文嚼字》2009 年第 4 期，署名作者為郝銘鑒。

前只有《馬王堆・老子》192 作「麤」（三個「鹿」都簡化成「严」），《馬王堆・老子甲》38 作「塹」，從「土」「軫」聲）。其他都從「鹿」從「土」，相關字形如下〔註11〕：

01　　塵　　西漢.老子乙 192 上

02　　塵　　西漢.老子甲 38

03　　塵　　西漢.西陲簡 38.1

04　　塵　　東漢.孔彪碑

05　　塵　　漢隸字源 17

06　　塵　　漢隸字源 219

六朝的的俗字「塵」形體雖然訛變多端，但基本上仍是從「鹿」從「土」，《金石文字辨異》〔註12〕所收了北齊《馮翊王平等寺碑》碑文中有「遊麤積座」句，「麤」字當讀「塵」。《金石文字辨異》、《廣碑別字》收的六朝俗體「塵」字如下〔註13〕：

07　　塵　　北齊朱曇思等造塔記

08　　麤　　北齊馮翊王平等寺碑

09　　塵　　北齊武平五年造象記

10　　壓　　北齊武平三年趙桃等造象

11　　塵　　魏李洪演造象記

〔註11〕前二形取自陳松長《馬王堆簡帛文字編》（北京：文物出版社，2001 年 6 月），頁 398，555。西漢.老子乙 192 一形應該是省從三「严」（或隸作「塹」）。其後二字取自漢語大字典字形組編《秦漢魏晉篆隸字形表》（成都：四川辭書出版社，1985 年），頁 693。末二字取自教育部《異體字字典》網站所收《漢隸字源》（宋・婁機撰），網址：http://dict.variants.moe.edu.tw/yitia/fra/fra00804.htm。

〔註12〕用教育部《異體字字典》網站所收的《金石文字辨異》（清・邢澍撰）。參見教育部《異體字字典》網站，網址：http://dict.variants.moe.edu.tw/yitia/fra/fra00804.htm。《金石文字辨異》注云：「《說文》：『麤　塵行揚土也。直珍切。』此蓋省土為『麤』耳。」

〔註13〕前四字見教育部《異體字字典》網站（網址：http://dict.variants.moe.edu.tw/yitia/fra/fra00804.htm）所收《金石文字辨異》；後八字見秦公、劉大新著《廣碑別字》（北京：國際文化出版公司，1995 年），頁 461。

12	塵	魏馬都愛造象
13	塵	魏馬振拜造象
14	塵	齊朱曇思造象記
15	塵	齊法義優婆姨等造象
16	塵	齊房周陁墓志
17	塵	齊比丘惠瑛造象
18	塵	齊比丘僧等廿七人造象

以上十二個字，除了 08 可能是「靈」的省體之外，其餘的基本上仍是從「鹿」從「土」的「塵」字的訛變，其形體變化可以分成四部分來看：

（一）鹿角或作「艸」頭（如 07、14。二者當為一字，但二書摹刻字形有別，此姑分列），或省點（如 10、13）。省點的不必多說，作「艸」頭的寫法，其實是從「鹿」字最古老的象形字（如甲骨文作「𩷼」）變化得來，當然也不排除是從小篆「鹿」一形訛變得來。

（二）鹿頭或簡化作「尸」形（如 07）、或訛成類似「廿」形（如 09、12、17）、或訛成類似「卯」形（如 10）。

（三）鹿足或訛為「二厶」形（如 10）、或訛為四點（如 11）、或訛為「从」形（如 16）、或訛為「北」形（如 17）、或訛為「此」形（如 18）。

（四）最下方的「土」旁或加一點（多見）、或加兩點（如 14），這是為了區別「土」與「士」所加的「別嫌符號」，隸書中多見。寫作「虫」形的（如 15），當屬訛變。

到了隋唐，「塵」字主要的寫法仍然是從「鹿」從「土」，以下是《廣碑別字》中的例子：〔註14〕

19	塵	隋楊居墓誌
20	塵	隋鄭道育墓誌
21	塵	隋王通墓誌

〔註14〕見秦公、劉大新著《廣碑別字》（北京：國際文化出版公司，1995 年），頁 461。

22　塵　唐雷詢墓誌

23　塵　唐幽州范縣令墓誌

24　塵　唐中大夫行蜀州長史上柱國鄭知賢墓誌

25　塵　唐宮人墓誌

26　塵　唐故張夫人墓誌

《金石文字辨異》則有這樣一個字形：〔註15〕

27　塵　唐靈運禪師功德塔碑

從這些材料來看，還找不出「塵」字作「尘」的任何跡象。但在黃征先生《敦煌俗字典》中所收的「塵」字中則有類似「尘」的字形，《敦煌俗字典》中所收的「塵」字如下，其時代應該都屬唐：〔註16〕

28　塵　敦研 015（5-5）《大般涅盤經》

29　塵　Φ096《雙恩記》

30　塵　Φ096《雙恩記》

31　塵　S.6631Vj《九相觀詩一本・嬰孩相第一》

32　塵　P.3833《王梵志詩》

33　尘　P.2133《金剛般若般羅蜜經講經文》

34　尘　S.126《十無常》

前引李樂毅先生《簡化字源》謂「尘」字最早見唐敦煌變文〔註17〕，即指 33、34 二形。嚴格地說，這兩個字形其實還不能分析為「从小从土」。33 很明顯地從行書的「少」、從「土」；34 則從兩小點从「土」。它們的確是「尘」字的最早字形，但並不是「从小从土」，因此，我們認為把「尘」字分析為「从小从土」

─────────────

〔註15〕見教育部《異體字字典》網站（網址：http://dict.variants.moe.edu.tw/yitia/fra/fra00804.htm）所收《金石文字辨異》

〔註16〕見黃征《敦煌俗字典》（上海世紀出版集團・上海教育出版社，2005 年），頁 46。

〔註17〕見李樂毅《簡化字源》（北京：華語教學出版社，1996 年），頁 35（宜參黃征《敦煌俗字典》）。

是不正確的，「尘」字應該分析為「塵」字省形。

從文字構形的歷史來看，甲骨文時代是象形、指事、會意字的造字高峰，西周以後這三類字漸漸減少，新造字多半屬形聲。戰國以後這三類字更少，新造字多半屬形聲與分化字。六朝人造了一批會意字，如：𧦧（巧言為辯）、𤗉（先人為老）、𪈈（追來為歸）、𪛊（百升為斛）、尐（不少為多）、𡗠（不長為矮）、𣊟（不明為暗）、裦（大衣為寬）、鬮（敗門為嫖）、𡮿（初生為嫩）、𢘆（百念為憂）、𡧤（明王為聖）、妻（事女為妻）、壃（量土為疆）、臺（高土為臺）、窺（視穴為窺）等，但沒有見到「小土為尘」。唐代重視正字，除了武則天新造二十一字——照（曌曌）、天（兲丙）、地（埊）、日（囜）、月（囝囜）、星（〇）、君（𡎸𡇌周）、臣（忠）、除（厽）、載（𡉚𡈹）、初（𡔵）、年（𥝌𥝌）、正（𡳖）、授（稦稦）、證（𨐅𨐅）、聖（𡉭）、國（圀）、人（𤯔）、幼（㓼）、生（𡉲）、應（𢘓）[註18]，五代南漢劉巖造「龑」字外[註19]，很少有新造會意字。所以，從文字材料及文字發展史來看，「尘」字雖然產生於唐代，但不太可能是唐代以「會意法」造的一個新字。

從「塵」字的字形演變來看，「尘」最有可能是俗寫「塵」字的省形。從前引字形材料中，我們可以看到「塵」字所從「鹿」足的部分有寫成點形的，其演化經過可以擬成下表：

比（03**塵**）→从（11*塵*）→灬（13*塵*）→川（05*塵*）→川（14**塵**）

其實，鹿足寫成點狀，在草書中出現的時代似乎要更早一些：

35	𡏖	東漢・史游（塵）
36	𡎶	晉・謝安（塵）[註20]
37	𡏆	晉・王羲之（㯥）[註21]
38	𤣥	晉・王羲之（麒）[註22]

[註18] 武則天新造字究竟有多少，從 12 到 30 都有可能，以字頭來看，目前看到的最大數應是 21 字。

[註19] 五代雖不屬於唐，但緊接在唐後，姑且放在這兒。

[註20] 以上二例見陳新雄等主纂《字形匯典》（台北：聯貫出版社，1987 年），第八冊，頁85。

[註21] 見陳新雄等主纂《字形匯典》（台北：聯貫出版社，2002 年），第四六冊，頁 389。

[註22] 見陳新雄等主纂《字形匯典》（台北：聯貫出版社，2002 年），第四六冊，頁 399。

39 　塵　明‧文徵明（塵）〔註23〕

我們可以合理地推測，唐敦煌變文 S.126《十無常》「尘」一形，應該是由字表 35 東漢史游草書「塵」簡化得來，「塵」省略上半，只剩鹿足的兩點和「土」旁，「土」旁再加別嫌符號，就成了「尘」。分解示意圖如下：

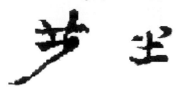

因此，它的形構不可能分析成「从小从土」。

　　同理，唐敦煌變文 P.2133《金剛般若般羅蜜經講經文》「坐」一形，也應該是由字表 36、39 等形簡化得來。字表 36 晉謝安草書「塵」字鹿足作三點，但是第三點往上帶筆以便接著寫「土」旁的豎筆。同樣的結構，如果鹿足的第三點寫完，接著往下寫「土」旁的第一橫筆，那麼在第三點與「土」旁中間就會產生帶筆，因而使得鹿足的三點看起來像「少」字，整個字就像字形表 39 文徵明草書的「塵」字。我們以此字為例，分解示意圖如下：

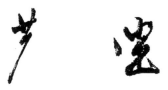

只要「少」形的撇筆長一些、「土」形的豎筆短一些，不就是「坐」字了嗎！

　　俗字常用簡省偏旁部件〔註24〕之法，其方式有五：（一）省略上部；（二）省略下部；（三）任意切除字形中的一部分；（四）省略外部；（五）省略內部。這些方法在戰國文字中就已經很常見了，如「其」字，西周晚期金文虢季子白盤作「其」，戰國齊文字子禾子釜省上部偏旁（部件）作「丌」；「爾」字，西周早期何尊作「爾」，戰國楚文字《郭店‧緇衣》簡 3 省其下部偏旁（部件）作「尒」；「能」字，西周晚期番生簋作「能」，戰國楚文字《信陽》1.18 把兩腳截去一隻作「能」；「聞」字，春秋時期曾姬無卹壺作「聞」，戰國楚文字《上

〔註23〕文徵明雖然屬於明代，但草書的結構有其非常嚴格的內部規律，在材料不足的情況下，我們姑且用一個明代的草書字形，方便和 P.2133《金剛般若般羅蜜經講經文》的字形比對。

〔註24〕部件可大可小，小者一點一畫都可以叫部件。此處指的部件是指較接近偏旁的部件，筆畫較多，如「鹿」偏旁去掉鹿足，剩下的部分只能稱之為「部件」。

博四・曹沫之陳》簡 65 省其外部偏旁（部件）作「![字形]」;「奮」字,西周早期令鼎作「![字形]」,楚文字《郭店・性自命出》簡 24 省中間「隹」旁作「![字形]」。這些現象,熟悉戰國文字的學者應該都很清楚。

這些手法既然在戰國時代已經出現,那麼後世俗字採用同樣的手法,應該是很自然的事。例如「兒」字簡化作「儿」、「幣」字簡化作「币」,皆省其上部偏旁（部件）;「產」字作「产」、「飛」字作「飞」,皆省其下部偏旁（部件）;「陽」字作「阳」、「懇」字作「恳」,皆任意省一部分偏旁（部件）;「開」字作「开」、「關」先簡化作「関」再簡化作「关」,皆省略其外部偏旁（部件）;「奪」字作「夺」、「虜」字作「虏」,皆省略其中間偏旁部件。這些現象,熟悉簡體字的學者也應該都很清楚。

辨明簡體俗字簡省的方法之後,我們就能理解「![字形]」字為何可以簡省為「![字形]」、「![字形]」字為何可以簡省為「![字形]」。「![字形]」字和「![字形]」再進一步合理化,就可以被書寫者理解成「从小从土」,「小土為塵」也是很合理的解釋,因而本來只是簡省的訛形也就類化為「从小从土」。到了北宋丁度編纂的《集韻》,雖然在「塵」字下注中已出現了這個字形,但注仍說:「俗作尘,非是。」明白地指出這是個不被正式承認的俗字,我們可以理解為當時人還不認為「小土為尘」是一個合理的分析。到了清代吳任臣撰的《字彙補》主張:「尘,同塵。」則顯示「尘」字在當時的俗字書寫中已經得到普遍的認可了。至於《康熙字典》說:「尘,古文塵字。」實不知其有何根據?所以會有此誤謬,則正可以顯示當時俗寫中此字已被廣泛接受,而且認為「小土為尘」是一個合理的結構,因而籠統地說它是個「古文」〔註25〕了。降及清末以來,連年兵燹,社會動盪,學術教育均難以要求,學界普遍認定「尘」是個「會意字」,解釋其形構為「小土為尘」,也就不令人覺得意外了。

三、結 語

以上本文用了不少材料及分析,說明「尘」字是由「塵」字的草書及其相關字形簡省上部的鹿角及鹿頭部分而形成的。由於俗字的變化都是由書手們自然形成的,等到被大多數人接受後,正式的辭書才會收錄,所以它的形成過程

〔註25〕很多前代辭書的「古文」,其實只是籠統地表示「前代文字」而已,與嚴格意義指「戰國時代六國文字」的「古文」同詞異義。

很難考察，必需藉由大量的出土及傳世文字材料，經過合理的推測，才能夠分析得合情合理。本文想藉著這一個例子，凸顯俗字分析的困難。在目前研究俗字的材料中，對俗字分析不盡合理的論述並不在少數，這些不合理的論述不但會阻礙俗字研究的發展，也會造成俗字的認定錯誤，進而對俗字文本的閱讀產生障礙，嚴重地影響學術研究的發展。這些問題，需要有高水準的研究團隊，用最綿密的方法、最客觀的心態，才能得到最正確的結論。

「國際漢字研究與網路技術工作坊」研討會，中研院史語所研究大樓二樓會議室，2010 年 7 月 20～20 日；刊登於史語所《古今論衡》第 27 期，2015 年 4 月。今略有修改。